Ale>

MW01674267

# Chronologisches Verzeichniss der Werke Ludwig van Beethoven's

SALZWASSER VERLAG

Alexander W. Thayer

# Chronologisches Verzeichniss der Werke Ludwig van Beethoven's

Unveränderter Nachdruck der Originalausgabe von 1865.

1. Auflage 2022 | ISBN: 978-3-37500-868-0

Verlag: Salzwasser Verlag GmbH, Zeilweg 44, 60439 Frankfurt, Deutschland
Vertretungsberechtigt: E. Roepke, Zeilweg 44, 60439 Frankfurt, Deutschland
Druck: Books on Demand GmbH, In de Tarpen 42, 22848 Norderstedt, Deutschland

# CHRONOLOGISCHES VERZEICHNISS

DER WERKE

# LUDWIG VAN BEETHOVEN's

VON

ALEXANDER W. THAYER.

BERLIN 1865.

# Vorwort.

Verschiedene Umstände, deren Erörterung hier zu weit führen würde, lassen mir wenig Hoffnung, dass ich bald — wenn überhaupt jemals — im Stande sein werde, ein vollständiges historisch-chronologisches Verzeichniss von Beethoven's Werken zu vollenden; obwohl die Forschungen über diesen Gegenstand sich schon über fünfzehn Jahre hinziehen. Andere Beschäftigungen und Berufspflichten nehmen mich zu sehr in Anspruch und haben den Reisen und persönlichen Nachforschungen ein Ende gemacht, ohne welche es der Kraft eines Einzelnen unmöglich ist, ein so vielverzweigtes Werk zu Stande zu bringen. Ein Buch, wie das vortreffliche des Herrn v. Köchel über Mozart's Compositionen möge man nicht erwarten. Dagegen schien es mir eine Pflicht, wenigstens mit denjenigen Notizen nicht länger zurückzuhalten, welche hinreichen, die Zeitfolge des grössten Theiles von Beethoven's Werken festzustellen, um dadurch späteren Forschungen eine Grundlage zu geben, und eine Menge landläufiger Irrthümer in Bezug auf die Schöpfungen des grossen Meisters zu berichtigen. Obgleich die Chronologie der Entstehung und des Erscheinens der Werke Beethoven's hier der Hauptzweck war, so schien es doch gerathen, zugleich verschiedene andere Details beizugeben, welche für den weiteren und engeren Kreis des musikalischen Publikums von Interesse sein dürften. Unter diese zähle ich in erster Reihe die handschriftlichen Notizen und Notenbeispiele aus des Meisters Skizzen- und Notirbüchern. Was diese Notenbeispiele betrifft, so kann ich die vollständige Richtigkeit derselben nicht verbürgen. Wer könnte dies wohl auch erwarten, der Beethoven's Handschrift kennt? Wenn sie indess auch mangelhaft sind, so erscheinen sie doch immerhin geeignet, eine annähernde Vorstellung von dem Inhalte der Skizzenbücher zu geben. Meine ursprüngliche Absicht ging blos dahin, eine Brochure als Ergänzung zu dem bei Breitkopf und Härtel gedruckten thematischen Verzeichniss herauszugeben; da ich aber bemerkte, dass eine solche nur von geringem Werthe für weitere Kreise sein würde, und da auch Herr Gustav Nottebohm, welcher mir bei meinen Arbeiten freundlichst zur Hand ging, dieser Ansicht beistimmte, so entschied ich mich für die Form eines vollständigen Cataloges. Dem genannten Tonkünstler verdanke ich übrigens die Berichtigung verschiedener Irrthümer, so wie auch einige werthvolle Beiträge. Herr Franz Espagne, Custos der Königlichen Bibliothek zu Berlin, hat gleichfalls werthvolle Beiträge geliefert, dahin gehören namentlich die Anmerkungen über die Bearbeitungen der irischen, wallisischen und schottischen Volkslieder auf Seite 114—115. Ferner auch hat Herr Professor Otto Jahn in Bonn schätzenswerthe Notizen mit bekannter Gefälligkeit mir überlassen. Die Namen derjenigen, welche mir die Einsicht in die in ihrem Besitze befindlichen Manuskripte freundlichst gestatteten, wofür ihnen herzlicher Dank gebührt, sind an geeigneter Stelle genannt worden.

Die Opuszahlen sind nach dem vorerwähnten „thematischen Verzeichnisse“ (bei Breitkopf und Härtel 1851) angegeben, bei Werken jedoch, welche keine Opuszahl haben, ist die Seite beigefügt, auf welcher sie in diesem Verzeichnisse stehen, insofern sie darin enthalten sind. Auf diese Weise wurde eine unnöthige Ausdehnung dieses Cataloges vermieden.

Bei einigen Jugendarbeiten Beethoven's wird man den Mangel an Uebereinstimmung zwischen dem Jahre ihrer Entstehung und Beethoven's Lebensjahr wahrnehmen, z. B. bei Nr. 1, 3, 4. Es genügt hier zu bemerken, dass dieser Widerspruch nicht aus einem Versehen in den Jahreszahlen herrührt. Eine Schwierigkeit bei Untersuchung angeblich Beethoven'scher Autographe, welche noch von Niemandem erwähnt wurde, liegt auch darin, dass Compositionen von seinem Bruder Caspar Anton Carl möglicher Weise sich darunter befinden können. Derselbe war früher Musiklehrer in Bonn und kam in dieser Eigenschaft nach Wien. (Zu Anfang dieses Jahrhunderts gab er die Musik als Erwerbszweig ganz auf und starb im Jahre 1815.) Von seinen Compositionen ist nur Folgendes zu meiner Kenntniss gelangt:

In der Wiener Zeitung vom 11. Jänner 1801 sind angezeigt als im Stiche erschienen: 6 Menuette, 8 deutsche und 6 Contratänze, ferner ist im Besitze der Herren Artaria et Comp. ein Manuskript (Allegro, Andante, Allegro vivace), das den Titel trägt: „Clavir vor 4 Hände par Caspar Beethoven." Dass man Manuskripte oder veröffentlichte Werke dieses Beethoven für Manuskripte oder Werke des grossen Beethoven hält, soll nicht behauptet, sondern nur die Möglichkeit angedeutet werden, eine Möglichkeit, welche näher liegt, als die meisten Leser sich vorstellen können.

Eben so wenig dürfen die offenbar von einer Knabenhand geschriebenen musikalischen Uebungen, welche man in Autographen-Sammlungen findet, unbedingt dem grossen Tondichter als Produkte seiner Knabenzeit in Bonn zugeschrieben werden. Einige davon halte ich für Studien seines Neffen, als er Schüler von Carl und Josef Czerny war.

Die zuweilen angeführte „Haslinger'sche oder Rudolfini'sche Sammlung" ist die in der Allgemeinen Leigziger Musik-Zeitung Bd. 24 Seite 65 beschriebene Sammlung von Beethoven's Werken, jetzt im Besitze der Gesellschaft der Musikfreunde in Wien.

Mancherlei Zweifel und Fragen, die Schindler und Andere in Bezug auf Beethoven's Nachlass aufwarfen, können bei Durchsicht des „gerichtlichen Inventars" erledigt werden, welches hier zum ersten Male mit Angabe der Schätzungs- und Verkaufspreise gedruckt erscheint. Besonders verdient dieses Inventar mit dem Artikel „O" in Schindler's „Beethoven" (2. Bd. S. 367, 3. Ausgabe) verglichen zu werden. Schindler's Behauptung, dass bei dieser Auction auch Bücher verkauft wurden, welche Beethoven's Eigenthum nicht waren, scheint dadurch widerlegt zu sein.

Die Berichtigungen und Zusätze, welche gegen Schluss des Buches gedruckt sind, ersuche ich den Leser nicht zu übersehen. In Bezug auf die sprachlichen Fehler, die sich in dem Buche noch vorfinden werden, appellire ich an die Nachsicht des Lesepublikums, welches in Berücksichtigung, dass ich als Amerikaner mit der Wortfügung der deutschen Sprache nicht vollkommen vertraut bin, diese entschuldigen wird.

Wien, Ende October 1864.

A. W. Thayer.

## 1.

**IX Variationen für Clavier,** Cmoll. Nr. 1a. (**Breitkopf und Härtels Verzeichniss Seite 182.**)

Erschienen 1782.

Titel der Original-Ausgabe:

„Variations pour le Clavecin sur une Marche de Mr. Dresler, composées et dediées a son Excellence Madame la comtesse de Wolfmetternich, née Baronne d'Assebourg par un jeune Amateur,

Louis van Beethoven
agé de dix ans.

Mannheim chez le Sr. Götz,
Marchand et Editeur de Musique. Prix 36 kr."

Neefe schreibt in einem Briefe vom 2. März 1783 (siehe Cramer's Magazin der Musik I. 395):

„Jetzt übt er (Neefe) ihn (Beethoven) in der Composition und zu seiner Ermunterung hat er 9 Variationen von ihm fürs Clavier über einen Marsch in Mannheim stechen lassen."

Erschienen auch bei Hoffmeister in Wien um 1803.

---

## 2.

**VII Bagatellen für Clavier.** Op. 33.

Componirt 1782.

Titel des Original-Ms., im Besitz von Herrn Johann Kaffka in Wien:

„Des Bagatelles

par Louis van Beethoven. 1782."

Angezeigt vom Kunst- und Industrie-Comptoir in der Wiener Zeitung vom 28. Mai 1803.

Nach Ries („Notizen" von Wegeler u. Ries Seite 124) kamen diese Bagatellen durch Beethoven's Brüder heimlich heraus.

Folgende Recension ist aus den Wiener „Annalen der Literatur", Intell.-Blatt, April 1804:

„Bagatelles de v. Beethoven, Oeuvre 33, au Bureau d'Arts et d'Industrie à Vienne.

„Verdienen diesen Titel im weitesten Sinne des Wortes."

---

### 3.

**Fuge.** Ungedruckt. Ddur. 95 Takte.

Componirt 1782.

Titel des Original-Ms., im Besitz von Herrn Artaria u. Co. in Wien:

„Eine zweystimmige Fuge in geschwinder Bewegung. Verfertigt von Ludwig van Beethoven im Alter von 11 Jahren."

### 4.

**III Sonaten für Clavier**, Esdur, Fmoll, Ddur. (Br. u. H. V. 129.)

Erschienen 1783.

Titel der Original-Ausgabe:

„Drei Sonaten für's Klavier, dem hochwürdigsten Erzbischofe und Churfürsten Maximilian Friedrich, meinem gnädigsten Herrn gewidmet und verfertigt von Ludwig van Beethoven, alt 11 Jahre.

Nr. 21.
Speyer in Rath Bosslers Verlag.
Preis 1 fl. 30 kr."

Die Dedication lautet so:

„Erhabendster!

Seit meinem vierten Jahre begann die Musik die erste meiner jugendlichen Beschäftigungen zu werden. So frühe mit der holden Muse bekannt, die meine Seele zu reinen Harmonieen stimmte, gewann ich sie, und wie mir's oft wohl däuchte, sie mich wieder lieb. Ich habe nun schon mein eilftes Jahr erreicht; und seitdem flüsterte mir oft meine Muse in den Stunden der Weihe zu: „Versuch's und schreib einmal deiner Seele Harmonieen nieder!" — Eilf Jahre — dacht ich — und wie würde mir die Autormiene lassen? und was würden dazu die Männer in der Kunst wohl sagen? Fast ward ich schüchtern. Doch meine Muse wollt's — ich gehorchte, und schrieb.

Und darf ich's nun Erlauchtester! wohl wagen, die Erstlinge meiner jugendlichen Arbeiten zu Deines Thrones Stufen zu legen? und darf ich hoffen, dass Du ihnen Deines ermunternden Beifalles milden Vaterblick wohl schenken werdest? — O ja! fanden doch von jeher Wissenschaften und Künste in Dir ihren weisen Schützer, grossmüthigen Beförderer, und aufspriessendes Talent unter Deiner holden Vaterpflege Gedeihen. —

Voll dieser ermunternden Zuversicht wag ich es mit diesen jugendlichen Versuchen mich Dir zu nahen. Nimm sie als ein reines Opfer kindlicher Ehrfurcht auf und sieh mit Huld

Erhabenster!

auf sie herab und ihren jungen Verfasser

Ludwig van Beethoven.“

Von Rath Bossler, „den 14. Weinmond 1783“, in Cramer's Magazin der Musik I. 1371 angezeigt:

„Louis van Beethoven, 3 Claviersonaten; eine vortreffliche Composition eines jungen Genies von 11 Jahren, dem Churfürsten von Cölln zugeeignet. 1 fl. 30.“

---

## 5.

**Lied „An einen Säugling“.**

Erschien 1784.

Gedruckt in Bossler's „Blumenlese“:

N. N. An einen Säugling. Von Hrn. Beethoven.

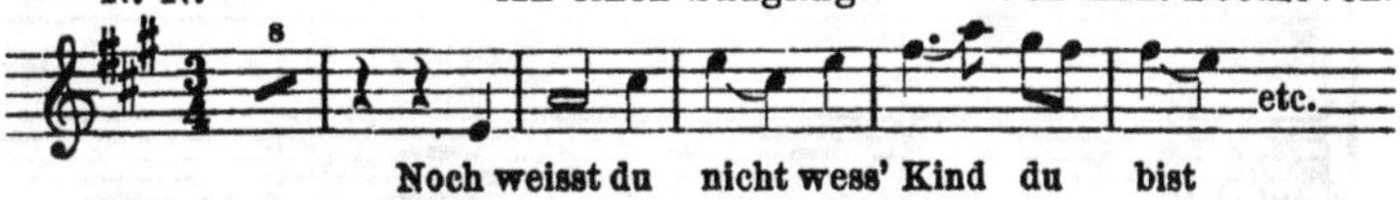


Auch mit neuem Texte als Beilage zur Neuen Berliner Musikzeitung. 19. Juni 1850.

---

## 6.

**Rondo für Clavier.** Adur. (Br. u. H. V. 131.)

Erschienen 1784.

Wurde in Rath Bosslers „Speyer'scher Blumenlese“ Jahrgang 1784 gedruckt unter dem Titel:

„Rondo. del Sigre van Beethoven.“

Ist wieder, mit Nr. 5, am 19. Juni 1850 als Beilage zur Neuen Berliner Musikzeitung erschienen.

---

### 7.

**Concert für Klavier.** Es dur. Ungedruckt. (32 Seiten.)

Componirt um 1784.

Ueberschrift des Ms., im Besitz von Artaria u. Co.:

„Un Concert pour le Clavecin ou Forte-Piano, composé par Louis van Beethoven, âgé de douze ans.“ 32 Seiten.

---

### 8.

**Drei Quartetten für Klavier, Violine, Bratsche und Violoncello.** C dur, Es dur, D dur. (Br. u. H. V. 125.)

Componirt 1785.

Ueberschrift des Ms., im Besitz von Artaria u. Co.:

„Trois Quatuors pour clavecin, violino, viola e basso. 1785.

de L

Composé par Louis van Beethoven, âgé 13 ann.“

Von Artaria u. Co. nach Beethoven's Tode herausgegeben, aber in anderer Folge, nämlich das in Es dur zuerst etc.

---

## 9.

II **Praeludien für Clavier oder Orgel.** Op. 39.

Componirt 1789.

Ueberschrift des Ms., im Besitz von Artaria u. Co.:

„1789. Praeludium durch die 12 Dur-Tonarten von Ludwig van Beethoven."

Eine alte Wiener Ausgabe ohne Namen des Verlegers (Cappi?) hat folgenden Titel:

„Deux Préludes par tous les XII Tons majeurs pour le Forte-Piano ou l'Orgue, composés par Louis van Beethoven. Oeuvre XXXIX. 30 kr."

Angezeigt von Hofmeister u. Kühnel in Leipzig, in der Zeitung für die elegante Welt. 17. Dec. 1803:

„Beethoven. Deux préludes. Op. 39."

---

## 10.

**Trauerkantate** auf den Tod Joseph II. Ungedruckt.

Componirt 1790.

Ein solches Werk in geschriebener Partitur wird angezeigt in dem Auctions-Catalog des Baron du Beine'schen Nachlasses (Wien im April 1813) wie folgt:

„Beethoven. Trauerkantate auf Joseph des Zweiten Tod. G. P." (Geschriebene Partitur.)

Das Werk selbst hat sich bis jetzt noch nicht aufgefunden. Es ist zu bemerken, dass die Nachricht vom Tode des Kaisers anlangte in Bonn am 24. Februar 1790; wahrscheinlich ist diese Cantate dieselbe, von welcher Wegeler (Notizen 16) schreibt: „Später sollte diese Cantate in Mergentheim aufgeführt werden, aber mehrere Stellen waren für die Blas-Instrumente so schwierig, dass einige Musiker erklärten, solche nicht spielen zu können" etc.

Wegeler bezieht das hier Gesagte irrthümlich auf eine später unter Nr. 18 zu erwähnende Cantate. Beethoven's Aufenthalt in Mergentheim fällt nicht in eine spätere, sondern in eine frühere Zeit, als J. Haydn's Anwesenheit in Bonn, July 1792. Es können das nur zwei verschiedene Cantaten sein.

Für die interessanten Entdeckungen im du Beine'schen Catalog sind wir Herrn G. Nottebohm Dank schuldig.

---

## 11.

**XXIV Variationen für Clavier.** Ddur, Thema: „Vienni Amore". Der Gräfin Hatzfeld gewidmet.

Componirt um 1790.

Erschien in Mannheim und schon in der Wiener Zeitung vom 13. August 1791 angezeigt wie folgt:

„In dem Mus. Magazin, der heil. Dreyfaltigkeitssäule auf dem Graben gegenüber, der Unter-Brenner-Str. No. 1152 [in Wien] zu haben":

„Beethoven 24 Variations sur l'Ariette: „Vieni Amore" par Righini pour Clavier ou Pianoforte. 1 *fl.*"

---

## 12.

**Ein Ritter-Ballet.** Ungedruckt.

Componirt 1790—1791.

Das Original-Ms. der Partitur ist im Besitze von Artaria u. Co.

Aufgeführt am 6. März 1791, im Redoutensaale des kurfürstlichen Palastes in Bonn.

Nr. I. Marsch (Piccolo, 2 Clarinetti, 2 Corni, 2 Clarini Timpani, 2 Violini, Viola und Bass).
II. Deutscher Gesang.
III. Jagdlied.
IV. Minnelied.
V. Kriegslied.
VI. Trinklied.
VII. Walzer oder Teutscher Tanz.
VIII. Coda.

---

## 13.

**Trio für Clavier, Violine und Violoncell,** Es dur. (Br. u. H. V. 127.)

Aus der Bonner Zeit.

In einem geschriebenen Verzeichniss Beethoven'scher Werke befindet sich folgende Notiz:

„Componirt anno 1791 und ursprünglich zu den 3 Trios Op. 1 bestimmt, aber von Beethoven als zu schwach weggelassen": deren Richtigkeit dahin gestellt bleiben mag.

Schindler sagt (Beethoven I. S. 10):

„Beethoven nannte es „einen der höchsten Versuche in der freien Schreibart" und will es im Alter von 15 Jahren componirt haben."

Später (S. 55) bezieht Schindler die obige Ueberlieferung auf das Trio, Op. 3.

Erschienen bei Dunst in Frankfurt a. M. 1836.

---

## 14.

**Zwei Arien für 1 Singstimme und Orchester**, als Einlagen statt Nr. 3 und Nr. 4 in Umlauf's Oper: „Die schöne Schusterin".

Componirt um 1791.

*a)* Für Tenor, 26 Seiten in Partitur. Eine Copie im Besitz des Herrn Haslinger in Wien hat folgenden Titel:

„Partituro. Arietto: „O welch' ein Leben." Dal Beethoven."

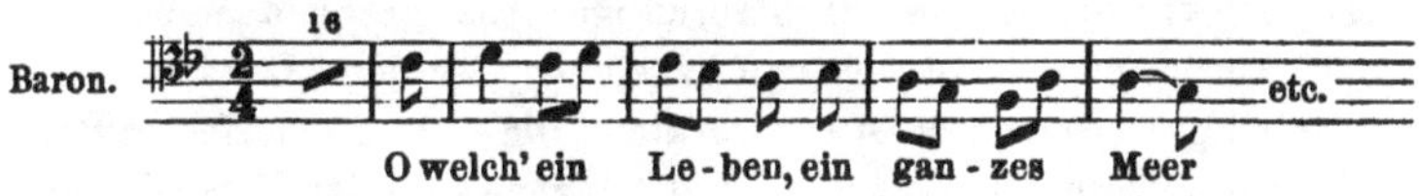


Ist später erschienen, als Lied Nr. 4 „Maigesang" vom Op. 52.

*b)* Für Sopran. 32 Seiten in Partitur. Ungedruckt. Das Ms. ist auch im Besitz des Herrn Haslinger.

Umlauf's „Schöne Schusterin" wurde in Bonn im Winter 1789—1790 in Scene gesetzt.

---

## 15.

**„Mit Madeln sich vertragen."** **Aria** für Bassstimme und Orchester. Text aus Göthe's Claudine von Villabella. Ungedruckt.

Wahrscheinlich für die Bonner Oper geschrieben.

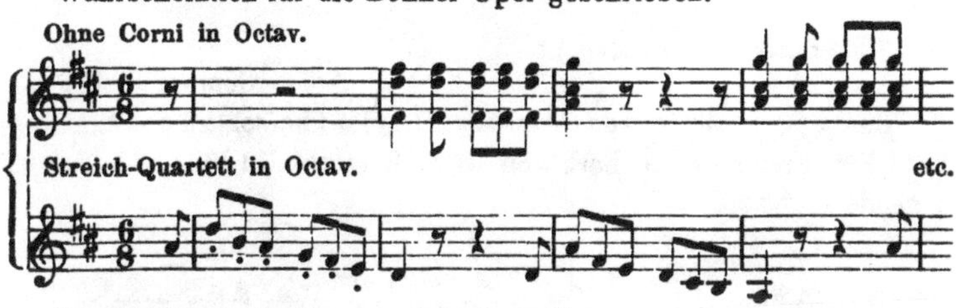


Das Ms. ist im Besitz von Artaria u. Co.

---

## 16.

**III Trios für Clavier, Violine und Violoncell,** Esdur, Gdur, Cmoll. Op. 1. Dem Fürsten von Lichnowsky gewidmet.

Componirt 1791—92.

Titel der Original-Ausgabe:

„Trois Trios pour le Pianoforte, Violon et Violoncelle. Composés et dediés à Son Altesse Monseigneur le Prince Charles de Lichnowsky par Louis van Beethoven. 1re Oeuvre No. 1. 2. 3. à Vienne chez Jean Cappi.“

Folgende Anzeige erschien in der Wiener Ztg. vom 16. März 1795:

„Praenumeration auf Ludwig van Beethoven's 3 grosse Trios für das Pianoforte, Violin und Bass, welche binnen 6 Wochen bei Artaria gestochen erscheinen, und nach vorheriger Anzeige bei dem Verfasser gegen Zurückgabe des Scheins zu haben seyn werden. Der Preis eines vollständigen Exemplars ist ein Ducaten. Die Namen der Herren Praenumeranten werden vorgedruckt und sie geniessen den Vortheil, dass dieses Werk für Andere erst 2 Monate nach der Ablieferung, vielleicht auch nur gegen erhöhten Preis abgegeben wird. In Wien pränumerirt man bei dem Verfasser im Ogylsischen Hause in der Kreuzgasse hinter der Mionoriten-Kirche Nr. 35, im ersten Stock.“

Von Artaria u. Co. „zu haben“, sind diese Trios zuerst angezeigt in der Wiener Zeitung vom 21. October 1795. —

Schindler bemerkt (Beethoven I. 50):

„Das Trio in C-moll, welches in der Sammlung an dritter Stelle steht, war das zu allererst vollendete.“

Die Gründe anzugeben, warum hier die Entstehung dieses Werkes in die Bonner Zeit zurückversetzt wird, würde zu weit führen. —

Das Quintett Cmoll Op. 104 ist ein Arrangement des obigen Trios Nr. 3. Angezeigt von Artaria u. Co. in der Wiener Ztg. vom 18. Febr. 1819.

---

## 17.

**Flöten-Duett.** Ungedruckt.

Componirt 1792.

Das Ms., im Besitz von Artaria u. Co., ist überschrieben:

„Für Freund Degenhart von L. v. Beethoven 1792. 23. August Abends 12.“

## 18.

**Trio für Violine, Bratsche und Violoncell,** Es dur. Op. 3.

Componirt 1792.

Anzeige von Artaria u. Co. in der Wiener Ztg. vom 8. Febr. 1797: „Grand Trio per Violino, Viola e Violoncello, Op. 3."

Nach Wegeler („Notizen" 29. 30) entstand dieses Trio aus einem Versuche Beethoven's, ein Quartett für Graf Appony zu schreiben. Diese Angabe ist irrig und wird durch folgende Mittheilung widerlegt.

Im December 1792 reiste Abbé Clemens Dobbeler von Bonn ab, erst nach Hamburg, dann später nach England. Er nahm eine geschriebene Copie dieses Trio's mit und schon im Sommer 1793 wurde das Werk in Leicester in England gespielt.

Das Trio ist componirt „kurz vor seiner (Dobbelers) Abreise".

Die grosse Sonate für Clavier u. Violoncell, Es dur, Op. 64 (Nr. 64) ist ein Arrangement dieses Trios.

Angezeigt von Artaria u. Co. in der Wiener Ztg. vom 27. May 1807.

## 19.

**Cantate** auf Leopold II. Ungedruckt.

Componirt 1792.

Auch von diesem Werke haben wir nur (wie bei Nr. 10) folgende Anzeige (mitgetheilt von Herrn G. Nottebohm) in dem Auctionscatalog des Baron du Beine'schen Nachlasses (April 1813):

„Beethoven, Kantate auf Leopold II. S." (Schrift.)

Folgende Mittheilung von Wegeler (S. 15) mag sich auf dieses noch nicht aufgefundene Werk beziehen:

„Als Haydn zuerst aus England zurückkam, legte ihm Beethoven eine Cantate vor, welche von Haydn besonders beachtet und ihr Verfasser zu fortdauerndem Studium aufgemuntert wurde."

Dieser Besuch Haydn's in Bonn konnte nur im July 1792 stattfinden. Leopold II. starb den 1. März 1792.

Der Kurfürst von Köln, Max Franz, war der jüngste Bruder von Kaiser Joseph II. und Leopold. Es ist denkbar, dass Beethoven auf Aufforderung des Kurfürsten, dessen Kammer-Musicus er war, die Cantaten schrieb. Vgl. Nr. 10.

## 20.

**Lied für 1 Singstimme und Klavier.** Ungedruckt.

Aus der Bonner Zeit.

Das Original-Ms., offenbar eine Knabenhandschrift, ist im Besitze von Artaria u. Co.

## 21.

**Sonate für Klavier und Flöte.** Ungedruckt.

Aus der Bonner Zeit.

(Ms. im Besitze von Artaria u. Co.)

## 22.

**Trio für Klavier, Flöte und Fagott.** Ungedruckt.

Aus der Bonner Zeit.

Von diesem Werke haben wir nur folgende Anzeige im Auctionscataloge des Beethoven'schen Nachlasses:

„Nr. 179. Unbekanntes Trio für Pianoforte, Flöte und Fagott, frühere Arbeit noch in Bonn."

Geschätzt zu 8 fl. Verkauft für 20 fl.

## 23.

**„Der freie Mann", Lied für eine Singstimme, Chor und Clavier.** (Br. u. H. V. 146.)

Aus der Bonner Zeit.

Ein „von ihm sehr früh componirtes Lied" sagt Wegeler (Notizen 47), der einen neuen Text „Was, was ist des Maurers Ziel?" im Jahre 1797 unterlegte, mit welchem das Lied bei Simrock erschien.

## 24.

**II leichte Sonatinen für Clavier,** G dur, F dur. (Br. u. H. V. 131.)

Aus der Bonner Zeit (?).

Vielleicht sind diese dieselben, welche im Auctions-Catalog des Beethoven'schen Nachlasses angegeben sind:

„Nr. 157. Zwei vollständige kleine Stücke für P. F. aus seiner frühern Zeit." (Verkauft für 1 fl.)

Wenn nicht, könnte ihre Echtheit bezweifelt werden.

Nach Beethoven's Tode herausgegeben von Cranz in Hamburg.

## 25.

**Octett für Blasinstrumente.** Es dur. Op. 103.

Aus der Bonner Zeit.

Ueberschrift des Ms., im Besitz von Artaria u. Co.:

„Parthia in Es a due Oboe, due Clarinetti, due Corni, due Fagotti. di L. v. Beethoven."

Nach dem Tode des Componisten von Artaria u. Co. herausgegeben.

Das Streichquintett, Op. 4 (siehe Nr. 38), und die Sonate für Clavier, Violine und Violoncell, Op. 63, sind Arrangements dieser Parthie."

Diese Sonate (oder Trio) Op. 63 ist anno 1807 bei Artaria u. Co. erschienen.

### 26.

**Lied für 1 Singstimme und Clavier mit Chor.** Ungedruckt.

Aus der Bonner Zeit.

Das Ms., im Besitz von Artaria u. Co., ist überschrieben: „Punschlied."

### 27.

**Rondino für 2 Oboen, 2 Clarinetten, 2 Fagotte und 2 Hörner.** Esdur.
(Br. u. H. V. 124.)

Aus der Bonner Zeit (?).

Nach Beethoven's Tode von Diabelli u. Co. herausgegeben.
Wahrscheinlich für Churfürst Max Franz' Tafelmusik geschrieben.

### 28.

VIII **Gesänge** und Lieder für eine Singstimme und Clavier. Op. 52.

Zum Theil in Bonn componirt.

| | | | |
|---|---|---|---|
| Nr. 1. | Urian's Reise um die Welt. | Text von | Claudius. |
| – 2. | Feuerfarb. | – – | Sophie von Mereau. |
| – 3. | Liedchen von der Ruhe. | – – | Bürger. |
| – 4. | Maigesang. | – – | Goethe. |
| – 5. | Molly's Abschied. | – – | Bürger. |
| – 6. | Ohne Liebe, lebe wer kann. | – – | Lessing. |
| – 7. | Marmotte. | | |
| – 8. | Das Blümchen Wunderhold. | – – | Bürger. |

Anzeige vom Kunst- und Industrie-Comptoir in der Wiener Zeitung vom 26. Juni 1805:

„Beethoven, 8 Lieder von Göthe, Sophie Mereau und Andern, mit Begleitung des Pianoforte. Op. 52."

Wegeler (Notizen 16) erwähnt das erste Lied, als sehr früh in Bonn componirt; das vierte war ursprünglich auf den Text „O welch' ein Leben" etc., — Nr. 3 in Umlaufs „Schöne Schusterin" unzweifelhaft in Bonn für die Aufführung der Oper dort componirt. (Siehe Nr. 14.)

Ueber diese Lieder schreibt der Recensent in der Leipz. Allg. Mus.-Zeitung vom 28. August 1805:

„Von diesem ausgezeichneten, selbst in seinen Verirrungen oft bewundernswürdigen Künstler wären nun auch
„No. 3, diese acht Lieder? Ist das möglich? Es muss doch wol, da es

wirklich ist! Wenigstens stehet sein Name gross auf dem Titel gestochen, der Verleger ist angegeben, die Lieder sind in Wien, dem Wohnorte des Komp. herausgekommen, sie führen sogar die Nummer seines neuesten Werks — — Begreif' es, wer es kann, dass von solch' einem Manne etwas so durchaus Gemeines, Armes, Mattes, zum Theil Lächerliches — nicht nur kommen kann, sondern sogar in's Publikum gebracht werden mag.« etc.

Durch Ferd. Ries ist dieses Räthsel erlöst. Er schreibt (Not. 124): „Alle Kleinigkeiten und manche Sachen, die er nie herausgeben wollte, weil er sie nicht seines Namens würdig hielt, kamen durch seine Brüder heimlich in die Welt. So wurden Lieder, die er jahrelang vor seiner Abreise nach Wien noch in Bonn componirt hatte, dann erst bekannt, als er schon auf einer hohen Stufe des Ruhms stand.«

## 29.

**Duo (für eine Spieluhr?). Ungedruckt.**

Aus der Bonner Zeit (?).

Das Ms., im Besitz von Artaria u. Co., ist überschrieben:
„Allegro non più molto
Allegretto et Trio — di Beethoven.«

## 30.

**XII Variationen für Klavier und Violine, „Se vuol ballare«, aus Figaro's Hochzeit. Eleonore von Breuning gewidmet.** (Br. u. H. V. S. 128.)

Erschien 1793.

Angezeigt von Artaria u. Co. in der Wiener Ztg. vom 31. Juli 1793. Beethoven schickte ein Widmungs-Exemplar der Variationen, Anfangs November 1793 (vgl. Wegeler's Notizen S. 54—58), an Fräulein von Breuning und schrieb dabei:

„Sie erhalten hier eine Dedikation von mir an Sie, wobei ich nur wünschte, das Werk wäre grösser und Ihrer würdiger. Man plagte mich hier um die Herausgabe dieses Werkchens." etc.

---

## 31.

**Vierhändige Variationen.** C dur. Thema von dem Grafen Waldstein. (Br. u. H. V. 129.)

Erschien 1794.

Der Titel der Original-Wiener-Ausgabe lautet:

„Variations à quatre mains pour le Clavecin ou Forte-Piano, composées par Louis van Beethoven. à Vienne chez Artaria et Co. fl. 1. 12."

Angezeigt auch von Johann Traeg in der Wiener Zeitung vom 21. Januar 1795:

„Beethoven, Variations à 4 mains."

Auch von Simrock in Bonn verlegt.

Ob nicht vielleicht früher in Bonn componirt?

---

## 32.

**XIII Variationen für Clavier.** A dur. „Es war einmal ein alter Mann." Thema aus der Oper „das rothe Käppchen". (Br. u. H. V. 134.)

Erschienen 1794.

Wahrscheinlich sind diese Variationen aus der Bonner Zeit, da Dittersdorf's „Rothes Käppchen" dort auf dem Hoftheater oft aufgeführt wurde.

---

## 33.

**Erstes Concert für Clavier und Orchester.** C dur. Op. 15. Der Fürstin Odescalchi geb. Gräfin Keglivics gewidmet.

Componirt 1795.

In Glöggl's Neue Wiener Musik-Zeitung vom 26. August 1853 theilt Alois Fuchs Folgendes mit:

„Im 79. Concert [der Wiener Tonkünstler-Gesellschaft] am 29. März 1795, spielte Ludwig van Beethoven ein neues Clavier-Conzert von seiner Composition."

Ueberschrift des Ms., im Besitz des Herrn C. Haslinger:

„Concerto da L. v. Bthvn."

Anzeige von T. Mollo u. Co. in der Winer Ztg. vom 21. März 1801:

„L. v. Beethoven, Grand Concert für das Clavier mit Begleitung von mehreren Instrumenten. Op. 15. 4 fl. 30 kr.“

Dr. Wegeler sagt („Notizen“ 36):

„Erst am Nachmittag des zweiten Tags vor der Aufführung seines ersten Concertes schrieb er das Rondo.“

Drei Cadenzen zum ersten Satze dieses Concerts (ein davon aber nicht complet) in Beethoven's Handschrift, sind im Besitz des Herrn Haslinger.

---

## 34.

**XII Variationen für Clavier.** Cdur. Thema: „Menuet à la Vigano.“
(Br. u. H. V. 188.)

Componirt 1795.

Titel der Original-Ausgabe:

„XII Variazioni per il Clavicembalo o Piano-Forte, sul Menuetto balleto dalla Sig[a] Venturini e Sig[r] Chechi nel Ballo delle Nozze disturbate, del Sig[r] Luigi van Beethoven. No. 3.
637. In Vienna presso Artaria e Comp.“

Angezeigt in der Wiener Zeitung vom 27. Februar 1796.

Die erste Aufführung dieses Ballets im Hoftheater zu Wien fand statt am 18. Mai 1795.

---

## 35.

**IX Variationen für Clavier.** Adur. Thema: Quant' è più bello, aus Paisiello's Oper: La Molinara. Dem Fürsten Lichnowsky gewidmet.
(Br. u. H. V. 132.) Nr. 2.

Erschien 1796.

Titel der Original-Ausgabe:

„Variazioni della Thema: Quant' è più bello l'Amor contadino, nell' Opera La Molinara per il Piano-Forte. Composte e dedicate a Sua Altezza il Signore Principe Carlo de Lichnowsky. Del Signore Luigi van Beethoven.
3. In Vienna Presso Giov. Traeg. No. II.“

Angezeigt in der Leipziger Zeitung vom 28. November 1796. (Nach Gerber erschienen 1797.)

---

### 36.

**XII deutsche Tänze für Orchester.** (Br. u. H. V. 187.)

Componirt 1795.

In der Wiener Zeitung vom 14. und 18. November 1795 zeigten die bildenden Künstler ihren jährlichen Maskenball für den 22sten mit folgender Bemerkung an:

„Die Musik zu den Menuetten und deutschen Tänzen ist für diesen Ball wieder eine ganz neue Bearbeitung. Für den grösseren [Redouten-] Saal hat sie — — Süssmeyer, und für den kleinen Saal die Meisterhand des Herrn Ludwig van Beethoven, aus Liebe zur Kunstverwandschaft verfertigt."

Anzeige von Artaria u. Co. in der Wiener Ztg. vom 16. December 1795:

„Von Herrn Ludwig van Beethoven 12 neue Menuets und 12 deutsche Tänze im Clavierauszuge, welche bei dem am 22. November d. J. zum Besten der Künstlergesellschaft in dem k. k: Redoutensaal gegebenen Maskirten-Ball aufgeführt und bekanntermassen mit Beyfall aufgenommen sind. Dieser Klavierauszug ist vom Herrn Verfasser selbst verfertigt worden. Hievon kosten die Menuetten 45 kr. Die Deutschen Tänze 45 kr."

Anzeige von Johann Traeg in der Wiener Ztg. vom 19. December 1798:

„Redouten-Menuetten und Redouten-Deutsche von Beethoven mit allen Stimmen, jede 4 fl. 30 kr."

---

### 37.

**XII Menuetten für Orchester.** (Br. u. H. V. 189.)

Aufgeführt im k. k. kleinen Redoutensaale in Wien 22. Nov. 1795.

Klavier-Auszug „vom Herrn Verfasser selbst," angezeigt von Artaria am 6. December 1795.

Siehe Nr. 36.

---

### 38.

**Quintett für 2 Violinen, 2 Bratschen und Violoncell.** Es dur. Op. 4.
Nach der „Parthia in Es" (Nr. 25)

arrangirt 1795.

Angezeigt von Artaria u. Co. in der Wiener Zeitung vom 8. Februar 1797 als „ganz neu":

„Quintetto per 2 Violini, 2 Viole e Violoncello. Op. 4. 2 fl."

Wegeler schreibt („Notizen" 30):

„Hier (bei Lichnowsky) trug 1795 Graf Appony Beethoven auf, gegen ein bestimmtes Honorar ein Quartett zu componiren." . . . „Auf meine oft wiederholte Erinnerung an diesen Auftrag machte Beethoven sich zweimal ans Werk, allein beim ersten Versuch entstand ein grosses Violin-Trio (Op. 3), bei dem zweiten ein Violin-Quintett (Op. 4).“

Siehe Nr. 18.

## 39.

VI **Variationen für Clavier**, Gdur. Thema: Nel cor più non mi sento, aus Paisiello's: La Molinara. Nr. 3. (Br. u. H. V. 132.)

Componirt 1795.

Titel der Original(?)-Ausgabe:

„Variazioni sopra il Duetto „Nel cor più non mi sento“ dell' Opera „La Molinara, per il Piano-Forte, del Signore Luigi van Beethoven. No. 3. Vienna presso A. Diabelli e Comp., Graben Nr. 1133.“ No. 302.

Anzeige von Johann Traeg in der Wiener Ztg. vom 30. Decbr. 1795: „Variazioni per il Clav. del Sign. van Beethoven. Diese Variationen sind ganz neu. Sie sind leicht, fliessend und durchaus naif. 40 kr.“ — Nachher als „Op. 3“ angezeigt.

Wegeler („Notizen“ 80) erzählt:

„Beethoven war mit einer ihm sehr werthen Dame in einer Loge, als eben La Molinara aufgeführt wurde. Bei dem bekannten: Nel Cuor più non mi sento, sagte die Dame: sie habe Variationen über dieses Thema gehabt, sie aber verloren. Beethoven schrieb in der Nacht die VI Variationen hierüber und schickte sie am andern Morgen der Dame mit der Aufschrift: Variazioni u. s. w. Perdute par la — — ritrovate par Luigi van Beethoven.“

## 40.

III **Sonaten für Clavier.** Fmoll, Adur, Cdur. Op. 2. Joseph Haydn gewidmet.

Erschien 1796.

Titel der Original-Ausgabe:

„Trois Sonates pour le Clavecin ou Piano-Forte, composées et dediées A. M^r Joseph Haydn. Docteur en musique par Louis van Beethoven. Oeuvre II. à Vienne chez Artaria et Comp.“

Anzeige von den Verlegern in der Wiener Ztg. vom 9. März 1796:

„3 Sonaten für das Fortepiano von Herrn Ludwig van Beethoven.

„Da das vorige Werk dieses Herrn Verfassers, die bereits in Händen des Publicums befindlichen 3 Clavier Trios, Opera 1 desselben, mit so vielem Beyfall aufgenommen worden sind, so verspricht man sich das Nämliche von dem gegenwärtigen Werke, um so mehr, da es ausser dem Werth der Composition noch auch das an sich hat, dass man aus demselben nicht nur die Stärke, die H. v. Beethoven als Clavierspieler besitzt, sondern auch die Delicatesse, mit welcher er dieses Instrument zu behandeln weiss, ersehen kann. Man hat daher auch auf die Schönheit und Correctheit der Auflage die möglichste Sorgfalt angewendet. Der Preis ist 3 fl."

Das Adagio der 1sten Sonate ist dem Quartette in C dur, vom Jahre 1785 (siehe Nr. 8), entnommen.

In Schönfeld's „Jahrbuch der Tonkunst für Wien und Prag" (S. 8) findet sich folgende, wenigstens acht Monate vor dem Erscheinen dieser Sonaten geschriebene Notiz: „Man hat schon mehrere schöne Sonaten von ihm; worunter sich seine Letzteren besonders auszeichnen." Ein Beweis, dass sie, wie auch andere, schon im Frühjahr 1795 in Wien handschriftlich bekannt waren.

---

## 41.

**Sonate für Clavier.** (Bruchstück.) C dur. (Br. u. H. V. 180.)

Componirt 1796.

Ein nachgelassenes unvollständiges Werk, herausgekommen bei Dunst in Frankfurt und dem Fräulein Eleonore von Breuning gewidmet. Der erste Satz ist vollständig. Der zweite Satz, Adagio, bricht mit dem 25. Tact ab und wurde von Ries vollendet.

---

## 42.

**Scene und Arie für Sopran und Orchester.** „Ah! perfido." Op. 65. Der Gräfin Clari gewidmet.

Componirt 1796.

Erschienen bei Hofmeister und Kühnel im Clavierauszuge um 1810.

Schindler theilt Folgendes aus einem Briefe von Alois Fuchs mit:

„Ich besitze eine geschriebene Partitur hievon, auf welcher der Titel ganz eigenhändig von Beethoven geschrieben ist und so lautet: „Une grande Scene mise en musique par L. van Beethoven à Prague 1796. Dedicata alla Signora Contessa di Clari." In der Partitur selbst ist Beethoven's Hand sehr häufig sichtbar. Auf dem Titelblatt steht von seiner Hand: Opus 46." (Schindler, Beethoven I. 58.)

Auf dem Programm zum Concert der Madame Duschek in Leipzig, 21. November 1796, steht:

„Eine Italienische Scena componirt für Madame Duschek von Beethoven."

Siehe auch Gerichtliche Inventur Nr. 168, im Anhang.

---

## 43.

**Adelaide**, für eine Singstimme und Clavier. Op. 46.

Componirt 1796.

Anzeige v. Artaria u. Co. in der Wiener Ztg. v. 8. Febr. 1797: „ganz neu", „Adelaide von Matthison, eine Kantate für eine Singstimme mit Begleitung des Klaviers. 40 kr."

Herr Gustav Nottebohm hat einen Entwurf zwischen den Compositions-Uebungen Beethoven's bei Albrechtsberger gefunden. (Vgl. Leipz. Allg. Mus.-Ztg. 1863, S. 826.) Ein Entwurf in Facsimile steht in Seyfried's Studien; und noch ein dritter ist im Besitze von Artaria u. Co. unter einer Menge anderer Skizzen. Das Original des Folgenden ist im Besitze des Componisten Herrn Joseph Dessauer in Wien.

Beethoven's Brief an den Dichter, Matthison, bei der Uebersendung seiner Composition, ist gedruckt in der „N. Zeitsch. f. Musik" VII. Nr. 51.

## 44.

**II Sonaten für Clavier und Violoncell,** Fdur, Gmoll. Op. 5. Friedrich Wilhelm II Könige von Preussen gewidmet.

Componirt in Berlin 1796.

Titel der Original-Ausgabe:

„Deux grandes Sonates pour le Clavecin ou Piano-Forte avec un Violoncelle obligé. Composées et dediées à Sa Majesté, Frédéric Guillaume II. Roi de Prusse par Louis van Beethoven. Oeuvre 5me. A Vienne chez Artaria et Compagnie."

Angezeigt in der Wiener Zeitung vom 8. Februar 1797 unter „folgenden Music ganz neu":

„Beethoven: Deux grandes Sonates pour le Clavecin avec une Violoncelle obligée. Op. 5. — 3 fl."

Ries sagt (Notizen 109):

„In Berlin spielte er (Beethoven) einigemal bei Hofe (beim Könige Friedrich Wilhelm II.), wo er auch die zwei Sonaten mit obligatem Violoncello, Op. 5, für Duport (ersten Violoncellisten des Königs) und für sich componirte und spielte."

## 45.

**Lied für 1 Singstimme und Clavier.**

Componirt 1796.

Titel der Original-Ausgabe, welche bei Artaria u. Co. erschien:

„Abschiedsgesang an Wiens Bürger beim Auszug der Fahnendivision des Corps der Wiener Freywilligen von Friedelberg; in Musik gesetzt von Louis van Beethoven. Dem Herrn Commandanten des Corps Obristwachtmeister v. Kövesdy gewidmet vom Verfasser. Wien den 15. November 1796."

Ist auch als Trinklied: „Lasst das Herz uns froh erheben", bei Schott in Mainz erschienen. (Br. u. H. V. 148.)

## 46.

**Thematisches Verzeichniss der von Beethoven bei Albrechtsberger geschriebenen Fugen,** mitgetheilt von Herrn Gustav Nottebohm. (Vergl. Leipz. Allg. Mus.-Zeitung, 1863, Nr. 41 et seq. und Seyfried's „Beethoven's Studien".)

Componirt um 1795—96.

## I.

**Zwei-, Drei- und Vierstimmige Fugen** über von Albrechtsberger gegebenen Themen.

tr.
tr.
tr.
tr.

## II.

### Choral- und andere Fugen.

Choralfuge.

## III.

### Drei Fugen mit Vorspielen für Streichinstrumente.

Dreistimmig.

Praeludio.

Vierstimmig.

## 47.

**XII Variationen für Clavier.** A dur. Thema: Danse Russe. Der Gräfin von Browne gewidmet. (B. u. H. V. 133.)

Componirt 1796.

Titel der Original-Ausgabe:

„XII Variations pour le Clavecin ou Piano-Forte, sur le Danse Russe, dansée par Mlle. Cassentini dans le ballet: Das Waldmädchen, composées et dediées à Madame la comtesse de Browne, née de Vietinghoff, par Louis van Beethoven. No. 4.
696. A Vienne chez Artaria et Comp.“

Angezeigt in der Wiener Zeitung vom 29. April 1797.

Das Ballet wurde im Hoftheater in Wien am 3. September 1796 zum ersten Mal aufgeführt.

---

## 48.

**Vierhändige Sonate für Clavier.** D dur. Op. 6.

Erschienen im Winter 1796—97.

Titel der Original-Ausgabe:

„Sonate à quatre Mains pour le Clavecin ou Forte-Piano composé par Louis van Beethoven. Oeuvre 6. A Vienne chez Jean Cappi. 1 fl.“

Nach Gerber erschienen „bei Artaria 1797,“

Nach Schindler (I. 55) „bei Eder.“

---

## 49.

**Lied für 1 Singstimme und Clavier.**

„Kriegslied der Oesterreicher.“

Componirt (?) 14. April 1797.

Titel der Originalausgabe: „Kriegs-Lied der Oesterreicher von Friedelberg. In Musik gesetzt fürs Clavier von Ludwig van Beethoven. Wien den 14. April 1797. In Wien bei Artaria u. Comp. 20 kr.“

Angezeigt von Artaria u. Co. in der Wiener Ztg. vom 29. April 1797: „Oesterreich's Kriegslied von Friedelberg, in Musik gesetzt für das Klavier von Ludwig van Beethoven. 20 kr.“

---

### 50.

**Serenade für Violine, Bratsche und Violoncell.** Ddur. Op. 8.

Erschienen 1797.

Anzeige von Artaria u. Co. in der Wiener Ztg. vom 7. October 1797: „Serenate per Violino, Viola e Violoncello. Op. 8. 2 *fl.*“

**Notturno für Clavier und Bratsche. Ddur.** Op. 42.

Von Hoffmeister (in Wien) wurde in der Wiener Zeitung vom 14. April 1804 angezeigt:

Beethoven Notturno für Clavier und Alto nach einem Notturno (Op. 8) arrangirt, und vom Autor selbst durchgesehn. Op. 42.

---

### 51.

**Sonate für Clavier.** Esdur. Op. 7. Der Gräfin Babette von Keglevics gewidmet.

Erschienen 1797.

Titel der Original-Ausgabe:

„Grande Sonate pour le Clavecin ou Piano-Forte composée et dediée à Mademoiselle la comtesse Babette de Keglevics par Louis van Beethoven. Oeuvre 7. A Vienne chez Artaria et Comp.“

Angezeigt in der Wiener Zeitung vom 7. October 1797:

„Grande Sonate pour le Pianoforte. Op. 7. 1 *fl.* 30 kr.“

---

### 52.

**Trio für 2 Oboen und englisches Horn.** Cdur. Op. 87.

Aufgeführt in Wien 23. Dec. 1797.

Ueberschrift des Ms. (zum grössten Theil in Beethoven's Handschrift) im Besitz von Artaria u. Co.:

„Terzetto, Oboe 1$^{mo}$, Oboe 2$^{do}$, Corno Anglaise, oder due violini e viola, da L. van Beethoven.“

Dieses Werk hat ursprünglich die Opuszahl 29, was wohl Anno 1797 als Datum der Composition andeutet; Alois Fuchs aber giebt „1794“ an.

Angezeigt von Artaria u. Co. in der Wiener Ztg. vom 12. April 1806:

„Beethoven. Grand Trio pour 2 Violons et Viole tiré d'un Trio pour 2 Hautbois et Cor Anglais. (Op. 29.)

— Sonate pour le Clavecin avec Violon tirée d'un Trio. [do.]

— Grosses Trio für 2 Oboen und 1 englisches Horn. [do.]

Die Sonate ist zuerst erschienen.

Andere Uebersetzungen, herausgegeben von verschiedenen Verlegern, tragen auch die Opuszahl 29.

---

## 53.

III **Trios für Violine, Bratsche und Violoncell.** Gdur, Ddur, Cmoll. Op. 9. Dem Grafen von Browne gewidmet.

Erschienen 1798.

Anzeige von Johann Traeg in der Wiener Ztg. vom 25. Juli 1798:

„Beethoven, 3 Trios pour un Violin, Alto et Violoncello. Op. 9. 3 fl. 30 kr.“

Bei der Wiederholung dieser Anzeige wurde folgendes zugesetzt:

„Der Verleger dieser Trios will nur mit einigen Worten bemerken, dass er keinen Fleiss und keine Kosten gespart hat um das Aeusserliche dem innerlichen Werth dieses vortrefflichen Werks nur einigermassen gleich zu machen. Er hofft, dass dieses Werk durch Correctheit, Nettigkeit und Güte des Papiers sich auszeichnen wird“ etc.

---

## 54.

**Quintett für Clavier, Oboe, Clarinette, Horn und Fagott.** Esdur. Op. 16. Dem Fürsten von Schwarzenberg gewidmet.

Aufgeführt 2. April 1798.

Titel der Original-Ausgabe:

„Grand Quintetto pour le Forte-Piano avec Oboë, Clarinette, Basson et Cor, ou Violon, Alto et Violoncelle, composé et dedié A Son Altesse Monseigneur le Prince Regnaut de Schwarzenberg, etc., etc., par Louis van Beethoven. Oeuvre 16. Wien bey T. Mollo.“

Angezeigt in der Wiener Zeitung vom 21. März 1801.

Ueber die Aufführung dieses Quintetts im Concerte der Tonkünstlergesellschaft berichtet die Wiener Zeitung vom 7. April 1798 Folgendes:

„— spielte Herr v. Beethoven von seiner Erfindung ein Quintett auf dem Pianoforte begleitet mit einer Hautbois vom Herrn Triebensee, Kapellmeister, und einem Klarinet vom Herrn Beer (beide im Dienst des Fürsten Liechtenstein), dann mit einem Fagott vom Herrn Mathuschek, und einem Waldhorn vom Herrn Nickel. Alle erhielten den ungetheilsten und lebhaftesten Beyfall.“ —

„Aus seinem Clavier-Quintett mit vier Blasinstrumenten, sagt Ries (Notizen 93), bildete er das Clavier-Quartett mit drei Saiteninstrumenten.“

Als Streichquartett Op. 75 erschienen bei Artaria u. Co. anno 1810 oder 1811.

---

### 56.

**III Sonaten für Clavier.** Cmoll, Fdur, Ddur. Op. 10. Der Gräfin von Browne gewidmet.

Erschienen 1798.

Anzeige vom Verleger in der Wiener Zeitung vom 7. July 1798: „Bei Mir endesgenannten werden binnen 6 Wochen 3 sehr schöne Claviersonaten ohne Begleitung, komponirt von Herrn Ludwig van Beethoven herauskommen. Da ich nun in Rücksicht der Kosten einigermassen gedeckt zu sein wünsche und der Name des Herrn Verfassers dem Publikum für die Güte seiner [Arbeit] hinlänglich bürgt: so wage ich es hiermit eine Subscription auf gedachtes Werk zu eröffnen und den Termin derselben auf 6 Wochen festzusetzen."

Titel der Original-Ausgabe:

„Trois Sonates pour le Clavecin ou Piano-Forte Composées et Dediées à Madame la Comtesse de Browne, née de Vietinghoff par Louis van Beethoven. Oeuvre 10. à Vienne chez Joseph Eder, sur le Graben."

Am 26. September als erschienen angezeigt.

---

### 57.

**XII Variationen für Clavier und Violoncell (oder Violine).** Fdur. Op. 66. Thema: „Ein Mädchen oder Weibchen."

Erschienen 1798.

Titel einer alten (Original-?) Ausgabe:

„XII Variations sur le Thème: Ein Mädchen oder Weibchen: pour le pianoforte avec un Violoncelle (ou Violon) obligé composées par Louis van Beethoven."

Anzeige von Johann Traeg in der Wiener Zeitung vom 22. September 1798:

„Beethoven, 12 Var. sur l'Air (Ein Mädchen oder Weibchen) pour le Pianoforte avec un Violoncelle obligé. Nr. 6." 45 kr.

Wie sind diese „Var. Nr. 6" zur Opuszahl 66 gekommen?

---

## 58.

**Zweites Concert für Clavier und Orchester.** Bdur. Op. 19. C. Nikl, Edlem von Nikelsberg gewidmet.

Componirt 1798.

Das Ms., im Besitz des Herrn Carl Haslinger in Wien, ist von Beethoven überschrieben:

„Concerto per il Pianoforte da L. v. Beethoven.“

Titel der Original-Ausgabe:

„Concert pour le Pianoforte avec 2 Violons, Viole, Violoncelle et Basse, une Flûte, 2 Oboes, 2 Cors, 2 Bassons, composé et dedié à Monsieur Charles Nikl, Noble de Nikelsberg, Conseiller Aulique de Sa Majesté Imperiale et Royale, par Louis van Beethoven. Oeuvre XIX. A Vienne chez Hoffmeister et Comp., à Leipsic au Bureau de Musique.“

Erschienen gegen Ende 1801, und angezeigt in der Wiener Zeitung vom 16. Januar 1802.

Siehe Briefe von Beethoven in „Neue Zeitschrift für Musik.“ VI. No. 19 und 21 (7. und 14. März 1837).

Ueber die Entstehung dieses Concerts berichtet W. J. Tomaschek:

„Im Jahre 1798 — — — kam Beethoven, der Riese unter den Klavierspielern, nach Prag. — — — — — Ich hörte Beethoven in seinem zweiten Konzerte, dessen Spiel und auch dessen Komposition nicht mehr den gewaltigen Eindruck auf mich machten. Er spielte diesmal das Konzert in Bdur, das er in Prag erst komponirte.“

Eine Cadenz zum ersten Satze dieses Concerts, eigenhändig von Beethoven geschrieben, besitzt Herr Carl Haslinger in Wien.

---

## 59.

**Trio für Clavier, Clarinette (oder Violine) und Violoncell.** Bdur. Op. 11. Der Gräfin von Thun gewidmet.

Erschienen 1798.

Titel der Original-Ausgabe:

„Grand Trio pour le Piano-Forte avec une Clarinette ou Violon, et Violoncelle, Composé et Dedié à Son Excellence Madame la Comtesse de Thunn née Comtesse d'Uhlefeld par Louis van Beethoven. Oeuvre XI$^{me.}$ A Vienne chez T. Mollo. 2 *fl.*"

Angezeigt in der Wiener Ztg. vom 3. October 1798 als „ganz neu".

Das Thema der Variationen, nämlich:

ist aus Weigls „Gli amori marinari, Der Corsar, oder die Liebe unter den Seeleuten" und zwar das Schluss-Allegretto des Terzetts Nr. 12 gegen Ende der Oper.

Die erste Aufführung dieser Oper fand am 15. October 1797 statt. (Wiener Zeitung 18. October 1797.)

---

## 60.

III **Sonaten für Clavier und Violine.** Ddur, Adur, Esdur. Op. 12. F. A. Salieri gewidmet.

Erschienen im Winter 1798—99.

Titel der Original-Ausgabe:

„Tre Sonate per il Clavicembalo o Forte-Piano con un Violino, Composte e Dedicate al Sig$^{r}$ Antonio Salieri primo Maestro di Capella della Corte Imperiale di Vienna etc. etc., dal Sig$^{r}$ Luigi van Beethoven. Opera 12. A Vienna presso Artaria e Comp."

Von den Verlegern als „neu zu haben" angezeigt in der Wiener Zeitung vom 12. Januar 1799.

---

## 61.

VIII **Variationen für Clavier.** Cdur. Thema aus Gretry's „Richard Löwenherz" „Une fièvre brûlante." (Br. u. H. V. 183.)

Erschienen 1798.

Titel der Original-Ausgabe:

„VIII Variations sur un Thème (Mich brennt ein heisses Fieber) de l'Opera Richard Löwenherz pour le Piano-Forte, composées par Louis van Beethoven. No. 7.
303. A Vienne chez Cappi et Diabelli, Kohlmarkt No. 300."

Anzeige von Johann Traeg in der Wiener Zeitung vom 7. November 1798:

„Beethoven Louis, 8 Var. sur l'air (Mich brennt ein heisses Fieber) aus Richard Löwenherz, pour le Pianoforte. Nr. 7. 45 kr."

Ueber die Aufführungen von Richard Löwenherz in Wien theilt Dr. Sonnleithner Folgendes mit:

„Diese Oper von Gretry wurde zuerst im Hoftheater am 7. Januar 1788 gegeben. In den nächstfolgenden 11 Jahren wurde sie hier gar nicht gegeben."

„Ein Ballet, „Richard Löwenherz" wurde im Hoftheater am 2. Februar 1795 gegeben, mit Musik von Josef Weigl; ob darin die Ballade von Gretry benutzt war, welche Beethoven variirte, weiss ich nicht; das Ballet wurde in späteren Jahren nicht mehr gegeben; wohl aber die Musik am 30. März 1798 in einem Concert angeführt, welches Weigl gab."

---

## 62.

**VI leichte Variationen für Clavier oder Harfe.** F dur. Thema: Air Suisse. Nr. 12. (Br. u. H. V. 135.)

Erschienen 1799(?).

Titel der Original(?)-Ausgabe:

„Six Variations faciles pour le Clavecin ou Harfe (sur un Air Suisse) par Louis van Beethoven. Nr. 12.
1035. A Vienne chez Jean Cappi, Place St. Michel Nr. 5."

Die älteste vorhandene Notiz, diese Variationen betreffend, ist aus Gayl und Hedler's (Frankfurt a. M.) Catalog für das Jahr 1799: „Zu haben,"

„Beethoven, P. F. Trio Op. 11. Wien 1799.
— Rondo. Bonn.
— 6 Var. faciles d'un Air Suisse. Bonn Nr. 6."

---

## 63.

**Rondo für Clavier.** Cdur. Nr. 1 vom Op. 51.

Erschienen 1798.?

Dieses Rondo in der Bonner Ausgabe ist in Gayl und Hedler's (Frankfurt a. M.) Catalog von „Musik zu haben" etc. vom J. 1799 angezeigt. Die Verlagsnummer bei Simrock ist 57; bei Artaria u. Co. 711; dies deutet auf 1798 als die Zeit der Herausgabe.

Späterhin zusammen mit dem Rondo in Gdur wurde dieses Stück verlegt als Op. 51.

Im Catalog vom Kunst- und Industrie-Comptoir in Wien Anno 1805 der „Werke des Herrn Ludwig van Beethoven" sind die Rondos noch einzeln angeführt.

Im Breitkopf u. Härtel'schen Catalog zur Jubilatemesse 1798 sind angezeigt:

„Rondo pour le clavecin ou pianoforte. Ar.(taria) 8 Gr.
Rondo pour le pianoforte. Sk. (Simrock) 8 Gr."

## 64.

**Sonate für Clavier.** Cmoll. Op. 13. Dem Fürsten Lichnowsky gewidmet.

Erschienen 1799.

Titel der Original-Ausgabe:

„Grande Sonate pathétique pour le Clavecin ou Piano-Forte, Composée et Dediée à Son Altesse Monseigneur le Prince Charles de Lichnowcky par Louis van Beethoven. Oeuvre 13. Bey Joseph Eder am Graben."

Angezeigt „zu haben" bei Hoffmeister (auf dem Kohlmarkt in Wien) in der Wiener Zeitung vom 18. Dec. 1799:

„Beethoven Grande Sonate für das Pianoforte. Op. 13. 2 *fl.*"

## 65.

**X Variationen für Clavier.** Bdur. Thema: La Stessa la Stessissima, aus Salieri's „Falstaff". Der Gräfin B Keglivics gewidmet. Nr. 8. (Br. u. H. V. 183.)

Componirt 1799.

Titel der Original-Ausgabe:

„X Variations pour le Clavecin ou Piano-Forte sur le Duo: La Stessa la Stessissima dell Opera Fallstaff osia le tre Burle, Composées et Dediées à Mademoiselle la Comtesse Babette de Keglivics, par Louis van Beethoven. Nr. 8.
807. à Vienne. Artaria et Comp."

Angezeigt als Nr. 6 in der Wiener Zeitung vom 2. März 1799.

Die Oper „Fallstaff" wurde, im Hoftheater zu Wien, am 3. Januar 1799 zum ersten Mal aufgeführt.

## 66.

**VIII Variationen für Clavier.** Fdur. Thema aus Süssmayr's: „Solimann II." (Br. u. H. V. 184.)

Componirt 1799.

Angezeigt von Hoffmeister in der Wiener Ztg. vom 18. Dec. 1799: Beethoven, 6 (?) Variationen „Tändeln und scherzen".

Süssmayr's Oper wurde zum ersten Mal aufgeführt 1. October 1799.

### 67.

VII **Variationen für Clavier.** Fdur. Thema aus Winter's „Unterbrochenes Opferfest." (Br. u. H. V. 134.)

Erschienen 1799.

Titel der Original-Ausgabe:

„VII Variazioni dell Quartetto — Kind willst du richtig [sic] schlafen, dell Opera: Das Opferfest, per Clavicembalo o Piano-Forte, dal Sig[r] Luigi van Beethoven. In Vienna
921. presso T. Mollo e Co. Nr. 9."

Erschienen auch um dieselbe Zeit mit französischem Titel bei Jean Cappi.

Angezeigt von T. Mollo u. Co. in der Wiener Zeitung vom 21. December 1799.

Bei Andre in Offenbach, Anno 1800:

„Beethoven et Hoffmann, Variations" etc. etc.

Winter's „Opferfest" wurde zum ersten Mal am 15. Juni 1796 im Hoftheater zu Wien gegeben.

---

### 68.

II **Sonaten für Clavier.** Edur, Gdur. Op. 14. Der Baronin Braun gewidmet.

Erschienen 1799.

Titel der Original-Ausgabe:

„Deux Sonates pour le Piano-Forte, Composées et Dediées à Madame la Barone de Braun par Louis van Beethoven. Oeuvre 14.
A Vienne chez T. Mollo et Comp."

Anzeige von den Verlegern in der Wiener Ztg. vom 21. Dec. 1799:

„L. v. Beethoven. 2 Sonaten für das Klavier. Op. 14. 2 fl. 20 kr."

---

### 69.

**Septett für Violine, Bratsche, Horn, Clarinette, Fagott, Violoncell und Contrebass.** Esdur. Op. 20.

Aufgeführt 2. April 1800.

Eigenhändiger Titel des Ms., im Besitze von Herrn Paul Mendelssohn:

„Septetto da L. v. Beethoven."

Erschienen in zwei Heften bei Hofmeister und Kühnel in Leipzig, und angezeigt von Hoffmeister (in Wien) in der Wiener Zeitung vom 28 July 1802, wie folgt:

„Neu zu haben:

Beethoven (van, Louis) Septetto pour Violon, Alto, Clarinette, Corno, Basso, Violoncelle et Contrebasse. Oeuvre 20. in 2 Partieen. No. I. et II. jede 2 fl."

Siehe Beethoven's Briefe abgedruckt in der Neuen Zeitschrift für Musik, B. VI. Nr. 19.

Das vierte Stück im Programm zu Beethoven's Concert am 2. April 1800, war:

„Ein Ihrer Majestät der Kaiserinn allerunterthänigst zugeeignetes und von Hrn. Ludwig van Beethoven komponirtes Septett auf 4 Saiten- und 3 Blas-Instrumente gespielt von denen Herren Schuppanzigh, Schreiber, Schmidlecker, Bär, Nickel, Mattauschek und Dietzel."

Von den Arrangements des Septetts berichtet Ries (Weg. u. Ries „Notizen" S. 93):

„Aus seinem berühmten Septett arrangirte er: 1. Ein Violin-Quintett, und 2. ein Clavier-Trio."

In der Wiener Zeitung vom 18. August 1802 befindet sich von Hoffmeister (auf dem Kohlmarkt in Wien) die Anzeige einer Uebersetzung des Septetts als Streich-Quintett; ist aber diese Uebersetzung diejenige, die in Leipzig erschien, so ist sie nicht von Beethoven (vgl. die „Nachricht" bei der nächsten Nummer), laut folgender Stelle in Beethoven's Brief an Hofmeister (in Leipzig) vom 22. Sept. 1803 (siehe Neue Zeitschr. für Musik VI. Nr. 21):

„Die Uebersetzungen sind nicht von mir, doch sind sie von mir durchgesehen und stellenweise ganz verbessert worden, also kommt mir ja nicht, dass Ihr da schreibt, dass ich's übersetzt habe, weil Ihr sonst lügt, und ich auch gar nicht die Zeit und Geduld dazu zu finden wüsste. — Seid Ihr zufrieden?"

Wenn es nicht zwei Arrangements des Septetts als Streich-Quintett giebt, so muss Ries hier im Irrthum sein.

Ueber die Uebersetzung als Clavier-Trio, Op. 38, sind folgende Anzeigen mitzutheilen:

Vom Kunst- und Industrie-Comptoir in Wien, im Intelligenz-Blatt der Zeitung für die Elegante Welt, 8. Nov. 1803: „Zunächst wird erscheinen ein grosses Trio nach dem Septuor"; und in der Wiener Zeitung vom 23. und 30. Januar 1805:

„Grand Trio pour le Pianoforte avec Clarinette ou Violon et Violoncelle concertans, d'après le Septetto, arrangé par l'auteur même. Op. 38. (ganz neu.)"

Die Original-Ausgabe hat folgenden Titel und Widmung:

„Grand Trio pour le Pianoforte avec l'Accompagnement de la Clarinette ou Violon et Violoncelle concertans, d'après le Septetto pour Violon, Alto, Clarinette, Cor, Basson, Violoncelle et Contrebasse, Op. 20. Composé par Louis van Beethoven, arrangé par lui-même et dédié à Monsieur Jean Adam Schmidt, Conseiller de Sa Majesté l'Empereur et Roi, Chirurgien Major de ses Armées, Professeur public à l'Académie de Medicine et Chirurgie fondée par feu S. M. l'Empereur Joseph II', Membre plusieurs Sociétés savantes, etc. etc. Op. 38. A Vienne au Bureau d'Arts et d'Industrie."

Monsieur!

Je sens parfaitement bien, que le Célébrité de Votre nom, ainsi que l'Amitié dont Vous m'honorez exigeroient de moi la dédicace d'un bien plus important ouvrage. La seule chose qui a pu me déterminer à Vous offrir celuici de pérférence, c'est qu'il me paroit d'une execution plus facile, et par la même plus propre à contribuer à la satisfaction dont Vous jouissez dans l'amiable Cercle de Votre Famille. — C'est surtout, lorsque les heureux, talents d'une fille chérie se seront développés d'avantage, que je me flatte de voir ce but atteint. Heureux si j'y ai réussi, et si dans cette foible marque de ma haute estime et de ma gratitude Vous reconnoissez toute la vivacité et la cordialité de mes sentiments.

Louis van Beethoven.

---

## 70.

**Duos für Clarinette und Fagott.** Cdur, Fdur, Bdur. (Br. u. H. V. 124.)

Um 1800. (?)

Vielleicht für Beer, Clarinettist, und Mathauscheck, Fagottist, geschrieben. (Siehe Nr. 54 und Nr. 69.)

Erschienen bei Andre in Offenbach.

---

## 71.

**Erste Symphonie für Orchester.** Cdur. Op. 21. Gottfried Baron von Swieten gewidmet.

Aufgeführt 2. April 1800.

Das siebente und letzte Stück auf dem Programm zu Beethoven's Concert am 2. April 1800 war:

„Eine neue grosse Symphonie mit vollständigem Orchester, komponirt von Herrn Ludwig van Beethoven."

Erschienen im Verlage von Hoffmeister u. Kühnel in Leipzig, 1801. Vergl. Beethoven's Briefe in der N. Zeitschrift für Musik, VI. Nr. 19.

In der Wiener Zeitung vom 30. October 1802 erschien folgende

„Nachricht.

Ich glaube es dem Publikum und mir selbst schuldig zu seyn, öffentlich anzuzeigen, dass die beyden Quintetten aus Cdur und Esdur, wovon das Einer (ausgezogen aus eine Simphonie von mir) bei Hrn. Mollo in Wien, das Andere (ausgezogen aus dem bekannten Septett von mir, Op. 20) bey Hrn. Hoffmeister in Leipzig erschienen ist, nicht Original-Quintetten, sondern nur Uebersetzungen sind, welche die Hrn. Verleger veranstaltet haben. — Das Uebersetzen überhaupt ist eine Sache, wogegen sich heut zu Tage (in unserm fruchtbaren Zeitalter — der Uebersetzungen) ein Autor nur umsonst sträuben würde, aber man kann wenigstens mit Recht fordern, dass die Verleger es auf dem Titelblatt anzeigen, damit die Ehre des Autors nicht geschmälert und das Publicum nicht hintergangen werde. — Dies um dergleichen Fälle in der Zukunft vorzubeugen. — Ich mache zugleich bekannt, dass ehestens ein neues Original-Quintett von meiner Komposition aus Cdur, Op. 29. bei Breitkopf u. Härtel in Leipzig erscheinen wird.

Ludwig v. Beethoven.

## 72.

**Christus am Oelberge, ein Oratorium**, für Solo- und Chor-Stimmen und Orchester. Op. 85. Text von **Franz Xaver Huber**.

Componirt 1800. (?)

Erschienen in Partitur bei Breitkopf u. Härtel im October 1811.

Die folgende Anzeige ist aus der Wiener Zeitung vom 26. und 30. März 1803:

„Nachricht.

„Den 5. (und nicht den 4.) April wird Herr Ludwig van Beethoven ein neues von ihm in Musik gesetztes Oratorium: Christus am Oelberge, in dem k. k. privil. Theater an der Wien aufführen. Die noch dabei vorkommenden Stücke wird der grosse Anschlag-Zettel erhalten."

Ueber die Entstehung dieses Werkes erzählt Ries (Notizen, 75):

„— bei meiner Ankunft in Wien 1800 war Beethoven ..... mit der Vollendung seines Oratoriums, Christus am Oelberg, sehr beschäftigt;"

und Schindler (I. 90):

„Indess waren die Entwürfe zu diesem Werke schon 1801 (?) während des Sommeraufenthalts in dem nahen Hetzendorf zu Papier gebracht.“

Hat Ries Recht, so muss hier bei Schindler 1799, statt 1801, gelesen werden. Wahrscheinlich war dieses Werk ursprünglich für Beethoven's Concert vom 2. April 1800 geschrieben, ist aber nicht zur Aufführung gelangt.

---

## 73.

**Drittes Concert für Clavier und Orchester.** Cmoll. Op. 37. Dem Prinzen Louis Ferdinand von Preussen gewidmet.

Componirt 1800.

Das Ms. im Besitz des Herrn Carl Haslinger in Wien ist von Beethoven's Hand überschrieben:

„Concerto 1800 da L. v. Beethoven.“

Zuerst(?) öffentlich aufgeführt und vom Componisten gespielt am 5. April 1803.

Titel der Original-Ausgabe:

„Grand Concerto pour le Pianoforte avec Accompagnement de 2 Violons, Alto, 2 Flûtes, 2 Hautbois, 2 Clarinettes, 2 Cors, 2 Bassons, 2 Trompettes et Timbales, Violoncelle et Basse, composé et dedié à son Altesse Royale Monseigneur le Prince Louis Ferdinand de Prusse, par Louis van Beethoven. Oeuvre 37. A Vienne au Bureau d'Arts et d'Industrie. Pr. 4 fl. 30 kr.“

Angezeigt in der Wiener Zeitung vom 24. November 1804.

---

## 74.

**Rondo für Clavier und Violine.** Gdur. (Br. u. H. V. 131.)

Nach Gerber erschienen in Bonn 1800.

Titel der Original-Ausgabe:

„Rondo pour le Piano-Forte avec Violon obligé composé par L. v. Beethoven. Prix 1 fr. 50 c. A Bonn chez N. Simrock.“

---

## 75.

VI **Quartette für 2 Violinen, Bratsche und Violoncell.** Fdur, Gdur, Ddur, Cmoll, Adur, Bdur. Dem Fürsten von Lobkowitz gewidmet.

Erschienen 1. Lieferung 1800(?)<br>
2. - 1801.

Die Anzeige der 1. Lieferung von Mollo fehlt unter meinen Notizen;

im July 1801 aber waren die ersten drei dieser Quartette schon bei Nägeli in Zürich zu haben. In der Wiener Zeitung vom 28. Oct. 1801 wird von T. Mollo angezeigt:

„L. van Beethoven. Trois Quatuors pour 2 Violons, Alto et Violoncelle. 2 Liv. 3 fl."

Dass alle sechs Quartetten schon 1800 fertig und an Mollo verkauft waren, geht deutlich hervor aus dem Briefe an Hoffmeister vom 15. Dec. desselben Jahres, (Neue Zeitschr. für Musik VI Nr. 19) worin Beethoven schreibt:

„Per primo ist zu wissen, dass es mir sehr leid ist, dass Sie, mein geliebter Hr. Bruder in der Tonkunst, mir nicht eher etwas zu wissen gemacht haben, damit ich Ihnen meine Quartetten hätte zu Markt bringen können."

In einem Briefe an Amenda (siehe Leipziger „Signale" 1852 Nr. 5) vom 1. Juni, die Jahreszahl fehlt, ohne Zweifel aber auch anno 1800, schreibt Beethoven:

„Dein Quartett gieb ja nicht weiter, weil ich es sehr umgeändert habe, indem ich erst jetzt recht Quartetten zu schreiben weiss."

Ferner berichtet Ries („Notizen" 103):

„Von seinen Violin-Quartetten Op. 18 hat er (Beethoven) das dritte in D-dur von allen Quartetten zuerst componirt, das jetzt voranstehende in F-dur war ursprünglich das dritte."

In einem „Notirbuch" Beethoven's, 56 Seiten stark, (im Besitz des Hrn. Gustav Petter in Wien), mit Skizzen zu mehreren andern Werken, die geeigneten Ortes erwähnt werden, befinden sich folgende zu diesen Quartetten:

| | | |
|---|---|---|
| Seite | 15—23 | Finale des B-Quartetts. |
| - | 23—24 | Finale des F- - |
| - | 25—26 | Menuetto und Trio des B-Quartetts. |
| - | 27—30 | Finale des G-Quartetts. |
| - | 31—36 | Finale des F- - |
| - | 37 | Scherzo des F- - |
| - | 39 | Finale des G- - |

---

## 76.

**Sonate für Clavier und Horn.** Fdur. Op. 17.

Componirt 17. und 18. April 1800.

Titel der Original-Ausgabe:

„Sonate pour le Forte-Piano avec un Cor ou Violoncelle, composée

et dediée à Madame la Baronne Braun par Louis van Beethoven. Oeuvre 17. A Vienne chez T. Mollo.
No. 1101. N. B. Il y a aussi la partie de violon separé.“

Angezeigt von T. Mollo u. Co. in der Wiener Ztg. v. 21. März 1801.

Ueber die Entstehung dieser Sonate berichtet Ries (Weg. u. Ries „Notizen“, 82):

„Beethoven hatte dem berühmten Hornisten Punto versprochen eine Sonate (Op. 17) für Clavier und Horn zu componiren und in Punto's Concert mit ihm zu spielen .... Den Tag vor der Aufführung begann Beethoven die Arbeit, und beim Concerte war sie fertig.“

Das Concert von Punto fand am 18. April 1800 statt.

## 77.

**VI vierhändige Variationen für Clavier.** Ddur, über ein Original Thema: „Ich denke dein.“

Componirt 1800.

Titel der Original-Ausgabe:

„Lied mit Veränderungen zu vier Händen geschrieben im Jahre 1800 in das Stammbuch der Gräfinnen Josephine Deym und Therese Brunswick und beyden zugeeignet von Ludwig van Beethoven. No. 27. Im Verlage des Kunst- und Industrie-Comptoirs zu Wien. 1 fl.“

Angezeigt in der Wiener Zeitung vom 23. Januar 1805.

In einem Briefe an Hoffmeister, vom 22. Sept. 1803 (siehe N. Zeitschrift für Musik VI. Nr. 21) schreibt Beethoven:

„Vielleicht kann ich Ihnen statt der Variationen mit Violoncell und Violin, vierhändige Variationen über ein Lied von mir, wo die Poesie von Goethe und ebenfalls dabei müssen gestochen werden, da ich diese Variationen als Andenken in ein Stammbuch geschrieben und sie für besser wie die andern halte; sind Sie zufrieden?“

## 78.

**Sonate für Clavier.** Bdur. Op. 22. Dem Grafen von Browne gewidmet.

Componirt 1800.

Titel der Original-Ausgabe:

„Grande Sonate pour le Piano-Forte, composée et dediée à Monsieur le Comte de Browne, Brigadier au Service de S. M. I. de toute la Russie, par Louis van Beethoven. Oeuvre XXII. Chez A. Kühnel à Leipsic au Bureau de Musique. Pr. Rthlr. 1.“

Den Verlegern Hoffmeister und Kühnel angetragen von Beethoven in einem Briefe vom 15. Dec. 1800 (N. Zeitschr. für Musik VI Nr. 19) und bei demselben erschienen im Winter 1801—2. In der Wiener Zeitung angezeigt am 3. April 1802.

In einem 3. Briefe (siehe wie oben) schreibt Beethoven an Hofmeister: „Um so viel als möglich die Werke in der gehörigen Ordnung folgen zu lassen, merke ich Ihnen an, dass Sie

Auf die Solo-Sonate Opus 22,
Auf die Symphonie - 21,
Auf das Septett - 20,
Auf das Concert - 19,

setzen mögen lassen.“

Auf Seite 38, 42 bis 44 (Adagio 9/8), 46 bis 49 (Finale) des bei Nr. 71 erwähnten Notirbuches befinden sich Skizzen zu dieser Sonate.

---

## 79.

**Ballet. Die Geschöpfe des Prometheus.** Ouverture und Nr. 1 bis Nr. 16. Op. 43. (ursprünglich Op. 24.)

Componirt 1800.
Aufgeführt 28. März 1801.

Der Theaterzettel bei der ersten Aufführung lautet wie folgt:

Neues | Adler. | Ballet.

Im Kaiserl. königl. Hoftheater nächst der Burg
und von den K. K. Hof-Operisten
heute Samstag den 28. März 1801 aufgeführt
zum Vortheil der Mademoiselle Casentini
Der Dorfbarbier.
Ein Singspiel in einem Aufzuge, nach dem Lustspiele dieses Nahmens bearbeitet.

---

Nachher (Zum ersten Mahle)
Die Geschöpfe des Prometheus,
Ein heroisches, allegorisches Ballet in zwey Aufzügen von der Erfindung und Aufführung des Herrn Salvatore Vigano.

---

Personen

| | | | |
|---|---|---|---|
| Prometheus | Herr Cesari | Thalia | Mad. Cesari |
| Kinder | Mlle. Casentini<br>Herr Salvatore Vigano | Melpomene | Mad. Reuth |
| | | Apollo. | |
| Bacchus | Herr Ferdinand Gioja | Amfinone. | |
| Pan | Aichinger | Arione. | |
| Terpsichore | Mad. Brendi | Orpheus. | |

---

Die Grundlage dieses Allegorischen Ballets ist die Fabel des Prometheus.

Die Philosophen Griechenlands, denen er bekannt war, erklären die Anspielung der Fabel dahin; dass sie denselben als einen erhabenen Geist schildern; der die Menschen zu seiner Zeit in einem Zustande von Unwissenheit antraf, sie durch Wissenschaft und Künste verfeinerte und ihnen Sitten beybrachte.

Von diesem Grundsatze ausgegangen stellen sich in gegenwärtigem Ballet zwo belebt werdende Statuen dar, welche durch die Macht der Harmonie zu allen Leidenschaften des menschlichen Lebens empfänglich gemacht werden.

Prometheus führt sie auf dem Parnass, um sie von Apoll, dem Gott der schönen Künste, unterrichten zu lassen. Apoll befiehlt dem Amfione, dem Arione und dem Orpheus, sie mit der Tonkunst, der Melpomene und der Thalia mit Trauer- und Lust-Spiele, der Terpsichore und dem Pan sie mit dem letzteren erfundenen Schäfertänze — und dem Bacchus mit dem heroischen Tanze, dessen Erfinder er ist, bekannt zu machen.

Die Music ist von Herrn van Beethoven.

Die Dekorationen sind vom Herrn Plätzer, k. k. Hofkammermahler und Hof-Theater-Dekorateur.

---

Künftigen Oster-Montag den 6ten April wird in dem k. k. Redouten-Saale Maskirter Ball gehalten werden.

---

Der Anfang ist um halb 7 Uhr.

---

Ueberschrift einer Ms.-Partitur, im Besitz der k. k. Bibliothek in Wien:

„Coppia corretta dall' Autore. Proprieta del Negozio Artaria e Comp.
Ballo Serio
Die Geschöpfe des Prometheus
Composto dal
Sign. Luigi van Beethoven.“

Im Clavierauszuge, verlegt von Cappi und von Artaria u. Co., in der Wiener Zeitung vom 20. Juni 1801 angezeigt:

„Beethoven (van) Gli Uomini di Prometeo, ballo per il cembalo o Pianoforte. Op. 24.“

Bald darauf in London erschienen:

„The men of Prometheus, a grand Ballet for the Pianoforte composed by Louis v. Beethoven op. XXIV.

Von Artaria u. Co. in der Wiener Ztg. vom 7. Januar 1804 angezeigt:

„Beethoven. Quatuor tiré du Ballet .... pour 2 Violons. Viole et Violoncelle.“

Die Ouvertüre in Partitur wurde von Hofmeister u. Kühnel im Intell. Blatt der Zeitung für die Elegante Welt vom 17. Dec. 1803 angezeigt:

„Eine Ouvertüre mit ganzem Orchester und ein Notturno [Op. 42. Arr. nach Op. 8] für P. F. und Viola erscheinen nächstens.“

In einem Briefe aus Wien vom April 1801 wird berichtet:

„Den Schluss der Vorstellungen auf unserm Hoftheater von Ostern machte ein neues heroisch-allegorisches Ballet, in 2 Aufzügen: Die Geschöpfe des Prometheus, von der Erfindung und Ausführung des Herrn Salvatore Vigano und in Musik gesetzt von Herrn van Beethoven. Das erste Mal ward es zum Benefiz der berühmten Tänzerin Demoiselle Casentini gegeben.“

Ein ausführlicher Bericht findet sich in einem Briefe vom 17. April 1801 im Journal des Luxus und der Moden. Band 16. S. 303 ff.

Das Allegro und Presto, Nr. 8, ist auch unter folgendem Titel erschienen:

„Musique de Ballet en forme d'un Marche arrangé pour le pianoforte à quatre mains, composé pour la Famille Kobler par Louis van Beethoven. Cette pièce se trouvent aussi à gr. Orchestre, dans le même Magasin. à Leipsic chez Frédéric Hofmeister. Preis 12 Gr.“

Die Familie Kobler, grotesque Tänzer, war anno 1814 in Wien.

Das Textbuch dieses Ballets hat sich bis jetzt noch nicht wieder auffinden lassen.

## 80.

**Canon.** Ungedruckt. „Ein anders ist das Erste Jahr.“

Componirt 1801.

Dieser Canon befindet sich in einem Beethoven'schen Notirbuch, im Besitz des Herrn J. C. Kessler in Wien, und ist offenbar geschrieben bei Gelegenheit des ersten Neujahrstages vom 19. Jahrhundert.

## 81.

**VII Variationen für Clavier und Violoncell.** Thema: „Bei Männern, welche Liebe fühlen.“ Nr. 10a. Dem Grafen Browe gewidmet.

(Br. u. H. V. S. 128.)

Componirt 1801. (?)

Titel des Ms., im Besitz von Herrn Amerling, Maler in Wien, in Beethoven's Handschrift:

„Variations sur le Thème „Bey Männern, welche Liebe fühlen“ par Louis van Beethoven. Nr. 12.“

Eine andre Hand (?) hat geschrieben: „Der Gräfin von Fries gewidmet, gebohrnen Fürstin von Hohenloh.“

Titel der Original-Ausgabe:

„Variations pour le Clavecin sur le Thème, Bey Männer, welche Liebe fühlen, de l'Opera, die Zauberflöte de M^r Mozart. Composées et dediées à Son Excellence Monsieur le Comte de Browne, Brigadier au Service de S. M. L'Empereur de Russie, par Louis van Beethoven. A Vienne chez T. Mollo ei Comp.

Le I^er Jenvrier 1802.“

Angezeigt, als „ganz neu zu haben“, in der Wiener Zeitung vom 3. April 1802. Preis 45 kr.

Die Aufführung der Zauberflöte im Hoftheater (Anfang 1801) und wenige Monate darauf (mit grosser Pracht) durch Schickaneder im neuen Theater an der Wien machte diese Oper zum allgemeinen Tagesgespräch und gab wahrscheinlich Anlass zu obigen Variationen.

---

## 82.

**Sonate für Clavier und Violine**, A moll. Op. 23. Dem Grafen Moritz von Fries gewidmet.

Erschienen 1801.

Anzeige von T. Mollo u. Co. in der Wiener Ztg. vom 28. October 1801: „L. v. Beethoven, Deux Sonates pour le Pianoforte avec un Violon. Op. 23. 2 fl. 30 kr.“

Demnach sollten ursprünglich Op. 23 und 24 zusammen als eiu Werk erscheinen.

Skizzen zu dieser Sonate, 1. Satz, folgen unmittelbar auf solche zu Op. 22 in dem erwähnten Petter'schen „Notirbuch“, siehe Nr. 71.

---

## 83.

**Sonate für Clavier und Violin.** F dur. Op. 24. Dem Grafen Moritz von Fries gewidmet.

Erschien 1801.

Eine Abschrift, vollständig bis auf das Finale, im Besitz der k. k. Bibliothek in Wien, hat folgenden Titel und Bemerkungen von Beethovens Hand:

„Sonate II. da L. v. Beethoven.“

„Alle Abkürzungen müssen ausgeschrieben werden.“

Auf Seite 15 (Takt 77—84 des 2. Theils im 1. Satz) mit Rothstift:

„N. B. Der Copist, der die 3 und 6 hier hineingemacht, war ein Esel.“

Titel der Original-Ausgabe:

„Sonate pour le Piano-Forte avec un Violon, composées et dediées A Monsieur le Comte Maurice de Fries, chambellan de S. M. I. et R. par Louis van Beethoven. Oeuvre . A Vienne chez T. Mollo e Comp.“

Die grammatikalischen Fehler in diesem Titel finden ihre Erklärung darin, dass ursprüngiich die beiden Sonaten Op. 23 und 24 als nur ein Werk erscheinen sollten. Vgl. Op. 23.

Angezeigt in der Wiener Zeitung vom 28. October 1801.

Skizzen zu dieser Sonate sind in dem erwähnten Petter'schen Notirbuche vorhanden.

---

## 84.

**VI Variationen für Clavier**, über ein Original-Thema in G dur.

(Br. u. H. V. S. 184.)

Erschienen 1801.

Titel der Original-Ausgabe:

„VI Variations très faciles pour le Forte-Piano, composées par Louis van Beethoven. No. 11. Vienne, chez Jean Traeg dans la Singerstrasse No. 957. 36 kr.“

Angezeigt von Traeg in der Wiener Zeitung vom 24. Juni 1801, als „ganz neu“.

Skizzen auf Seite 40 des Notirbuchs bei Nr. 71 erwähnt.

---

## 85.

**Quintett für 2 Violinen, 2 Bratschen und Violoncell.** C dur. Op. 29. Dem Grafen von Fries gewidmet.

Componirt 1801.

Eigenhändiger Titel des Ms., im Besitz des Herrn Paul Mendelssohn in Berlin:

„Quintetto da L. v. Beethoven. 1801.“

Erschienen bei Breitkopf und Härtel im Dec. 1802; und als Sonate zu vier Händen im Intell.-Blatt der Leipz. All. Mus.-Ztg. für März 1803 angezeigt.

Die folgende Erklärung erschien in der Wiener Ztg. v. 22. Jan. 1803:

„An die Musikliebhaber.

„Indem ich das Publicum benachrichtige, dass das von mir längst angezeigte Originalquintett in Cdur bey Breitkopf und Härtel in Leipzig erschienen ist, erkläre ich zugleich, dass ich an der von den Herren Artaria und Mollo in Wien zu gleicher Zeit veranstalteten Auflage dieses Quintetts gar keinen Antheil habe. Ich bin zu dieser Erklärung vorzüglich auch daran gezwungen, weil diese Auflage höchst fehlerhaft, unrichtig und für den Spieler ganz unbrauchbar ist, wogegen die Herren Breitkopf und Härtel, die rechtmässigen Eigenthümer dieses Quintetts, alles angewendet haben, das Werk so schön als möglich zu liefern.“ Ludwig van Beethoven.“

Vgl. Ries, Notizen S. 120.

---

## 86.

**Opferlied von Matthison** für eine Singstimme und Clavier.
(Br. u. H. V. 146.)

Componirt 1801. (?)

Erschienen bei Simrock in Bonn — wann?

In dem Beethoven'schen Notirbuch, im Besitze des Hern J. C. Kessler in Wien, finden sich viele Skizzen zu diesem Liede, wo die Melodie, hauptsächlich des Rhythmus wegen, wenigstens sechsmal völlig ausgeschrieben ist.

Wegeler schrieb ein Maurer-Lied anno 1797 (vgl. Notizen S. 47, 67, 69), welches dieser Musik untergelegt war, und aus seinen Notizen könnte man leicht annehmen, dass die Musik schon in 1796 da gewesen sei; allein, bei genauer Untersuchung des Notirbuchs, worin sich auch Skizzen zur 2. Symphonie, zur Kreuzer-Sonate, zu den Variationen Op. 35 und zu anderen bekannten Compositionen befinden, ist das kaum zu denken.

---

## 87.

„**Tremate, empi, tremate!**“ Terzett für Sopran, Tenor und Bass mit Orchester. Op. 116.

Componirt 1801. (?)

Erschienen bei Steiner u. Co. in Wien.

In der Anzeige zu Beethoven's Concert vom 27. Februar 1814 wird dieses Werk so angeführt:

„Ein ganz neues noch nicht gehörtes Terzett.“

Dass es so „ganz neu“ war ist sehr zu bezweifeln, da sehr weitläufige Skizzen dazu — wie auch zu anderen italienischen Stücken — in dem Kessler'schen Notirbuch vorhanden sind.

---

### 88.

**Sonate für Clavier.** Asdur. Op. 26. Dem Fürsten Lichnowsky gewidmet.

Componirt 1801.

Titel der Original-Ausgabe:

„Grande Sonate pour le Clavecin ou Forte-Piano, composée et dediée à son Altesse Monseigneur le Prince Charles de Lichnowsky, par Louis van Beethoven. Oeuvre 26. à Vienne chez Jean Cappi sur le place St. Michel No. 4.“

Angezeigt, „ganz neu erschienen“, von Cappi in der Wiener Ztg. vom 3. März 1802.

Ries berichtet (Notizen S. 80):

„Der Trauermarsch ... entstand aus den grossen Lobsprüchen, womit der Trauermarsch Paer's in dessen Oper „Achilles“ von den Freunden Beethovens aufgenommen wurde.“

Paer's Achilles wurde zum erstenmal aufgeführt im Frühjahr (Mai?) 1801.

---

### 89.

II **Sonaten, quasi Fantasia, für Clavier,** Esdur, Cismoll. Op. 27. Nr. 1 der Fürstin Liechtenstein, Nr. 2 der Gräfin Julie Guicciardi gewidmet.

Componirt 1801. ?

Titel der Original-Ausgabe der ersten Sonate:

„Sonata quasi una Fantasia per il Clavicembalo o Piano-Forte, Composta e dedicata a Sua Altezza la Signora Principessa Giovanni Liechenstein nata Langravin Fürstenberg, da Luigi van Beethoven. Op. 27. No. 1. In Vienna presso Gio. Cappi, Piazza di St. Michel No. 4.“

Die Widmung der zweiten Sonate lautet:

„Alla Damigella Contessa Giulietta Guicciardi“, sonst ist der Titel gleichlautend.

Als „ganz neu erschienen“ von Cappi angezeigt in der Wiener Ztg. vom 3. März 1809.

---

### 90.

**Sonate für Clavier,** Ddur. Op. 28. Joseph, Edlem von Sonnenfels gewidmet.

Componirt 1801.

Ueberschrift des Autographs, im Besitz des Herrn Johann Kaffka, componirt in Wien:

„Gran Sonate. Op. 28. 1801 da L. van Beethoven.“

Titel der Original-Ausgabe:

„Grande Sonate pour le Pianoforte, composée et dediée à Monsieur Joseph Noble de Sonnenfels, Conseiller aulique et Secrétaire perpétuel de l'Academie des beaux Arts, par Louis van Beethoven. OeuvreXXVIII. A Vienne au Bureau d'Arts et d'Industrie."

Angezeigt von den Verlegern in der Wiener Ztg. v. 14. August 1802.

---

## 91.

**„Lob auf den Dicken"**, für zwei Singstimmen und vierstimmigen Chor. 17 Tacte. Ungedruckt.

Componirt 1801.

Dieser etwas grobe musikalische Spass ist von Beethoven's Hand auf dem letzten leeren Blatt des Ms. der Sonate Op. 28, im Besitz des Herrn Johann Kaffka in Wien, geschrieben. Dass er nicht übel gemeint war, beweist die intime Freundschaft zwischen Beethoven und Schuppanzigh, welche erst durch den Tod unterbrochen wurde.

---

## 92.

**Serenade für Flöte, Violine und Bratsche.** D dur. Op. 25.

Erschien (nach Gerber) 1802.

In Nägeli's Catalog für Juni 1802 schon enthalten.

Op. 41. Serenade für Clavier und Flöte (oder Violine) ist eine Uebersetzung des Op. 25 und soll vom Componisten selbst sein (?). (Vgl. Ries „Notizen" 93, 94). Wurde angezeigt von Hofmeister und Kühnel im Intell.-Blatt der Ztg. für die Elegante Weltv. 17. Dec. 1803.

---

## 93.

**XII Contretänze für 2 Violinen u. Basse**, mit Blasinstrumente ad lib.

Erschienen bei Mollo u. Co. 1802. (?)

Ein Ms., im Besitz von Artaria u. Co., enthält neun dieser Tänze, unter denen Nr. 10

von Beethoven überschrieben ist:

„Contredanse de L. v. Beethoven. Pour Monsieur de Friedrich, nommé Liederlich."

Die VI Contretänze, für Clavier (Br. u. H. V. 138), welche bei Hoffmeister und Kühnel 1802 erschienen, sind von den obigen Nr. 8, 7, 4, 10, 9 und 1.

Auffallend ist folgende Anzeige in der Wiener Ztg. v. 11. Jan. 1800: „Beethoven, (Carl van), 6 Contretänze für Clavier.
do. do. pour 2 Violons et Violoncello.“!

---

## 94.

**VI Landlerische Tänze für 2 Violinen und Bass.** Auch für Clavier. (Br. u. H. V. 186.)

Erschien 1802.

Anzeige von Artaria u. Co. in der Wiener Ztg. vom 11. Sept. 1802: „Beethoven, 6 Ländlerische Tänze für das Pianoforte. 30 kr.“
— 6 detto für 2 Violinen und Bass. 40 kr.

---

## 95.

VII Landlerische Tänze für Clavier. (Br. u. H. V. 187.)

Erschienen 1803.

Titel der ältesten Leipz. Ausgabe:

„VII Ländlerische Tänze für Clavier oder Forte-Piano, componirt von Herrn Ludwig van Beethoven. Leipzig bei Hoffmeister u. Kühnel. Bureau de Musique.“
278.

---

## 96.

**III Sonaten für Clavier und Violine.** Adur, Cmoll, Gdur. Op. 30. Dem Russischen Kaiser Alexander I. gewidmet.

Componirt 1802.

Titel der Original-Ausgabe:

„Trois Sonates pour le Pianoforte avec l'Accompagnement d'un Violon, composées et dediées à Sa Majesté Alexander I. Empereur de toutes les Russies, par Louis van Beethoven. Oeuvre XXX. A Vienne, au Bureau d'Arts et d'Industrie, Place Hohenmarkt No. 582.“

Angezeigt in der Wiener Zeitung vom 28. Mai 1803.

Skizzen zur Sonate Nr. 1 sind in dem Kessler'schen Notirbuche vorhanden.

---

## 97.

III **Sonaten für Clavier**, Gdur, Dmoll, Esdur. Op. 31.

Componirt 1802. ?

Der Titel einer der ältesten Wiener Ausgaben lautet:

„Trois Sonates pour le Clavecin ou Piano-Forte, composées par Louis van Beethoven. Oeuvre 29. No. 1. 2. 3. A Vienne chez Jean Cappi, Place St. Michel No. 4.“
1027. 1028. 1115.

Eine grosse Verwirrung herrscht in den Opuszahlen der verschiedenen Ausgaben dieser Sonaten. Sie wurden zuerst an Nägeli in Zürich verkauft (vgl. Ries „Notizen“ 87 u. 88) und sind in dessen Verlag erschienen; und zwar Nr. 1 und 2 (Gdur, Dmoll) im Frühjahr 1803 in Nägeli's „Repertoire des Clavecinistes“, cah. 5, als Op. 29; dann Nr. 3 (Esdur) als Op. 33, zusammen mit der Sonate pathétique, ibid., cah. 11.

Da Beethoven mit Nägeli's Ausgabe der ersten zwei Sonaten sehr unzufrieden war (vgl. Ries, wie oben), liess er diese beiden mit dem Zusatze auf dem Titel: „Edition très correcte“, bei Simrock in Bonn erscheinen.

In dem Verzeichniss der sämmtlichen Werke Beethoven's vom Kunst- u. Industrie-Comptoir in Wien, 1805, liest man:

„Deux Sonates très correcte p. l. P.-F. Op. 31.

„Drey Sonaten, wovon 2 mitsammen und eine mit der Sonate pathétique im Repertoire des Clavecinistes erschienen ist.“

In Whistling's „Handbuch“ sind diese Sonaten S. 80 angeführt:

„2 Sonates, Op. 31 ou 29 in G- und Dmoll, Repertoire des Clav., cah. 5.

„2 grandes Sonates in Cmoll u. Es, Op. 13 u. 33 No. 3, Repertoire cah. 11.“

Nach einem Ms.-Verzeichniss bei Artaria u. Co. sind alle drei Sonaten bei Nägeli, Simrock und anderen Verlegern als Op. 29 erschienen; Nr. 1 u. 2 auch bei Simrock als Op. 31 u. 33.

Skizzen zur Sonate in Gdur sind in dem Kessler'schen Notirbuch vorhanden.

---

## 98.

**Musikalischer Spass.** Ungedruckt.

Geschrieben 1802. (?)

Folgender Brief, im Besitz der k. k. Bibliothek in Wien, ist ohne Addresse und Datum, wurde aber, wie aus einem Autograph Beethovens, im Besitz von A. W. T., hervorgeht, an Herrn von Smeskall geschrieben und zwar im Herbst 1802.

„Liebster, Siegreicher und doch zuweilen Manquirender Graf! ich hoffe Sie werden wohl geruhet haben, liebster charmantester Graf! — O theuerster, einzigster Graf! —

Allerliebster, ausserordentlichster Graf!

Wird wiederholt nach Belieben. —

Wann können wir heut zum Walter gehn, ich hange ganz von ihrem **können und nicht können** ab.

Dero

Bthvn."

---

## 99.

**VI Variationen für Clavier** über ein Original-Thema. F dur. Op. 34. Der Fürstin Odeschalchi gewidmet.

Componirt 1802. (?)

Erschienen bei Breitkopf u. Härtel im April 1803.

In einem Briefe an diese Verleger (Autograph im Besitz des Prof.

Jahn) schickte Beethoven im Dec. 1801 einen „kleinen Vorbericht" „sowohl für die kleinern, als die grössern V.", nämlich:

„Da diese Variationen sich merklich von meinen frühern unterscheiden, so habe ich Sie, anstatt mit den Vorhergehenden nur mit einer Nummer (nemlich z. B. Nr. 1. 2. 3 u. s. w.) anzuzeigen, unter die wirkliche Zahl meiner grössern musikalischen Werke aufgenommen, um so mehr da auch die Themas von mir selbst sind."

---

## 100.

**XV Variationen mit einer Fuge für Clavier.** Esdur, Op. 35. Thema aus „Prometheus". Dem Grafen Moritz von Lichnowsky gewidmet.

Componirt 1802.

Das Ms., mit dem Datum versehen, ist neulich zum Verkauf in Leipzig angeboten.

Erschienen bei Breitkopf u. Härtel im August 1803.

Siehe bei Nr. 99 den Auszug aus einem Brief Beethoven's. —

Eine Wiener Ausgabe ist auch damals erschienen mit folgendem Titel:

„Variations pour le Clavecin ou Piano-Forte, composées par Louis van Beethoven. Oeuvre 35. A Vienne chez Jean Cappi, Place St. Michel, No. 4."

Skizzen dieser Variationen sind auch in dem Kessler'schen „Notirbuch" vorhanden.

---

## 101.

**Rondo für Clavier.** Gdur. (Nr. 2 vom Op. 51.) „A Mlle. la Comtesse Henriette de Lichnowsky" gewidmet.

Erschienen 1802.

Eine Copie, im Besitz von Artaria u. Co., hat folgenden Titel von Beethoven's Hand:

„Rondo per il pianoforte da L. v. Beethoven."

Anzeige von Artaria u. Co. in der Wiener Zeitung vom 11. Sept. 1802:

„Beethoven, Rondo pour le Clavecin ou Piano-Forte. 48 kr."

In einem Verzeichniss der sämmtlichen Beethoven'schen Werke, vom Kunst- u. Industrie-Comptoir in Wien, Anfangs 1805, sind die beiden Rondos, Op. 51, noch separat angeführt und zwar unter den „Kleineren Werken und Variationen".

---

## 102.

**Romanze für Violine und Orchester**, G dur. Op. 40.

Componirt 1802. (?)

Erschienen bei Hofmeister und Kühnel in Leipzig und angezeigt im Intell. Blatt der Zeitung für die elegante Welt vom 17. Dec. 1803; auch in der Wiener Zeitung vom 25. Februar 1804:

„Beethoven (Louis van). Romance pour le violon principal avec Accomp. de 2 Violons, Flûte, 2 Oboes, 2 Bassons, 2 Cors, Alto et Basse. Op. 40. 1 *fl.*"

K. v. Beethoven „k. k. Cassenbeamter" schreibt an Johann Andre, d. d. 23. Novemb. 1802 (Siehe Schindler I. 76):

„Auch haben wir noch 2 Adagio für Violin und ganzer Instrumentalbegleitung, welche 135 *fl.* kosten."

Diese „2 Adagio" können wohl kaum etwas anderes sein, als die zwei Romanzen Op. 40 u. 50; doch giebt die neue Breitkopf-Härtel'sche Ausgabe 1803 als Datum des Op. 40 an.

---

## 103.

**Zweite Symphonie für Orchester**, D dur. Op. 36. Dem Fürsten Lichnowsky gewidmet.

Componirt 1802.

Die erste öffentliche Aufführung fand in Beethoven's Concert vom 5. April 1803 statt.

Erschienen im Verlage und angezeigt vom Kunst- und Industrie-Comptoir in Wien in der Wiener Zeitung vom 10. März 1804.

Ries berichtet („Notizen" 77):

„Im Jahre 1802 componirte Beethoven in Heiligenstadt seine dritte Symphonie."

Er ist aber hier im Irrthum: statt „dritte" muss „zweite" gelesen werden.

In den Landsberg'schen und Kessler'schen Notirbüchern sind auch Skizzen zu dieser Symphonie; in dem Kessler'schen lautet der erste Gedanke des Larghetto ungefähr so:

„*Andante. Sinfonie Soli Corni.*"

Die Original-Ausgabe dieser Symphonie als Clavier-Trio hat folgenden Titel:

„Deuxième grande Sinfonie de Louis van Beethoven, arrangée en Trio pour Pianoforte, Violon et Violoncelle, par l'Auteur même. A Vienne au Magazin de J. Riedl. 582 Kohlmarkt.“ (Verlagsnummer 503.)

Nach Ries (Notizen 93, 94) soll dieser Auszug von ihm, und blos von Beethoven durchgesehen sein.

In der Wiener Zeitung vom 13. Juni 1807 erschien die Anzeige der Symphonie, von Ries als Quintett arrangirt, mit Contrebass, Flauto und 2 Hörner ad lib.

---

## 104.

**Romanze für Violine und Orchester**, F dur, Op. 50.

Componirt 1802. (?)

Das Autograph von Beethoven im Besitz des Herrn Amerling, Maler in Wien, ist blos mit dem Worte „Romance“ überschrieben.

Anzeige des Kunst- und Industrie-Comptoirs (in Wien) in der Wiener Zeitung vom 15. Mai 1805: „ganz neu erschienen“

„Beethoven, Romance pour le Violon princ. 2 Violons, Alto, Flûte, 2 Hautbois, 2 Bassons, 2 Cors et Basse. Op. 50.“

Siehe: Romanze Op. 40. Nr. 102.

---

## 105.

XIV **Variationen für Clavier, Violine und Violoncell,** über ein Original-Thema. Op. 44.

Componirt 1802. (?)

Erschienen im Verlage bei Hofmeister u. Kühnel und angezeigt in der Wiener Zeitung vom 14. April 1804:

„Beethoven, 14 Variationen für P. F., Violin u. Violoncello. Op. 44.“

Diese Var. sind in dem Briefe Beethoven's an die Verleger vom 22. Sept. 1803 erwähnt. (Siehe Neue Zeitschrift f. M. VI. Nr. 21.)

---

## 106.

II **Sonaten für Clavier.** G moll, G dur. Op. 49.

Componirt 1802. (?)

Anzeige des Kunst- und Industrie-Comptoirs in der Wiener Zeitung vom 23. Januar 1805:

„Beethoven, 2 Sonates faciles pour P. F. Op. 49.“

Ebenso am 30. Januar mit dem Zusatze „ganz neu.“

K. v. Beethoven, k. k. Cassenbeamter, schreibt d. d. 23. Novemb. 1802 an Andre in Offenbach:

„Auch haben wir noch 2 Adagio für Violin und ganzer Instrumentalbegleitung, welche 135 fl. kosten, dann auch noch 2 kleine leichte Sonaten, wo jede nur 2 Stücke hat, welche um 280 fl. zu Ihren Diensten stehen." (Siehe Schindler I. 76.)

---

## 107.

III **Märsche für Clavier zu 4 Händen.** Cdur, Esdur, Ddur. Op. 45. Der Fürstin Esterhazy gewidmet.

Componirt 1802 (1801?)

Anzeige des Kunst- u. Industrie-Comptoirs in Wien in der Wiener Zeitung vom 10. März 1804:

„Beethoven 3 grandes marches für das Pianoforte zu 4 Händen. Op. 45."

Ueber die Entstehung dieser Märsche, welche auf Bestellung des Grafen Browne componirt wurden, siehe Ries in „Notizen" 90, 91.

---

## 108.

**„Der Wachtelschlag"**, für eine Singstimme und Clavier. Text von Samuel Friedrich Sauter. (Br. u. H. V. 148.)

Erschienen 1804.

Titel der Original-Ausgabe:

„Der Wachtelschlag, mit Begleitung des Pianoforte von Ludwig van Beethoven. No. 21. Im Verlage des Kunst- und Industrie-Comptoirs zu Wien. Pr. 40 kr."

Angezeigt in der Wiener Zeitung vom 10. März 1804.

Sauter war Schullehrer zu Flehingen im Badischen, wo er im Jahre 1846 starb. Das Gedicht, welches bald in mehreren „Lesebüchern" Eingang fand, schrieb er im J. 1796, in seinem 30. Lebensjahre. Erst am 19. Sept. 1845 erfuhr er, dass Beethoven sein Gedicht in Musik gesetzt habe. Dr. Brugger sagt in seinem „Urbild der deutschen Reinsprache", dass Sauter, als er dies hörte, bemerkte: „Ich preise mich glücklich, die Veranlassung gewesen zu sein, dass in einem so grossen Manne so schöne Gedanken entstanden sind." (Mittheilung von Dr. Constant von Wurzbach.)

---

## 109.

**VI Lieder von Gellert für eine Singstimme und Clavier.** Op. 48. Dem Grafen Browne gewidmet.

Bei Artaria u. Co. erschienen Ende 1803.

Nr. 1. Bitten. „Gott deine Güte".
– 2. Gottes Macht und Vorsehung.
– 3. Die Liebe des Nächsten.
– 4. Vom Tode.
– 5. Die Ehre Gottes in der Natur.
– 6. Busslied.

Die (unter meinen Notizen) älteste Anzeige dieses Werks ist im Intell. Blatt der Leipz. Allg. Mus.-Zeitung für März 1804, und zwar unter „Neue Musikalien bei Breitkopf und Härtel zu haben":

„v. Beethoven, L., 6 Lieder von Gellert, am Klavier zu singen. 19 gr."

Erschienen gleichzeitig bei Simrock.

---

## 110.

**Sonate für Clavier,** Cdur, Op. 53. Dem Grafen von Waldstein gewidmet.

Componirt 1803?
Erschienen 1805.

Das Ms., im Besitz des Herrn Johann Kaffka in Wien, ist von Beethoven blos überschrieben:

„Sonate grande".

Titel der Original-Ausgabe:

„Grande Sonate pour le pianoforte, composée et dediée à Monsieur le Comte de Waldstein, Commandeur de l'ordre Teutonique à Virnsberg et Chambellan de Sa Majeste I. et I. R. A., par Louis van Beethoven. Op. 53. A Vienne au Bureau des Arts et d'industrie." (Verlags-Nr. 449. Preis 2 fl. 15 kr.)

Angezeigt vom Kunst- u. Ind.-Comptoir in der Wiener Zeitung vom 15. Mai 1805, als „ganz neu erschienen".

Eine zweite alte Ausgabe erschien „A Vienne et Pest, Au Magazin de T. Riedl."

Das Ms. enthält folgende Bemerkungen von Beethoven's eigener Hand geschrieben:

„N. B. Wo „ped." steht, wird die ganze Dämpfung, sowohl von Bass als Diskant aufgehoben. „O" bedeutet, dass man sie wieder fallen lasse." (Seite I des Allegro con brio.) „Für diejenigen, denen der Triller, da wo das Thema mit demselben verbunden, zu schwer vorkommt, können sich denselben auf folgende Art erleichtern:

oder nach Maasgabe ihrer Kräfte auch verdoppeln:

Von diesen 6sern werden auf jedes Viertel im Bass zwei angeschlagen. Ueberhaupt kommt es nicht darauf an, ob dieser Triller auch etwas von seiner gewöhnlichen Geschwindigkeit verliert.“ (Letzte Seite des Ms.)

Die „Introduzione, Adagio molto“ zum Rondo ist mit ganz anderer Tinte geschrieben ($3^1/_2$ Seiten) und ist offenbar eine nachherige Einlage statt des ursprünglichen Andante's. Dadurch bekommt die bekannte Anecdote von Ries (Notizen S. 101) eine völlige Bestätigung. —

## 111.

**Sonate für Clavier und Violine,** A dur, Op. 47. Dem Violinist Rudolph Kreutzer gewidmet.

Componirt 1803.

Anzeige von Johann Traeg in der Wiener Zeitung vom 18. Mai 1805: „Beethoven Son. per il Pianoforte ed un Violino obbligato; scritta in uno stile molto concertante quasi come d'un Concerto. Composta e dedicata al suo Amico R. Kreutzer. Op. 47. — 2 fl. 45 kr.“

Bridgetower, Violinist im Dienste des Prinzen von Wallis, (nachher König Georg IV. von England) gab zwei Concerte in Wien, und zwar am 17. und am 24. Mai 1803. Für diesen Künstler schrieb Beethoven diese berühmte Sonate; auch spielte er sie mit ihm bei der ersten Aufführung. Ueber ihre Entstehung berichtet Ries (Notizen, 82) folgendes:

„. . . . . ein grosser Theil des ersten Allegros war früh fertig. Bridgetower drängte ihn sehr, weil sein Concert schon bestimmt war und er seine Stimme üben wollte. Eines Morgens liess mich Beethoven schon um halb fünf Uhr rufen und sagte: „Schreiben Sie mir diese Violinstimme des ersten Allegro's schnell aus“. — (Sein gewöhnlicher Copist war ohnehin beschäftigt.) Die Clavierstimme war nur hier und da notirt. — Das so wunderschöne Thema mit Variationen aus F dur hat

Bridgetower aus Beethoven's eigener Handschrift im Concerte im Augarten, Morgens um Acht Uhr, spielen müssen, weil keine Zeit zum Abschreiben war.

„Hingegen war das letzte Allegro in $^{6}/_{8}$ A dur in der Violin- und Clavier-Stimme sehr schön abgeschrieben, weil es ursprünglich zu der Ersten Sonate (Opus 30) in A dur mit Violine, welche dem Kaiser Alexander dedicirt ist, gehörte. Beethoven setzte nachher an dessen Stelle, da es doch für diese Sonate zu brillant sei, die Variationen, die sich jetzt dabei finden."

Skizzen zu diesem letzten Allegro sind auch im Kessler'schen Notirbuch enthalten.

Der Titel von Simrock's Original-Ausgabe lautet:

„Sonata per il Pianoforte ed un Violin obligato, scritta in un Stilo molto concertante, quasi come d'un Concerto, composta e dedicata suo Amico R. Kreutzer, Membro del conservatorio di Musica in Parigi, primo Violino dell' Academia delli Arti e della Camera Imperiale, per L. v. Beethoven. Opera 47. Prezzo 6 fr. A Bonn chez N. Simrock. A Paris N. Simrock" etc. etc.

---

## 112.

**Andante für Clavier.** F dur. (Br. u. H. V. 123.)

Componirt 1803. (?)

Titel der Original-Ausgabe:

„Andante Favori pour pianoforte, composé par Louis van Beethoven. No. 35. à Vienne au Bureau des Arts et d'Industrie."

Angezeigt in der Wiener Zeitung vom 10. Mai 1806.

Ursprünglich als Mittelsatz in der Waldstein-Sonate Op. 53; nachher für 2 Violinen, Bratsche u. Violoncell eingerichtet u. von Steiner u. Co. (?) herausgegeben.

---

## 113.

**„Das Glück der Freundschaft,"** für eine Singstimme und Clavier. Op. 88.

Bei Löschenkohl (in Wien) und bei Simrock erschienen. 1803.

Auch als „Lebensglück, Vita felice" mit ital. u. deutsch. Text bei Hofmeister und Kühnel ohne Opuszahl erschienen und angezeigt im Intell.-Blatt der Zeitung f. d. elegante Welt, vom 2. Juni 1804.

Wie mag das Lied zu der Opuszahl 88 gekommen sein?

---

## 114.

**Sonate für Clavier,** F dur. Op. 54.

Componirt 1803. ?

Titel der Original-Ausgabe:

„LI$^{me}$ Sonate pour le Pianoforte, composée par Louis van Beethoven. Op. 54. à Vienne au Bureau des Arts et d'Industrie." (Verlags-No. 507. Preis 1 fl. 15 kr.)

Angezeigt in der Wiener Zeitung vom 9. April 1806.

---

## 115.

**Dritte Symphonie für Orchester,** Es dur. Op. 56. Dem Fürsten von Lobkowitz gewidmet.

Componirt 1803—4.

Titel des geschriebenen Hand-Exemplars Beethoven's — bei der Licitation seines Nachlasses um 3 fl. 10 kr. verkauft, und jetzt im Besitz des Componisten Joseph Dessauer in Wien:

„Sinfonia grande."

(Zwei Worte sorgfältig ausradirt.) 1804 im August.

del Sr.

Louis van Beethoven.

Sinfonie 3. Op. 55."

Gerade unter seinem Namen war mit Bleistift geschrieben und ist noch zu lesen, „Geschrieben auf Bonaparte."

Eins von den zwei ausradirten Worten war sicherlich auch „Bonaparte."

Die Original-Ausgabe (in Stimmen) hat folgenden Titel und Vorrede:

„Sinfonia Eroica,

à due Violine, Alto, due Flauti, due Oboe, due Clarinetti, due Fagotti, tre Corni, due Clarini, Timpani e Basso, Composta per festiggiare il Souvenire di un grand Uomo e dedicata sua Altezza serenissima il Principe di Lobkowitz da Luigi van Beethoven. Op. 55. No. III della Sinfonie. à Vienna. Nel contor delle Arti e d'Industria al Hohenmarkt No. 582."

512.

„Questa Sinfonia essendo scritta apposta più longa delle Solite, si deve eseguire più vicino al principio ch'al fine di un Academia e poco doppo un Overtura un' Aria ed un Concerto; accioche, sentita troppo tardi non perda per l'Auditore gia faticato dalle precedenti produzioni, il suo proprio proposto effetto.

„La parte del Corno terzo e aggiustata della Sorte, che possa eseguirsi ugualmente sull Corno primario ossia secondario."

Angezeigt in der Wiener Zeitung vom 19. October 1806.

Im Dessauer'schen Ms. befinden sich noch folgende eigenhändige Anmerkungen Beethoven's:

Auf dem Titel ganz oben: NB. 1. In die erste Violin-Stimme werden gleich die andern Instrumente zum Theil eingetragen."

Ganz unten: „NB. 2. Das dritte Horn ist so geschrieben, dass es sowohl von von [sic] einem primario als secundario geblasen werden kann."

Am Schluss des ersten Satzes, allein mehrmals durchgestrichen: „NB. Die drei Hörner werden beym Orchester so geordnet, dass das erste Horn in die Mitte zwischen den 2 Andern zu stehen kommt."

Bei dem zweiten Satz: „NB. Die Noten im Bass, welche die Striche in die Höhe haben, sind für das Violoncell und die die Striche unter sich haben, für die Violon."

Die bekannte Anecdote, von Ries erzählt („Notizen" 77. 78), kann unmöglich auf das Dessauer'sche Ms. Bezug haben. —

Das erste Stück, 2. Theil, im Programm zu Clement's Concert 7. April 1805 war:

„Eine neue grosse Sinfonie in Dis von Herrn Ludwig van Beethoven, zugeeignet Sr. Durchlaucht Fürsten von Lobkowitz. Auch wird der Verfasser dieselbe selbst zu dirigiren die Gefälligkeit haben."

Auch in Meier's Concert 1808 hörte man Beethowen's „Symphonie in Dis.

Es war nämlich damals in Wien üblich Dis statt Es zu sagen.

---

## 116.

VII **Variationen für Clavier.** Cdur. Thema: God save the King. No. 25. (Br. u. H. V. 135.)

Erschienen 1804.

Titel der Original(?)-Ausgabe:

„Variations pour le Pianoforte sur le Thème: God save the King, composées par Louis van Beethoven. No. 25. à Vienne au Magasin de J. Riedl."

Angezeigt vom Kunst- und Industrie-Comptoir in der Wiener Zeitung vom 10. März 1804.

---

## 117.

V **Variationen für Clavier.** Ddur. No. 26. Thema: Englisches Lied: Rule Britannia." (Br. u. H. V. 135.)

Erschienen 1804.

Angezeigt vom Kunst- und Industrie-Comptoir in der Wiener Zeitung vom 20. Juni 1804.

---

### 118.

**XII Variationen für Clavier und Violoncell**, G dur. Thema: Marsch aus Händel's „Judas Maccabäus." Der Fürstin Lichnowsky gewidmet. (Br. u. H. V. 128.) No. 5.

Erschienen 1804.

Titel der alten Leipziger Original(?)-Ausgabe:

„XII. Variations pour le Forte-Piano, ou Clavecin avec Violon, ou Violoncelle. (Sur un Thème de Händel dans l'Oratoire: Judas Macabée) Composées et Dediées a Son Altesse Madame la Princesse de Lichnowsky née Comtesse de Thunn par Louis van Beethoven.

No.V / 226. Leipzig, Bureau de Musique de Hofmeister et Kühnel. Pr. 12 ggr.

Angezeigt vom Kunst- und Industrie-Comptoir (in Wien) in der Wiener Zeitung vom 30. Januar 1805.

---

### 119.

**Sonate für Clavier.** F moll. Op. 57. Dem Grafen Brunswick gewidmet.

Nach Ries, componirt 1804.

Titel der Original-Ausgabe:

„LIV$^{me}$ Sonate composée pour Pianoforte et dediée à Monsieur le Comte François de Brunswik par Louis van Beethoven. Op. 57. à Vienne au Bureau des Arts et d'Industrie." (Verlags-Nr. 521. Preis 2 fl. 30 kr.)

Angezeigt in der Wiener Zeitung vom 21. Febr. 1807.

Ries sagt (Notizen 99):

„Bei einem Spaziergange, auf dem wir uns so verirrten, dass wir erst um acht Uhr noch Döbling, wo Beethoven wohnte, zurückkamen, hatte er den ganzen Weg über für sich gebrummt oder theilweise geheult, immer herauf und herunter, ohne bestimmte Noten zu singen. Auf meine Frage, was es sei, sagte er, „da ist mir ein Thema zum letzten Allegro der Sonate eingefallen," (in F moll. Op. 57)."

Beethoven wohnte in Döbling die beiden Sommer 1803 u. 1804.

Schindler aber schreibt (Beethoven I. 138):

„Das erste Werk, das auf die Anstrengungen mit der Oper gefolgt, war die Sonate in F moll ........ Der Meister schrieb sie während einer kurzen Rast bei seinem Freunde, dem Grafen Brunswick, in einem Zuge nieder." d. h. anno 1806.

Da Schindler damals nur ein Knabe von 10—11 Jahren war und er unmöglich etwas von Beethoven's damaligen Arbeiten wissen konnte, während Ries der vertraute Schüler des Meisters war, so ist des Letzteren Zeugniss vorzuziehen. —

Skizzen zu dieser Sonate befinden sich in dem Leonore-Skizzenbuch (1804—5) im Besitz des Herrn Mendelssohn.

Der Titel „Sonata appassionata" stammt nicht vom Componisten.

---

## 120.

**Sextett für 2 Clarinetten, 2 Flöten und 2 Fagotte.** Esdur. Op. 71.

Aufgeführt (in Wien) im Winter 1804—5.

Titel der Original-Ausgabe:

„Sestetto pour 2 Clarinettes, 2 Cors et 2 Bassons.
par L. v. Beethoven. Pr. 1 Rthlr.
à Leipsic chez Breitkopf und Härtel."

Angezeigt im Intell.-B. der L. M. Z. No. II. Januar 1813 und erschienen im April darauf.

In einer Nachricht über Schuppanzigh's Concerte im Winter 1804—5. (Siehe Leipz. Allg. Mus.-Zeitung VII. 535) heisst es:

„Zuweilen werden wol auch grössere Stücke (nämlich als die Quartetten) aufgeführt; unter diesen gefiel vorzüglich das schöne Beethoven'sche Sextett in Es, eine Komposition, die durch schöne Melodien, einen ungezwungenen Harmoniefluss und einen Reichthum neuer und überraschender Ideen glänzt. Die Klarinette wurde dabey von Herrn Pär, in Diensten des Fürstlich Lichtenstein'schen Hauses, äusserst vollkommen vorgetragen."

Beer oder Bär — nicht Pär — soll es heissen — der Nämliche, welcher bei der ersten Aufführung des Quintetts, Op. 16, wie auch der des Septetts, Op. 20, dasselbe Instrument gespielt hatte.

NB. Dass im obigen Titel keine Opuszahl angegeben ist.

---

## 121.

Praeludium für Clavier. F moll. No. 29. (Br. u. H. V. 131.)

Erschienen 1805.

Anzeige vom Kunst- und Industrie-Comptoir in der Wiener-Zeitung vom 30. Januar 1805:

„Beethoven. Prélude pour le Pianoforte (ganz neu) Nr. 29."

---

## 122.

Menuett für Clavier, Esdur, Nr. 28. (B. u. H. V. 139.)

Erschienen 1805.

Anzeige vom Kunst- und Industrie-Comptoir in der Wiener Zeitung vom 30. Januar 1805:

Beethoven. „Menuett pour le P. F. (ganz neu)."

---

## 123.

„**An die Hoffnung**, von Tiedge, in Musik gesetzt von L. van Beethoven Nr. 32. Im Kunst- und Industrie-Comptoir zu Wien."

Jetzt als Opus 32 bezeichnet.

Erschienen 1805.

Angezeigt in der Wiener Zeitung vom 18. Septbr. 1805.

(Tiedge's „Urania" erschien 1801.)

Siehe Op. 94.

---

## 124.

**Triple-Concert für Pianoforte, Violine, Violoncell und Orchester.** Cdur. Op. 56.

Componirt 1804—5.

Auf einer Copie, im Besitz des Herrn Haslinger steht von Beethoven's Hand geschrieben:

„Klavierstimme vom Konzertant Konzert."

Erschienen im Verlage des Kunst- und Industrie-Comptoirs in Wien und in der Wiener Zeitung vom 25. Juli 1807 angezeigt:

„Beethoven, Concerto Concertant pour Pianoforte, Violon et Violoncello, avec accomp. d'Orchestre. Op. 56. — 8 *fl.*"

Mitten in dem Leonore-Fidelio-Skizzenbuch (1804—5), im Besitz des Herrn Mendelssohn, erscheinen Skizzen zum ersten Allegro (4 Seiten), „Adagio" (15), dann folgendes: Thema des Rondo alla polacca:

„Geschrieben war dieses Werk," sagt Schindler I. 147, „für den Erzherzog Rudolph und die Künstler Seidler (Violine) und Kraft (Violoncell)."

Der Erzherzog hatte am 8. Januar 1805 erst sein 17. Lebensjahr vollendet.

---

## 125.

**Fidelio (Leonore), Oper in zwei Akten.** Op. 72. Erste und zweite Bearbeitungen, III Ouverturen und in Jahn's Ausgabe, 18 Nummern mit einem Anhang.

Componirt 1804—5.

I. Die Aufführungen:

Der erste Theaterzettel lautet so:

„K. auch k. k. pr. Schauspiel a. d. Wien.

Neue Oper.

Heute Mittwoch den 20. November 1805 wird in dem k. auch k. k. priv. Schauspielhaus an der Wien gegeben zum ersten Mal

Fidelio

oder

Die eheliche Liebe.

Eine Oper in 3 Akten, frey nach dem Französischen bearbeite [sic] von Joseph Sonnleitner.

Die Musik ist von Ludwig van Beethoven.

---

Personen.

| | |
|---|---|
| Don Fernando, Minister . . . . . . . . . | Hr. Weinkopf. |
| Don Pizarro, Gouverneur eines Staatsgefängnisses | Hr. Meier. |
| Florestan, ein Gefangener . . . . . . . . . | Hr. Demmer. |
| Leonore, seine Gemahlin, unter dem Namen Fidelio | Dlle. Milder. |
| Rocco, Kerkermeister . . . . . . . . . . . | Hr. Rothe. |
| Marzelline, seine Tochter . . . . . . . . . | Dlle. Müller. |
| Jaquino, Pförtner . . . . . . . . . . . . | Hr. Cache. |
| Wachehauptmann . . . . . . . . . . . | Hr. Meister. |

Gefangene. Wache. Volk.

Die Handlung geht in einem spanischen Staatsgefängnisse, einige Meilen von Sevilla, vor.

---

Die Bücher sind an der Kasse für 15 kr. zu haben.

---

Preise der Plätze.

| | fl. | kr. | | fl. | kr. |
|---|---|---|---|---|---|
| Grosse Loge . . . . . . | 10 | – | Erstes Parterre und Erste Gallerie ein gesperrter Sitz | – | 56 |
| Kleine Loge . . . . . . | 4 | 30 | Zweite Gallerie . . . . | – | 30 |
| Erstes Parterre und Erste Gallerie . . | – | 42 | Zweite Gall. ein gesp. Sitz | – | 42 |

Zweites Parterre und dritte Gallerie . . 24 kr.
Vierte Gallerie . . . . . . . . . . . 12 –

---

Die Logen und gesperrten Sitze sind bey dem Kassier des k. auch k. k. National-Theaters zu haben.

---

Der Anfang um halb 7 Uhr.

---

Am Donnerstag 21. November bei der zweiten Aufführung lautet der Theaterzettel eben so; wie auch bei der dritten Aufführung am Freitag den 22.; immer wurde die Oper als Fidelio, nicht als Leonore, gegeben.

Nach der bekannten Berathung beim Fürsten Lichnowsky (Ries „Notizen“ 103—106) und der Umarbeitung des Textes von Stephan von Breuning mit den angemessenen Veränderungen und Verkürzung der Musik von Beethoven, kam die Oper wieder auf die Bühne.

Der Zettel lautet:

„K. auch k. k. pr. Schauspiel etc. etc. etc.

„Heute Samstag den 29. März 1806 wird in dem k. auch k. k. priv. Theater etc. etc.

Fidelio, oder die eheliche Liebe.

Eine Oper in 2 Akten, frey nach dem Französischen“ etc. etc.

Statt Demmer singt Röckel den Florestan, sonst bleibt der Zettel wie vorher.

Das ganze wurde jetzt in zwei statt drei Akte getheilt: die anderen Veränderungen aber, kann man genau in dem Vorwort der Jahn'schen Ausgabe der Leonore angegeben finden.

Bei dieser Aufführung wurde im Theater ein Gedicht von St. von Breuning (siehe Wegeler's „Notizen“ 64, 65), noch im Original vorhanden, mit folgender Ueberschrift, vertheilt:

„An Herrn Ludwig van Beethoven, als die von ihm in Musik gesetzte und am 20. November 1805 das erstemal gegebene Oper, jetzt unter der veränderten Benennung: Leonore, wieder aufgeführt wurde.“

Nun schreibt Breuning (Notizen wie oben):

„Ich arbeitete ihm das Buch um, wodurch die Handlung lebhafter und schneller wurde: er verkürzte viele Stücke, und sie ward hierauf dreimal mit dem grössten Beifall aufgeführt.“

Breuning ist hier im Irrthum; Fidelio ist im Jahre 1806 nur 2mal gegeben; nämlich am 29. März und am 10. April. Der Theaterzettel zu dieser zweiten Aufführung ist noch erhalten und weicht von dem des 29. März nur darin ab, dass nach den Worten „bearbeitet von Sonnleithner“ der Zusatz folgt „mit einigen Veränderungen.“

So wurde die Oper wieder nur als „Fidelio“ gegeben: doch lesen wir in dem Brief Breuning's (Notizen: wie oben) dass:

„er (Beethoven) bei der zweiten Aufführung nicht einmal erhalten konnte, dass die Ankündigung der Oper unter dem veränderten Titel „Fidelio,“ wie sie auch in dem Französischen Original heisst und unter dem sie nach den gemachten Aenderungen gedruckt worden ist, geschah. Gegen Wort und Versprechen fand sich bei den Vorstellungen der erste Titel: „Leonore“ auf dem Anschlagzettel.“

Nun, erstens, hiess das französische Original nicht „Fidelio,“ sondern „Leonore, ou l'Amour conjugal“ (Vgl. Fetis und Gerber, Artikel Gaveaux, auch Poisot „La Musique en France“ 348); zweitens, das neue Textbuch hiess „Leonore" nicht „Fidelio"; und drittens, die früheren Vorstellungen fanden immer unter der Benennung „Fidelio" statt. So ist die ganze Verwirrung dadurch entstanden, dass Breuning in seinem Briefe, oder Wegeler beim Abschreiben derselben die zwei Namen verwechselt hat.

II. Die Textbücher.

Von dem ersten Textbuche in 3 Akten habe ich noch kein Exemplar gesehen; Prof Jahn aber in dem Vorwort zu Leonore führt ein solches mit folgendem veränderten falschen Titel an:

„Fidelio. Eine Oper in zwey Aufzügen. Frey nach dem Französischen bearbeitet von Joseph Sonnleithner. Wien, 1805. bei Ant. Pühler." (soll Pichler heissen.)

Von dem Zweiten besitzt Dr. Leopold Sonnleithner ein Exemplar, mit dem Titel, wie ihn Beethoven haben wollte, nämlich:

„Leonore, oder, der Triumph der ehelichen Liebe. — Eine Oper in zwei Aufzügen: Frey nach dem Französischen bearbeitet von Joseph Sonnleithner, in Musik gesetzt von Ludwig van Beethoven, für das k. auch k. k. Theater an der Wien. Wien 1806. Gedruckt und verlegt bey Anton Pichler."

III. Die Ouverturen. (Vgl. Schindler I. 126—130.)

Nr. 1. Cdur, componirt 1805, und als Op. 138, bei Haslinger in Wien, anno 1835, erschienen. Sie scheint während des Componisten Lebzeit nur eine Probe bei Fürst Lichnowsky erlebt zu haben. Als Titel zu den Stimmen, die im Besitz des Herrn C. Haslinger noch vorhanden sind, hat Beethoven auf die 1. Violin-Stimme geschrieben:

„Ouvertura in C♯<br>Characteristische<br>Ouverture."

Das „in C♯" ist mit Roth-, das Uebrige mit Bleistift geschrieben.

No. 2. Cdur, componirt 1805 und bei den drei Aufführungen der Oper im November gespielt. Von einer späteren Production ist keine Nachricht vorhanden bis zum 11. Januar 1840, wo in einem Gewandhaus-Concert in Leipzig alle vier Fidelio-Leonore Ouverturen unter Mendelssohn's Leitung aufgeführt wurden. Auf dem Zettel stand folgende Notiz:

„Beethoven schrieb 4 Ouverturen zu seiner Oper, von denen die beiden ersten im heutigen, die beiden letzten im nächsten Abonnement-Konzert zur Aufführung kommen. Von den Zweiten, bis jetzt nur im Manuskript vorhandenen, scheint die dritte eine spätere Bearbeitung zu sein."

Da das in dem Programm zu diesem Concert angeführte Violinsolo wegblieb, so wurden auch die beiden letzten der vier Ouverturen statt des Solo's gespielt.

Die Ouverture Nr. 2 ist nach einer nicht vollständigen Abschrift und später vollständig, von Jahn redigirt, von Breitkopf und Härtel verlegt, in Partitur erschienen.

Nr. 3. Cdur. Eine Umarbeitung der Vorangehenden, zwischen November 1805 und März 1806, mit welcher die Oper neu in Scene ging. Die Schwierigkeiten in den Partieen der Blasinstrumente in Nr. 2 sollen die Ursache dieser Umarbeitung gewesen sein. Bei Breitkopf und Härtel — „Ouverture de Leonore à grand Orchestre" — im Juli 1810 erschienen.

IV. Die Oper.

Erschienen, Nr. 1 bis 17, d. h. ohne Ouverture und Finale, im Clavier-Auszug bei Breitkopf u. Härtel im März 1810. Angezeigt im Intell.-Blatt der Leipz. Allg. Mus.-Zeitung, October 1810:

„Beethoven, L. v., Leonore, Oper im Klavierauszuge. 3 Thlr."

Im Intell.-B. derselben Zeitung Nr. VII. October 1815:

„Beethoven, L. v., Ouverture und Gesänge aus der Oper: Fidelio (Leonore). Klav. Auszug. Neue Ausgabe . . . . . . . . . . 3 Thlr."

Diese ist die vorige Ausgabe der Leonore, mit Hinzufügung der Ouverture.

Im Jahre 1852 sind die beiden Bearbeitungen von 1805 und 1806, zusammengestellt von Prof. Jahn, und beginnend mit der Ouverture Nr. 3, bei Breitkopf und Härtel im Clavier-Auszuge und mit folgendem Titel erschienen:

„Leonore, Oper in zwei Akten von L. v. Beethoven. Vollständiger Klavierauszug der zweiten Bearbeitung mit den Abweichungen der Ersten . . . . . . . . . . . . . . . . . . . . . . Preis 6 Thlr."

---

**Fidelio, Oper in 2 Akten.** Ouverture und 16 Nummern.

Dritte Bearbeitung, vom Frühjahr 1814.

Theater-Zettel zur ersten Aufführung:

„23sten May 1814.

Im Theater nächst dem Kärnthnerthor
von den k. k. Hof-Operisten
Zum Vortheile der Herren Saal, Vogl und Weinmüller,
zum ersten Mahl,

**Fidelio**

eine Oper in zwey Aufzügen nach dem Französischen neu bearbeitet.
Die Musik ist von Hrn. L. v. Beethoven.

**Personen.**

| | |
|---|---|
| Don Fernando, Minister . . . . . . . . . | Hr. Saal. |
| Don Pizarro, Gouverneur eines Staatsgefängnisses | Hr. Vogl. |
| Florestan, ein Gefangener . . . . . . . . . | Hr. Radichi. |
| Leonore, seine Gemahlin, unter dem Namen Fidelio | Mad. Milder. |
| Rocco, Kerkermeister . . . . . . . . . . | Hr. Weinmüller. |
| Marzelline, seine Tochter . . . . . . . . | Dlle. Bondra. |
| Jaquino, Pfortner . . . . . . . . . . . | Hr. Frühwald. |

Staatsgefangene, Offiziere, Wachen, Volk.

Die neuen Dekorationen sind von Herren Arrigoni und Scharrhan, k. k. Hoftheatermalern.

Logen und gesperrte Sitze sind an der k. k. Hoftheaterkasse zu bekommen. Die Freybilletten sind heute ungültig. — Der Anfang ist um 7 Uhr.

---

Bei dieser Aufführung wurde nicht die neue Ouverture in Es gespielt, nicht die Promotheus-Ouverture und auch nicht die zu Leonore Nr. 3, wie von verschiedenen Schriftstellern behauptet worden, sondern die zu den „Ruinen von Athen“, wie Seyfried richtig angiebt.

Der Theater-Zettel vom 26. May 1814, enthält folgendes Nota bene:

„Die das vorigemal wegen Hindernissen weggebliebene neue Ouverture dieser Oper wird heute zum ersten Mahl vorgetragen werden. Die Freybilletten sind heute ungültig.“

Fidelio wurde wiederholt am 2., 4., 7. und 21. Juni; und am 15. July erschien in der Wiener Zeitung folgende Anzeige:

„Beethoven's Benefiz.

„Die Direkzion des k. k. Hof-Theaters hat dem Unterzeichneten eine Benefiz-Vorstellung von der durch ihn komponirten Oper Fidelio bewilligt. Diese Vorstellung wird Montag, den 18. d. M., im Hof-Theater nächst dem Kärnthnerthor statt finden, und ist dazu mit zwey neuen Stücken vermehrt.

„Logen und gesperrte Sitze sind Samstags und Sonntags in der Wohnung des Unterzeichneten, auf der Melker Bastey im Baron Pasqualatischen Hause, Nr. 94, im ersten Stock, zu bestellen; Schlüssel und Billets aber in der k. k. Hof-Theater-Kasse abzuholen, wo auch am Tage der Vorstellung, die bis dahin noch nicht vergebenen Logen und gesperrten Sitze zu haben sein werden.

„Diejenigen verehrlichen Abonennten, welche ihre Logen zu behalten wünschen, werden gebeten, solches längstens bis Sonntags Vormittags der k. k. Hof-Theaterkasse zu wissen zu machen.

Ludwig van Beethoven.“

Die „Friedensblätter" vom 16. zeigten diese Vorstellung in folgenden Worten an:

„Künftigen 18. dieses wird den Freunden der Kunst ein grosser Genuss bereitet. Fidelio wird mit zwey neuen Arien, von Mad. Milder und Herrn Weinmüller gesungen, zum Vortheil des Componisten gegeben."

In einem Briefe Röckel's – des Florestan vom Jahre 1806 — an A. W. T. im Feb. 1861 geschrieben, heisst es:

„The condemned three numbers [nämlich die in der Berathung bei Fürst Lichnowsky gestrichenen Nummern des I. Acts] were,

1) a great Aria with chorus of Pizarro,
2) a comic Duo between Leonore (Fidelio) and Marcelline with Violin and Violoncello solo,
3) a comic Terzetto between Marcelline, Jacquino and Rocco."

Nach dem „Vorwort" Jahn's zu „Leonore" und auch nach seinem Artikel „Leonore oder Fidelio" in der Allgemeinen Musikalischen Zeitung vom 27. Mai u. 3. Juni 1863, sowie nach dem Textbuche im Besitz des Dr. Sonnleithner, muss nun Röckel in Irrthum, und eins von den weggelassenen Stücken Rocco's Gold-Arie gewesen sein. Und gerade dieses Stück war es, welches als „neu" von Weinmüller gesungen ward — neu war es, in dem Sinne, dass es in den ersten sechs Vorstellungen der umgearbeiteten Oper keinen Platz gefunden hatte. Die damaligen Berichterstatter sagen bloss: „Zwei neue Musikstücke oder Arien, vorgetragen von Herrn Weinmüller und Mad. Milder, machten sehr gute Wirkung. Die brave Ausführung der letztern schien insbesondere mit grossen Schwierigkeiten verknüpft zu seyn." Ein Jahr darauf sang die Milder den Fidelio in Berlin und die Arie „Komm' Hoffnung" mit drei Hörnern „obligati" wurde besonders gelobt. Nun war nach Treitschke ihre neue Aria in der Benefiz-Vorstellung Beethoven's eine Arie mit vier Hörnern obligati.

In der Wiener Zeitung vom 1. Juli 1814 erschien folgende

„Musikalische Anzeige.

Der Endesunterzeichnete aufgefordert von den Herrn Artaria u. Co. erklärt hiemit, dass er die Partitur seiner Oper:

Fidelio,

gedachten Kunsthandlung überlassen habe, um unter seiner Leitung dieselbe in vollständigem Clavier-Auszuge, Quartetten, oder für Harmonie arrangirt, herauszugeben. Die gegenwärtige musikalische Bearbeitung ist von einer früheren wohl zu unterscheiden, da beinahe kein Musikstück sich gleich geblieben, und mehr als die Hälfte der Oper ganz neu componirt worden ist. Partituren in allein rechtmässiger Abschrift, sammt dem Buche in Manuscript, sind von mir oder dem Bearbeiter des Buches, Herrn F. Treitschke, k. k. Hof-Theater-Dichter zu bekommen. Andere Abschriften auf unerlaubten Wegen werden durch die Gesetze geahndet werden.

Wien den 28ten Juni 1814.

Ludwig van Beethoven."

Der Clavier-Auszug von Moschelles verfertigt und von Beethoven durchgesehen, wurde in der Wiener Zeitung vom 20. August 1814, folgenderweise angezeigt:

„Bey Artaria und Comp. k. k. privil. Kunsthändler am Kohlmarkt Nr. 1219 ist bereits fertig und zu haben

FIDELIO

eine grosse Oper in zwey Aufzügen. Für die jetzige Aufführung des Kais. Königl. Hoftheater neu vermehrt und verändert, und im vollständigen einzig rechtmässigen Clavier-Auszug von

Ludwig van Beethoven."

Skizzen zu Leonore-Fidelio habe ich gesehen in der Mendelssohn'schen, Landsberg'schen, Petter'schen, Dessauer'schen, Artaria'schen und Wiener Musik-Verein's Autographen Sammlungen.

Aufführungen von Fidelio im Wiener Hoftheater:

| | | | | |
|---|---|---|---|---|
| 1814 . . 22 mal | (Milder: Fidelio) | 1819 . . 3 mal | | |
| 1815 . . 10 – | *)( – – ) | 1822 . . 5 – | (Schroeder: Fidelio) | |
| 1816 . . 10 – | | 1823 . . 3 – | ( – – ) | |
| 1817 . . 9 – | | 1831 . . 7 – | (Mad. Ernst – ) | |
| 1818 . . 5 – | | | | |

## 126.

**Menuett für Clavier.** Es dur. (Br. u. H. V. 189.)

Erschienen im Kunst- und Industrie-Comptoir 1805.

Dieser Menuett ist nicht angeführt in dem Kunst- und Industrie-Comptoir's Verzeichniss der sämmtlichen Werke Beethoven's im Januar 1805, wohl aber im Intell.-Blatt der L. A. Mus.-Ztg. vom 25. Dec. d. J.

## 127.

III **Quartetten für 2 Violinen, Bratsche und Violoncell.** Fdur. Emoll. Cdur. Op. 59. Dem Fürsten Rasoumowsky gewidmet.

Componirt 1806.

---

*) Bei der 10. Vorstellung Mad. Campi als Fidelio. (Dr. Sonnleithner.)

Das Original-Ms. des F dur Quartetts, im Besitz des Herrn P. Mendelssohn, ist von Beethoven's Hand überschrieben:

„Quartetto I$^{mo.}$

La prima parte solamenta una volta.

Quartetto angefangen am 26$^{ten}$ May — 1806."

Schon am 27. Febr. 1807 schrieb der Wiener Correspondent der Leip. Allg. Mus.-Zeitung [Siehe Band IX. 400]:

„Auch drei neue, sehr lange und schwierige Beethoven'sche Violinquartetten, dem russischen Botschafter, Grafen Rasumowsky zugeeignet, zogen die Aufmerksamkeit aller Kenner an sich. Sie sind tief gedacht und trefflich gearbeitet, aber nicht allgemein fasslich — das 3. aus Cdur etwa ausgenommen, welches durch Eigenthümlichkeit, Melodie und harmonische Kraft jeden gebildeten Musikfreund gewinnen muss."

Anzeige des Kunst und Industrie-Comptoirs in der Wiener Zeitung vom 9. Januar 1808: „neu erschienen."

„Beethoven, Trois Quatuors p. 2 Viol., alto et Violoncelle, compos. et dediés à etc. etc. Prince Rasoumowsky. Op. 59. 8 fl."

21 Blätter Skizzen dieser 3 Quartetten sind in der Bibliothek der Musikfreunde in Wien. Auf eins dieser Blätter hat Beethoven mit Bleistift folgendes geschrieben:

„Eben so wie du dich hier in den Strudel der Gesellschaft stürzest, eben so möglich ist's Opern trotz allen gesellschaftlichen Hindernissen zu schreiben. Kein Geheimniss sey dein Nichthören mehr, auch bey der Kunst."

Gedanken zum Scherzando des Nr. 1. sind auch, zusammen mit Skizzen zum Triple-Concert etc., in dem Leonore „Notirbuch," im Besitz des Herrn Mendelssohn, vorhanden.

---

## 128.

**Empfindungen bei Lydien's Untreue, Lied** für eine Singstimme und Clavier. Es dur. Text eine Uebersetzung von St. v. Breuning (im May 1806) aus Solié's Oper: „Le secret." (Br. u. H. V. 142.)

Componirt 1806.

Dieses Lied fand sich unter dem Nachlass von Stephan v. Breuning und wurde, als ein noch unbekanntes Stück bei Simrock einzeln und als Beilage zu Wegeler's „Nachtrag zu den Notizen" herausgegeben. Es war aber schon am 22. November 1809 als Beilage zur Leip. Allg. Mus.-Zeitung erschienen, unter dem Titel:

„Als die Geliebte sich trennen wollte
von Ludwig van Beethoven."

Einige Verbesserungen, die das Lied erhielt bevor es nach Leipzig geschickt wurde, sind nicht ohne Interesse, besonders der Schluss, im Original, so:

## 129.

**Vierte Symphonie für Orchester.** Bdur. Op. 60. Dem Grafen von Oppersdorf gewidmet.

Componirt 1806.

Das Ms., im Besitz des Herrn P. Mendelssohn, ist von Beethoven überschrieben:

„Sinfonia 4ta. 1806.
L. v. Bthvn.“

Aufgeführt in einem Subscriptions-Concert zum Besten des Componisten im Frühjahr 1807, und in einem öffentlichen Concert zu wohlthätigem Zwecke am folgenden 15. November.

Erschienen im Verlage des Kunst- und Industrie-Comptoirs in Wien, im J. 1808.

Der Correspondent des Kotzebue'schen „Freimüthigen“ vom 14. Januar 1808 schreibt darüber:

„Beethoven hat eine neue Symphonie geschrieben, die höchstens seinen wüthenden Verehrern, und eine Ouverture zu Collin's „Koriolan“, die allgemein gefallen hat.“

(Vgl. hinterlassene Schriften von C. M. v. Weber I. 41.)

## 130.

**Concert für Violine und Orchester.** Ddur. Op. 61. Seinem Freunde Stephan von Breuning gewidmet.

Componirt 1806.

Aufgeführt von Clement in seinem Concert. 23. Dec. 1806.

Das Ms., im Besitz der k. k. Bibliothek in Wien, ist von Beethoven überschrieben:

„Concerto par Clemenza pour Clement, primo Violino e Direttore al Theatro à Vienne,

dal L. v. Bthvn. 1806.“

Als Clavier-Concert von Beethoven selbst arrangirt, (siehe Ries „Notizen“ 94) erschienen im Verlage des Kunst- und Industrie-Comptoirs und von demselben in der Wiener Ztg. vom 10. August 1808 angezeigt: „Concerto für P. F. und Orchester, arrangirt vom I. Concert für Violin.“

Eine von Beethoven eigenhändig geschriebene Cadenz mit obligater Pauke zum ersten Satze dieses Concerts in der Clavier-Uebersetzung, und einen „Eingang“ von dem Andante (Larghetto schreibt hier Beethoven) zum Rondo, besitzt Herr Carl Haslinger in Wien.

Titel der Original-Ausgabe des Violin-Concerts:

„Concerto pour le Violon avec Accompagnement de deux Violons, Alto, Flûte, deux Hautbois, deux Clarinettes, Cors, Bassons, Trompettes, Timballes, Violoncelle et Basse, composé et dedié à son Ami Monsieur de Breuning Secrétaire Aulique au Service de sa Majesté l'Empereur d'Autriche par Louis van Beethoven. Oeuvre 61.
583. A Vienne et Pesth au Bureau des Arts et d'Industrie.“

Titel der Original-Ausgabe des P. F.-Concerts:

„Concerto pour le Pianoforte avec accompagnement de grande Orchestre arrangé d'apres son Ier Concerto de Violon, et dedié à Madame de Breuning née Noble de Wering [Vering] par Louis van Beethoven. 583. Oeuvre 61. A Vienne et Pesth au Bureau des Arts et d'Industrie.“

---

## 131.

**Viertes Concert für Clavier und Orchestre.** G dur. Op. 58. Dem Erzherzog Rudolph gewidmet.

Componirt 1806 ?

Aufgeführt von Beethoven in seinem Concert am 22. December 1808. Reichardt sagt: „ein neues Fortepiano-Konzert von ungeheurer Schwierigkeit, welches Beethoven zum Erstaunen brav, in den allerschnellsten Tempis ausführte.“

Am 20. April 1807 (Schindler I. 142) zum Herausgeben in England an Clementi verkauft.

Anzeige vom Kunst- und Industrie-Comptoir in der Wiener Zeitung vom 10. August 1808:

„Beethoven. 4tes Concert für P. F. u. Orchester. Op. 58.“

Eigenhändig von Beethoven geschriebene Cadenzen zu diesem Concert besitzt Herr Carl Haslinger; und zwar:

Zum ersten Satz Zwei, von denen die Eine — mit sehr schwierigen Doppel-Trillern gegen das Ende — von Beethoven überschrieben ist: „Cadenza (ma senza cadere).“

Zum letzten Satz Eine Cadenz.

---

### 132.

II **Gesänge für eine Singstimme und Clavier.**

Erschienen um 1806.

1. „La partenza“, Text (Ecco quel fiero istante) von Metastasio. Später mit deutschem Texte dazu als „Der Abschied“. (Br. u. H. V. 143.)
2. „Zärtliche Liebe“ — (Beglückt durch mich, beglückt durch dich). — Später erschienen mit dem Texte „Ich liebe dich so wie du mich“. (Br. u. H. V. 145.)

### 133.

**Ouverture zu Collin's Trauerspiel „Coriolan.“** Cmoll. Op. 62. Dem Dichter Heinrich Joseph von Collin gewidmet.

Componirt 1807.

Das Original-Ms., im Besitz des Herrn T. Paterno in Wien, ist von Beethoven überschrieben:

„Overtura [zum Trauerspiel Coriolan] composta da
L. v. Beethoven.
1807.“

Die eingeklammerten Worte sind durchgestrichen.

Aufgeführt im „Liebhaberconcert“ in Wien im December 1807, und erschienen im Verlage des Kunst- und Industrie-Comptoirs. Angezeigt in der Wiener Zeitung vom 9. Januar 1808.

Im April 1807 war das Werk schon fertig, da es zum Herausgeben in England am 20. dieses Monats an Clementi verkauft wurde. Siehe Schindler I. 142.

### 134.

**Rondo für Clavier und Violine.** Gdur. (Br. u. H. V. 127.)

Bei Simrock erschienen 1807 (?)

Nur eine Notiz über dieses Rondo ist vorhanden, und zwar, dass es sich im Intell.-Blatte der Leipz. Allg. Mus.-Zeitung vom März 1808, unter „Musikalien von verschiedenen Verlegern, welche bey Breitkopf u. Härtel zu haben sind“ befindet.

### 135.

XXXII **Variationen für Clavier.** Nr. 36. Cmoll. Ueber ein Original-Thema. (Br. u. H. V. 136.)

Erschienen 1807.

Titel der Original-Ausgabe:

„Trente deux Variations pour le Pianoforte composées par Louis van Beethoven. No. 36. Wien im Kunst- und Industrie-Comptoir am hohen Markt Nr. 582.“ (Verlags-Nummer 545.)

Angezeigt in der Wiener Zeitung vom 20. April 1807.

## 136.

**XII Ecossaises für 2 Violinen und Bass** (2 Flöten und 2 Hörner ad lib.) Detto für Clavier.

Erschienen 1807.

Angezeigt von Johann Traeg in d. Wiener Ztg. vom 21. März 1807.

Ob die VI Ecossaises für Clavier in Esdur

sich darunter befinden, konnte der Verfasser nicht ermitteln.

Zur selbigen Zeit wurden auch von Traeg 12 Walzer für 2 V. u. Bass angezeigt, die aber keine originelle Stücke, sondern Scherzos aus Symphonien und Sonaten sind.

## 137.

**Messe für vier Singstimmen und Orchester.** Cdur. Op. 86. Dem Fürsten von Esterházy gewidmet.

Componirt 1807.

Eigenhändiger Titel der Abschrift in Esterházy (mitgetheilt von Prof. O. Jahn):

„Missa
composta e dedicata al ser. e altizz. principe
Nicolo Esterházy de Galantha
da
Luigi van Beethoven.
Aufgef. im Sept. an Mariae Namentag.“

Erschienen bei Breitkopf und Härtel im October 1812.

In der Leip. Allg. Mus.-Zeitung vom 7. October 1807, unter Datum 23. September, wird berichtet:

„Beethoven hat eine neue Messe für den Fürsten Esterházy geschrieben. Bekanntlich ist dieser Fürst ein eifriger Liebhaber der Kirchenmusik, für welchen auch sein Kapellmeister N. Hummel und Kreutzer aus Zürich, der sich durch neuere Compositionen vortheilhaft auszeichnete, ähnliche Arbeiten verfertigt haben.“

Siehe Concert-Anzeige bei Op. 67. Nr. 140.

## 138.

**„In questa tomba oscura,"** für eine Singstimme und Clavier.

Nach Schindler componirt 1808.

Erschienen als die letzte von 63 Bearbeitungen von vielen Musikern und Dilettanten, welche um 1808 in einem Bande verlegt wurde, und dem Titel:

„In questa tomba oscura, Arietta con accomp. di Pianoforte, composta in diverse maniere da molti Autori e dedicata a S. A. N. Sig. Principe Giuseppe di Lobkowitz etc. Vienna, Presso T. Mollo."

Dieses Stück befindet sich unter mehreren italienischen Gesängen, die aus den Jahren 1796—1800 zu stammen scheinen, im Besitz von Artaria u. Co.

In America sind als Text die Worte von Skakespeare's Monument „Good Friend for Jesus' sake forbear etc." oft dieser Musik untergelegt.

---

## 139.

**II Trios für Clavier, Violine und Violoncell.** Ddur. Esdur. Op. 70. Der Gräfin Erdödy gewidmet.

Componirt 1808.

Erschienen bei Breitkopf und Härtel Nr. I. April 1809.
Nr. II. August 1809.

Die gleichzeitige Wiener Ausgabe hat folgenden Titel:

„Deux Trios pour Piano-Forte, Violon et Violoncelle composés et dediés à Madame la Comtesse Marie d'Erdödy née Comtesse Niszky par Louis van Beethoven. à Vienne chez Artaria et Comp." Oeuvre 70. Nr. 1. 2.

Von Traeg angezeigt in der Wiener Zeitung vom 3. Januar 1810.

Beethoven spielte im December 1808 bei Gräfin Erdödy in Gegenwart von J. F. Reichardt diese Trios; — „die er kürzlich gemacht hat" sagt Reichardt.

---

## 140.

**Fünfte Symphonie für Orchester. Cmoll.** Op. 67. Dem Fürsten Joseph v. Lobkowitz und dem Grafen Rasoumowsky gewidmet. .

Componirt 1808 (?)

Das Ms., im Besitz des Herrn P. Mendelssohn, ist von Beethoven mit Rothstift überschrieben:

„Sinfonie da L. v. Beethoven."

Anzeige in der Wiener Zeitung vom 17. Dec. 1808:

„Musikalische Akademie.

Donnerstag den 22. December hat Ludwig van Beethoven die Ehre in dem k. k. priv. Theater an der Wien eine musikalische Akademie zu geben; sämmtliche Stücke sind von seiner Composition, ganz neu und noch nicht öffentlich gehört worden.

Erste Abtheilung:

I. Eine Symphonie unter dem Titel: Erinnerung an das Landleben, in F dur. (No. 5.)

II. Arie.

III. Hymne mit lateinischem Text in Kirchenstyl geschrieben mit Chor und Solos.

IV. Clavier-Concert von ihm selbst gespielt.

Zweite Abtheilung:

I. Grosse Symphonie in C moll. (No 6.)

II. Heilig mit lateinischem Text im Kirchenstyl geschrieben mit Chor und Solos.

III. Fantasie auf dem Clavier, welche sich nach und nach mit Eintreten des ganzen Orchesters, und zuletzt mit Einfallen von Chören als Finale endet.

Logen und gesperrte Sitze sind in der Kruger-Strasse No. 1074 im ersten Stock zu haben.

Der Anfang ist um halb 7 Uhr."

Erschienen bei Breitkopf und Härtel im April 1809.

Skizzen.

In dem bei Op. 18 erwähnten „Notirbuche" im Besitz des Herrn Petter befinden sich die Themas zum ersten Allegro und zum Andante dieser Symphonie, — d. h. etwa aus dem Jahre 1800 — in dieser Form:

(Die vollkommne Correctheit der Abschrift wird nicht verbürgt.)

*Sinfonie Allegro presto.*

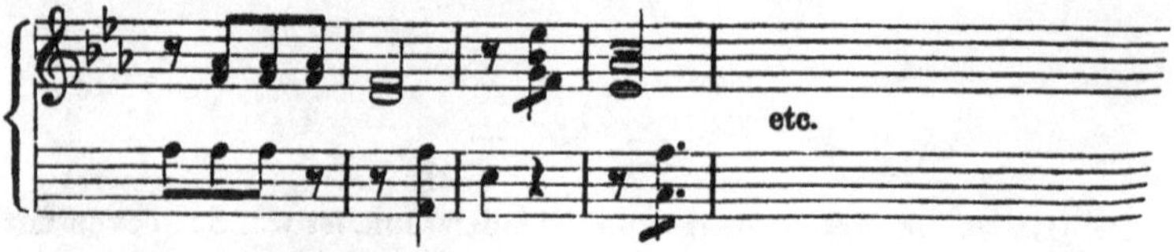


*Andante quasi Menuetto.*

*Quasi Trio.*

*Finale.*

Zum Scherzo sind 17 Blätter in der Wiener Musik-Vereins-Bibliothek noch vorhanden; desgleichen befinden sich Skizzen in einem Notirbuch in der Landsberg'schen Sammlung, davon einige zugleich mit Entwürfen zu den Sonaten Op. 12 und anderen gleichzeitigen Werken. Weitere Skizzen zu dieser Symphonie finden sich in derselben Autographen-Sammlung, welche jemand mit Entwürfen zu späteren Werken B's zusammengeheftet hat.

---

## 141.

**Sechste Symphonie für Orchester.** (Pastorale) Fdur. Op. 68. Dem Fürsten v. Lobkowitz und dem Grafen Rasoumowsky gewidmet.

Componirt 1808. (?)

Das Original-Ms. (ohne Datum) ist im Besitz des Herrn Baron T. M. Hŭyssen van Kattendyke und ist von Beethoven ganz oben überschrieben:

„Allo. ma non troppo Sinf'a 6ta Da Luigi van Beethoven."

Ganz unten:

„Nicht ganz geschwind 6te Sinfonie von Ludwig van Beethoven."

Die erste öffentliche Aufführung geschah in Beethoven's Concert vom 22. Dec. 1808. (Vgl. Concert-Anzeige bei Op. 67, wo die Pastorale als Nr. 5 angeführt wurde).

Erschienen bei Breitkopf und Härtel im Mai 1809.

Der Correspondent der Leipz. Allg. Mus.-Zeitung (25. Jan. 1809) spricht von Beethoven's eben erwähntem Concert und theilt das Programm mit. Hier der Anfang:

„Erste Abtheilung:

I. Pastoral-Symphonie, (No. 5.) mehr Ausdruck der Empfindung als Malerey.

1stes Stück. Angenehme Empfindungen, welche bei der Ankunft auf dem Lande im Menschen erwachen.

2tes Stück. Scene am Bach.

3tes Stück. Lustiges Beysammenseyn der Landleute; fällt ein

4tes Stück. Donner und Sturm; in welches einfällt

5tes Stück. Wöhlthatige, mit Dank an die Gottheit verbundene Gefühle nach dem Sturm.“

(Vgl. Deutsche Musik-Zeitung vom 7. Juli 1862.)

Skizzen in den Landsberg'schen „Notirbüchern“ enthalten.

---

### 142.

**Fantasie für Clavier, Chor und Orchester.** Cmoll. Op. 80. Dem König Maximilian Joseph von Baiern gewidmet. Text (Schmeichelnd hold und lieblich klingen“ etc.) von Christian Kuffner.

Oeffentlich aufgeführt 22. Dec. 1808.

Erschienen bei Breitkopf u. Härtel im Juli 1811.

Skizzen in demselben Petter'schen Notirbuche, worin sich die Entwürfe zu den Quartetten, Op. 18, und zur Symphonie in Cmoll befinden — etwa Anno 1800.

---

### 143.

**Sonate für Clavier.** Esdur. Op. 81a. (Les Adieux etc.). Dem Erzherzog Rudolph gewidmet.

Componirt 1809.

Das Original-Ms. des ersten Satzes in der Musik-Vereins-Bibliothek in Wien hat folgenden Titel in Beethoven's Handschrift:

„Das Lebe Wohl.

Wien am 4ten May 1809

bei der Abreise S. Kaiserl. Hoheit

des Verehrten Erzherzogs Rudolph.“

Seite 1.

*Adagio.* Lebe wohl . . . Wien am 4ten Mai 1809.

Das Original-Ms. des letzten Satzes, auch früher in derselben Bibliothek, aber von irgend einem edlen Schätzer der Beethoven'schen Muse gestohlen, wurde, wie das Rudolph'sche Verzeichniss zeigt, von dem Componisten betitelt:

„Die Ankunft S. Kais. Hoheit des verehrten Erzh. Rudolph den 30. Januar 1810."

Titel der orig. Wiener-Ausgabe:

„Les Adieux, l'Absence et le Retour, Sonate pour le Piano-forte composée et dediée à son Altesse Imperiale l'Archiduc Rodolphe d'Autriche, par L. v. Beethoven. Op. 81. à Vienne chez Artaria et Comp." 2215.

Erschienen bei Breitkopf und Härtel im Juli 1811.

---

## 144.

**Fünftes Concert für Clavier und Orchester.** Esdur. Op. 73. Dem Erzherzog Rudolph gewidmet.

Componirt 1809.

Das Original-Ms., im Besitz des Herrn Haslinger, ist von Beethoven überschrieben:

„Klavier Konzert 1809 von L. v. Bthvn."

Theodor Körner schreibt aus Wien am Samstag 15. Feb. 1812:

„Mittwochs war zum Besten der Gesellschaft adeliger Frauen für Wohlthätigkeit ein Concert und Darstellung dreier Bilder nach Raphael, Poussin und Troyer, wie sie Goethe in den Wahlverwandschaften beschreibt. Die Bilder gewährten einen herrlichen Genuss. Ein neues Clavierconcert von Beethoven fiel durch."

Bei dieser (für Wien) ersten öffentlichen Aufführung des jetzt so berümten Concerts spielte Carl Czerny das Clavier.

Ganz anders aber war die Aufnahme des Werks in Leipzig einige Wochen (im December) früher, wo Musikdirector Schneider das Clavier spielte und „das sehr zahlreiche Auditorium in eine Begeisterung versetzt ward, die sich kaum mit den gewöhnlichen Aeusserungen der Erkenntlichkeit und Freude begnügen konnte." (L. A. M. Z. XIV. 8.)

---

## 145.

**Quartett für 2 Violinen, Bratsche und Violoncell,** Esdur. Op. 74. Dem Fürsten von Lobkowitz gewidmet.

Componirt 1809.

Das Original-Ms., im Besitz des Herrn Paul Mendelssohn, ist von Beethoven überschrieben:

„Quartetto per due Violini, Viola e Violoncello
da Luigi van Beethoven. 1809.“

Auf einer Seite des Presto ist die Bemerkung:

„Partitur von Egmont
gleich an Göte.“

Erschienen bei Breitkopf und Härtel im November 1810.

## 146.

**Sonate für Clavier und Violoncell.** A dur. Op. 69. (59.) Dem Baron v. Gleichenstein gewidmet.

Erschienen bei Breitkopf und Härtel. April 1809.

Das Original-Ms. des 1. Satzes, im Besitz von Artaria u. Co. in Wien, ist überschrieben:

„Sonate für Piano und Violonzell von L. v. Beethoven.“

Die gleichzeitige Wiener-Ausgabe hat folgenden Titel:

„Sonata per il Clavicembalo con Violoncello composta da Sig$^{n}$. Luigi van Beethoven. Op. 59. a Vienna presso Artaria e Comp.“

Diese Ausgabe ist von Traeg angezeigt 29. April 1809:

„Beethoven grande Sonate P. F. u. Cello. Op. 59.“ — welche Opuszahl sich noch in Artaria u. Co's. Verzeichniss befindet.

In Prof. Schneller's „Lebensumriss“ — im 1. Band seiner hinterlassenen Werke — wird über Beethoven gesagt:

„Im Leben war er lebhaft und geistreich, bieder und einfach; doch oft umflort von jener höheren gemüthvollen Trauer dichterischer Seelen. In diesem Sinne schrieb er auf die Sonate, welche er seinem Freunde, dem Freiherrn Ignatz von Gleichenstein weihte: Inter Lacrimas et Luctum.“

## 147.

**Marsch für Militär-Musik.** F dur.

Für Erzh. Anton componirt 1809.

Das Ms., im Besitz von Artaria u. Co., ist überschrieben:

„Marcia No. V von L. v. Beethoven
für die Böhmische Landwehr.
1809.“

Für 2 Oboe, 2 Clarinetti, 2 Fagotti, 2 Corni, Piccolo, Tromba, Contrafagott, Triangel, Cinelli, kleine und grosse Trommel.

In dem jetzt gewöhnlichen Tempo der Märsche.

Allo. No. 5.

Oboes.

In Partitur erschienen bei Schlesinger in Berlin, und zwar als Nr. 37 in der „Sammlung von Geschwindmärschen ... für die preussische Armee“, mit dem Titel „York'schen Corps. 1813“.

---

## 148.

**„Lied aus der Ferne“, für eine Singstimme und Clavier.** Text von Reissig. (B. u. H. V. 145.)

Componirt 1809.

Das Original-Ms., von Artaria an Herrn Mortier de Fontaine verkauft, trug Beethoven's Namen mit der Jahreszahl 1809.

Erschienen bei Breitkopf und Härtel im Februar 1810.

---

## 149.

**Fantasie für Clavier.** G moll. Op. 77. Dem Grafen v. Brunswick gewidmet.

Componirt im October 1809.

Erschienen bei Breitkopf und Härtel im November 1810.

---

## 150.

**Sonate für Clavier.** Fis dur. Op. 78. Der Gräfin v. Brunswick gewidmet.

Componirt im October 1809.

Erschienen bei Breitkopf u. Härtel im November 1810.

Die gleichzeitige Wiener-Ausgabe hat folgenden Titel:

„Sonate pour le Piano-Forte composée et dediée à Madame la Comtesse Thérèse de Brunswick par L. v. Beethoven. Oeuvre 78. à Vienne chez Artaria et Compag.“

Von Johann Traeg angezeigt in der Wiener Ztg. vom 26. Dec. 1810.

Ob es nicht diese Sonate, statt der Op. 57. war, welche, wie Schindler berichtet, der Meister während einer kurzen Rast bei seinem Freunde Brunswick in einem Zuge niederschrieb?

---

## 151.

**Andenken, für eine Singstimme und Clavier.** Text von Matthison.

(Br. u. H. V. 142.)

Erschienen bei Breitkopf u. Härtel. März 1810.

## 152.

**Sextett für 2 Violinen, Bratsche, Violoncell und 2 obligate Hörner.** Esdur. Op. 81ᵇ.

Bei Simrock in Bonn erschienen 1810.

Anzeige, unter „Neue Musikalien von verschiedenen Verlegern, welche bei Breitkopf u. Härtel zu haben sind," im Intell.-Blatt der L. M.-Zeitung im Juli 1810:

„Beethoven, L. v. Sextuor pour 2 Violons, Alto, Violoncello et 2 Cors obligés. Op. 81. 1 Thlr. 4 Gr."

Simrock, der Begründer des Musik-Verlags in Bonn, war ein berühmter Hornist. Mit dem Ms. dieses Sextetts schickte Beethoven auch einen Brief (welcher später gestohlen wurde), worin, wie der jetzige Verleger Simrock sich zu erinnern weiss, der Componist, in Bezug auf seine Studien in frühern Jahren unter dem Hornisten sagte, dass „der Schüler seinem Meister späterhin manche harte Nuss zu knacken gegeben hat."

Folgendes, aus Reichard's Brief vom 10. Dec. 1808, kann nur auf dieses Sextett Bezug haben:

„An jenem ersten Quartett-Morgen [bei Schuppanzigh] ward — — — — das schöne klare Sextett von Beethoven mit Blasinstrumenten gemacht und that gar schöne kräftige Wirkung. Ein Waldhornist vom Orchester des Theaters an der Wien hat mir dabei ganz besonders Vergnügen gemacht." (Briefe aus Wien. I. 208.)

## 153.

**Ecossaise für Harmonie-Musik.**

Componirt in Baden 1810.

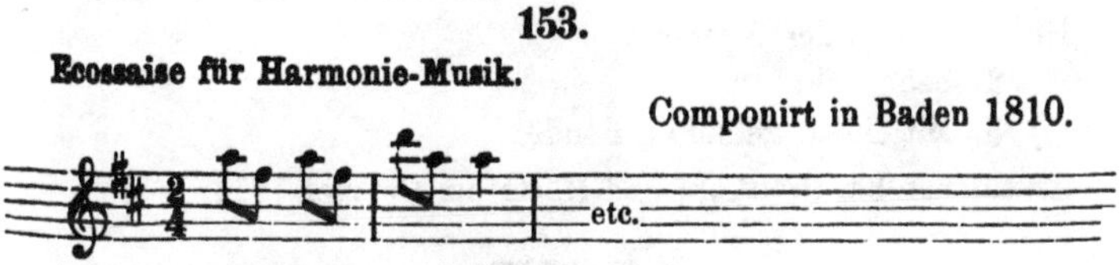


(In der Musik-Vereins-Bibliothek in Wien.)

**Polonaise für Harmonie-Musik.**

Componirt in Baden 18

(In der Musik-Vereins-Bibliothek in Wien.)

---

## 154.

„**Egmont,**" von Goethe, **Musik dazu.** Ouverture und 9 Num Op. 84.

Componirt 1809—

Erste Aufführung 24. Mai 18

Im Auctions-Catalog des Beethoven'schen Nachlasses ist Nr. „Fremde Abschrift der Ouverture zu Egmont in Partitur (181 Diese Partitur mit eigenhändigem Titel und obigem Datum sol in München sein.

Im Ms. des Quartetts, Op. 74, componirt 1809, auf einem des Presto steht von Beethoven's Hand geschrieben:

„Partitur von Egmont
gleich an Göte."

Erschienen bei Breitkopf u. Härtel: Ouverture April (?) 1811 sänge und Zwischen-Acte Januar 1812.

---

## 155.

III **Gesänge für eine Singstimme und Clavier.** Op. 83. Tex Goethe. Der Fürstin von Kinsky, geb. Gräfin von Kerpen gewidn

Componirt 18

Das Ms., im Besitz des Herrn Ascher, Musikhändler in Wie von Beethoven überschrieben:

„3 Gesänge 1810
Poesie von Goethe, in Musik gesetzt
von Ludwig van Beethove

Nr. 1. Wonne der Wehmuth.
2. Sehnsucht.
3. Mit einem gemalten Bande.

Erschienen bei Breitkopf und Härtel im October 1811.

---

## 156.

**„Die Sehnsucht" mit Vier Melodien für eine Singstimme und Clavier.** Text von Goethe. (Br. u. H. V. 147.)

Erschienen 1810.

Titel der Original-Ausgabe:

„Die Sehnsucht von Goethe mit Vier Melodien nebst Clavierbegleitung von Louis van Beethoven. No. 38.

4013. Wien bei S. A. Steiner und Comp."

Angezeigt im Intell.-B. der L. M.-Z. Nr. XI. October 1810.

---

## 157.

**Marsch für Militär-Musik.** Ungedruckt.

Componirt 1810.

„1810 in Baden comp. für Erzh. Anton. 3ter Sommermonath."

---

## 158.

VI **Gesänge für eine Singstimme und Clavier.** Op. 75. Der Fürstin von Kinsky, geb. Gräfin von Kerpen gewidmet.

Componirt 1810.

Nr. 1. Mignon, „Kennst du das Land." Text von Goethe.
– 2. Neue Liebe, neues Leben, „Herz, mein Herz." Text von Goethe.
– 3. „Es war einmal ein König." Text von Goethe.
– 4. Gretel's Warnung. „Mit Liebesblick." Text von Goethe.
– 5. An den fernen Geliebten, „Einst wohnten süsse Ruh." Text von C. L. Reissig.
– 6. Der Zufriedene. „Zwar schuf das Glück." Text v. C. L. Reissig.

Erschienen bei Breitkopf und Härtel im November 1810.

Nr. 1. Eine Skizze, im Besitz von A. W. Thayer.
– 2. Siehe „Ilius und Pamphilius" von Bettine v. Arnim II. 215.
– 4. Eine Copie mit eigenhändigen Verbesserungen besitzt Herr Spina, Musikhändler in Wien.
– 5 u. 6. Die Mss., ohne Jahreszahl, sind im Besitz von Artaria u. Comp.

„Notiz" (aus der Leipz. Allg. Mus.-Zeitung vom 3. October 1810): „Den vielen Freunden Beethoven'scher Klavier- und Orchester-Musik können wir die angenehme Nachricht geben, dass sie in kurzem eine beträchtliche Anzahl bedeutender neuer Werke dieses Meisters,

Mancherley Art und Form, aus dem Verlage dieser Zeitung erhalten werden. Wir führen hier nur an: den Klavier-Auszug und die Ouverture f. d. Orchester, aus der Oper Leonore; die Musik zu Egmont von Goethe, eine Phantasie für Orchester mit Chor, ein Pianoforte-Concert eine Phantasie, und mehrere Sonaten und Variationen für das Pianoforte, ein Violin-Quartett, mehrere italienische Gesänge, und eine Sammlung, meistens höchst origineller und trefflicher Lieder, von welchen wir hier auf der folgenden Seite eins abdrucken lassen, das gewiss jedem Leser sehr wohlgefallen wird und das wir doch für keines der vorzüglichsten halten, sondern nur als eins der kürzesten auswählen.

D. Redact.«

Das abgedruckte Lied war die obige Nr. 4 „Gretel's Warnung.“

NB. Das „Lied aus der Ferne“ (Nr. 148), die zwei obigen Lieder Nr. 5 u. 6, so wie die zwei Leider, Nr. 172, sind vielleicht ursprünglich in einer Sammlung erschienen, betitelt:

„Achtzehn deutsche Gedichte mit Begleitung des Pianoforte von verschiedenen Meistern, Sr. Kaiserl. Königl. Hoheit dem Durchlauchtigsten Hochwürdigsten Erzherzog Rudolph von Oesterreich, Coadjutor von Olmütz, ehrfurchtsvoll gewidmet von C. L. Reissig, Kaiserl. Königl. Oesterreichschen Rittmeister.“ Theil I. II. III.
No. 2101. 2102. Zu finden in Wien bey Artaria u. Co. 3 fl. 30.

In dieser Sammlung sind von Beethoven componirt:

Nr. 1. Lied aus der Ferne (durchcomponirt, 13 Seiten).
– 6. Der Liebende.
– 9. Der Jüngling in der Fremde.
– 16. An den fernen Geliebten.
– 17. Der Zufriedene.

Wahrscheinlich sind diese Lieder Ende 1808 und Anfangs 1809 componirt worden.

---

## 159.

**Sonatine für Clavier.** G dur. Op. 79.

Erschienen bei Breitkopf u. Härtel im November 1810.

Opera 74, 76, 77, 78 u. 79 (wahrscheinlich alles Wiener Nachdrucke sind von Johann Traeg in der Wiener Zeitung vom 26. Dec. 1810 angezeigt.

---

### 160.

**Variationen für Clavier.** D dur. Op. 76. Seinem Freunde Oliva gewidmet. Thema original (?)

Erschien bei Breitkopf und Härtel. Oct. 1810.

Das Thema ist später von Beethoven gebraucht als „Türkischer Marsch," Nr. 4 in den „Ruinen von Athen."

Nach einem Ms.-Verzeichniss, im Besitz des Dr. Sonnleithner, soll das Thema ein Russisches sein.

---

### 161.

**Quartett für 2 Violinen, Bratsche und Violoncell.** F moll. Op. 95. Dem Hofsecretair Zmeskall v. Domanovetz gewidmet.

Componirt October 1810.

Das Original-Ms., im Besitz der k. k. Bibliothek in Wien, ist überschrieben:

„Quartett serioso. 1810 / im Monath October.

Dem Herrn von Zmeskall gewidmet und geschrieben im Monat October von seinem Freunde.

L. v. Bthvn."

Anzeige von Steiner u. Co. in der Wiener Ztg. vom 21. Dec. 1816:

„ganz neu erschienen,

„Beethoven. L. v. 11tes grosses Quartett (in F Moll) für 2 Violinen, Bratsche und Cello. Op. 95. 6 fl."

Nach Schindler (I. 197) fand die erste öffentliche Aufführung dieses Quartetts in einer Schuppanzigh'schen Matinée im Wiener Prater im Mai 1814 Statt.

Skizzen zu diesem Quartett kommen in zwei Notirbüchern in der Landsberg-Autographen-Sammlung vor, und zwar mit Skizzen zum Concert in Es dur, zur P.-F. Sonate Es dur, Op. 81, zur Egmont-Musik, zum Trio B dur, Op. 97 etc. etc.

---

### 162.

**Sonate für Clavier und Violine.** G dur. Op. 96. Dem Erzherzog Rudolph gewidmet.

Componirt 1810.

Titel der Original-Ausgabe:

„Sonate für Piano-Forte und Violin. Sr. Kaiserl. Hoheit dem durchlauchtigsten Prinzen Rudolph, Erzherzog von Oesterreich etc. etc. etc.

in tiefer Ehrfurcht zugeeignet von Ludwig von Beethoven. 96tes Werk Eigenthum der Verleger. Wien bei S. A. Steiner und Comp."

Angezeigt als „ganz neu" in der Wiener Zeitung vom 29. Juli 1816.

Da Op. 95 mit dem Datum „October 1810" und Op. 97 mit „März 1811" von Beethoven's eigener Hand versehen sind, so muss man wohl bis das Original-Ms. zum Vorschein kommt, den Winter 1810—11 als Datum der Composition von Op. 96 annehmen.

---

### 163.

**Vier Arietten für eine Singstimme und Clavier und ein Duett.** Op. 82. Ital. u. Deutsche Texte.

Erschienen bei Breitkopf und Härtel im März 1811.

Nr. 1. Hoffnung. „Dimmi ben mio m'ami."
„Nimmer dem liebenden Herzen."
\- 2. Liebesklage. „T'intendo si mio cor."
„Den stummen Felsen nur."
\- 3. Stille Frage. „Che fa, che fa il mio bene!"
„Darf nimmer ich dir nahen?"
\- 4. Liebes-Ungeduld. „Che fa il mio bene!"
„So muss ich ihm entsagen."
Duo Nr. 5. Lebens-Genuss. „Odi l'aura che dolce sospira."
„Schnell verblühen im"

Der italienische Text zu
Nr. 2. Aus „Amor timido" von Metastasio.
\- 3. Aus „Adriano", Atto II. Scena VI, von demselben.
\- 5. Aus „La Pace fra la virtú e la bellaza", von demselben.

„Der dem italiänischen nachgebildete Text is von Schreiber" sagt Lenz.

---

### 164.

**Trio für Clavier, Violine und Violoncell.** B dur. Op. 97. Dem Erzherzog Rudolph gewidmet.

Componirt 1811.

Das Original-Ms., im Besitz des Herrn Paul Mendelssohn, hat folgende Bemerkungen:

In Beethoven's Handschrift, zu Anfang: „Trio am 3ten März 1811. Beethoven":

dann in der Handschrift eines Anderen: „Verlagsnummero No. 2882, von S. A. Steiner und Comp. am 11. Juni 1816 zum Stiche gegeben."

Am Ende in Beethoven's Schrift:

„il fine Geendigt am 26ten März 1811."

Titel der Original-Ausgabe:

„Trio für Piano-Forte, Violine und Violoncell, Seiner Kaiserl. Hohheit, dem durchlauchtigsten Prinzen Rudolph, Erzherzog von Oesterreich etc. etc. etc. in tiefer Ehrfurcht gewidmet von Ludwig van Beethoven. 97tes Werk. Eigenthum der Verleger. — Wien bey S. A. Steiner und Comp."

2582.

Anzeige von Steiner u. Co. in der Wiener Ztg. vom 29. Juli 1816:

In Kurzem erscheint in unserm Musik-Verlage von Ludwig van Beethoven ein ganz neues Trio (in Bdur) für Pianoforte, Violin und Violoncell, und sechs neue Lieder mit Begleitung des Pianoforte."

(Diese Linder waren „Der Liederkreis" von Jeitteles.)

Am 21. December als „ganz neu erschienen" angezeigt.

Die erste öffentliche Aufführung dieses Trios war in einem Concert zu einem wohlthätigen Zwecke, von Schuppanzigh im Hotel zum Römischen Kaiser veranstaltet. Beethoven selbst spielte das Pianoforte, Schuppanzigh die Violine und Linke das Violoncello. Von diesem Concert berichtet der „Sammler" unter anderem folgendes: „Part. II. 1. Neues Trio für das Pianoforte componirt und vorgetragen von Hrn. L. v. Beethoven; in jeder Hinsicht schön und originell, für eine Academie aber zu gross und weitläufig. Es folgt Schlag auf Schlag, und wer nicht ganz Kunstkenner ist, wird beinahe durch die Menge der Schönheiten erdrückt."

Schindler sagt (I. 197):

„Im folgenden Monat Mai ward dasselbe Werk in einer von Schuppanzigh im Prater gegebenen Quartett-Matinée wiederholt. Mit dieser Production im Prater, welcher ich, so wie auch der vorausgegangenen am 11. April, beigewohnt, schied Beethoven als ausübender Clavierspieler für immer aus der Oeffentlichkeit."

---

## 165.

„**An die Geliebte,**" für eine Singstimme und Clavier. Text von Stoll. (Oh dass ich dir vom stillen Auge.)

Componirt 1811.

Ein Ms. (3 Seiten), im Besitz des Herrn Petter in Wien, ist von Beethoven mit Bleistift überschrieben:

„An die Geliebte. 1811 im December."

Erschienen als Beilage zu den Wiener „Friedensblättern“ vom 12. Juli 1814. — Später bei Simrock als „Drei Gesänge No. 1.“ (Br. u. H. V. 144.)

Mit einer anderen Begleitung geschrieben in's Stammbuch der Sängerin Regina Lang aus München. (Br. u. H. V. 146.)

Ein Beethoven'sches Notirbuch, im Besitz des Herrn Petter, worin sich viele Skizzen zu der 7. und 8. Symphonie befinden, schliesst mit verschiedenen Entwürfen zu diesem Liede.

---

## 166.

**„Die Ruinen von Athen“ von Kotzebue.** Musik dazu. Ouverture und 9 Nummern.

Componirt 1811—12.
Aufgeführt 9. Feb. 1812.

Die Ouverture wurde von Steiner u. Co. verlegt unter dem Titel:

„Ouverture zu Aug. v. Kotzebue's Ruinen von Athen. Aufgeführt bei der Eröffnung des neuen Theaters zu Pest. Verfasst von Ludw. van Beethoven. 113tes Werk. Preis der Orchesterstimmen fl. 2 C. M. und der Partitur fl. 2 C. M. Eigenthum der Verleger. Wien bei S. A. Steiner und Comp.“
Nr. 3951, 3952.

Das Original-Ms. bei Haslinger ist blos mit dem Worte „Overtura“ von Beethoven überschrieben.

Angezeigt in der Wiener Zeitung vom 28. Februar 1823.

Anzeige, No. 6 betreffend, von Steiner u. Co. in der Wiener Zeitung vom 5 October 1822:

„Vorläufige Nachricht.

Der mit allgemeinem Beyfall bey der Eröffnung des neuen Theaters in der Josephstadt in Wien aufgeführte grosse Marsch mit Chor zu dem Gelegenheitsgedichte, Die Weihe des Hauses, in Musik gesetzt von L. v. Beethoven, den wir von dem berühmten Componisten als Eigenthum an uns gekauft haben, wird in wenigen Tagen in verschiedenen Ausgaben in unserm Verlage erscheinen.“

Erschienen unter dem Titel:

„Feyerlicher Marsch mit Chor aus Kotzebue's Ruinen von Athen. Componirt von Ludw. van Beethoven. 114tes Werk. Eigenthum der Verleger. Partitur. Wien bei Tobias Haslinger.“
Nr. 3955.

In dieser Ausgabe ist, wie es sich von selbst versteht, das Gespräch zwischen Minerva und Merkur während des Einzugsmarsches weggelassen.

Das ganze Werk wurde von Artaria u. Co. erst im Jahre 1845 (?) verlegt mit dem Titel:

„**Die Ruinen von Athen: Ein Fest- und Nachspiel**, mit Chören und Gesängen, zur Eröffnung des Theaters in Pesth im Jahre 1812, verfasst von August von Kotzebue. Musik von Ludwig van Beethoven. Seiner Majestät Dem Könige Friedrich Wilhelm IV. von Preussen in tiefster Ehrfurcht zugeeignet von den Verlegern: Artaria u. Comp. in Wien. Erste vollständige Ausgabe in Partitur, nach dem Original-Manuscripte."

Das Ms. zu Nr. 3. (Chor der Derwische) hat folgende Bemerkung in Beethoven's Schrift:

„NB. Alle mögliche hierbey lärmenden Instrumente, wie Kastagnetten, Schellen etc. d. g."

Ein Skizzenbuch zu den „Ruinen" und zu „König Stephan" ist im Besitz von Artaria u. Co.

---

## 167.

„**König Stephan, Ungarn's erster Wohlthäter**, ein Vorspiel mit Chören, geschrieben zur Eröffnung des Theaters in Pesth, von Kotzebue, Musik von Beethoven."

Ouverture und 5 Nummern.

Aufgeführt am 9. Februar 1812.

Erschienen (1828?) die Ouverture betitelt:

„Grosse Ouverture (in Es) zu König Stephan, geschrieben zur Eröffnung des Theaters in Pest von Ludwig van Beethoven. 117tes Werk. Eigenthum des Verlegers. Partitur. Wien bey Tobias Haslinger, Musikverleger, am Graben, im Hause der ersten österr. Sparkasse. No. 572." Nr. 4691.

und „Sieges-Marsch", Nr. 3, im 4händigen Clavierauszuge von Winkler bei Mechetti.

Das Ms., im Besitz von Artaria u. Co., enthält:

Nr. 1. Chor. „Ruhend von seinen Thaten".
- 2. Chor. „Auf dunklem Irrweg".
- 3. Siegesmarsch.
- 4. Frauenchor. „Wo die Unschuld Blumen streute".
- 5. Melodram, mit Chören und Schlusschor.

In einem Briefe an Tobias Haslinger, 12. Sept. 1822, schreibt Beethoven:

„Anbelangend den Marsch [Nr. 6 in den Ruinen von Athen] — so ist mir von selbem die letzte Correktur zuzuschicken — ebenfalls von der

Ouverture in Es. — Das Terzett, die Elegie, die Kantate — die Oper — heraus damit, sonst mache ich wenig Umstände damit.“

Skizzen zu König Stephan sind im Besitz von Herrn P. Mendelssohn und Artaria u. Co.

Folgende Nachricht ist aus der Wiener Zeitung vom 19. Feb. 1812:

„Theater in Pest.

„Das in Pest ganz neu erbaute königl. städtische Schauspielhaus, nachdem es ganz auf das herrlichste vollendet war, ist am 9. Febr. feyerlich eröffnet worden. Die Eröffnung geschah unter einer geschmackvollen äussern und innern Beleuchtung durch ein neues Vorspiel mit Chören, betitelt: „Ungarn's erster Wohlthäter“; diesem folgte: „Die Erhebung von Pest zur königl. Freystadt“, ein historisches Gemälde in einem Aufzug; den Schluss machte ein Nachspiel mit Gesängen und Chören, betitelt: „Die Ruinen von Athen.“ Das Vorspiel und das Nachspiel waren von dem berühmten dramatischen Dichter Hrn. v. Kotzebue für diese Gelegenheit auf ersuchen eigens verfasst und von unserem preiswürdigem Tonsetzer v. Beethoven in Musik gesetzt worden. Der Zuspruch war ungemein zahlreich und der Beyfall allgemein.“

---

### 168.

**Canon,** auf Maelzel's Metronom. Bdur.

Componirt 1812.

Erschienen in Hirschbach's „Repertorium“. 1844. Vgl. Schindler I. 196.

---

### 169.

**Siebente Symphonie für Orchester.** Adur. Op. 92. Dem Grafen von Fries gewidmet.

Componirt im Frühjahr 1812.

Erste öffentliche Aufführung am 8. December 1813.

Das Original-Ms., im Besitz von Herrn P. Mendelssohn, ist überschrieben:

„Sinfonie. L. v. Beethoven. 1812. 13ten [May.]“

Titel der Original-Ausgabe:

„Siebente grosse Sinfonie in Adur von Ludwig van Beethoven. 92tes

Werk. Vollständige Partitur. Eigenthum des Verlegers. Wien im Verlage S. A. Steiner u. Comp.“
2560.

Auf dem 2. Blatte die Widmung:

„Dem Hochgebornen Herrn Moritz Reichsgrafen von Fries, Sr. k. k. apost. Majestät wirklichen Kämmerer, etc. etc. etc. in Ehrfurcht zugeeignet von Ludwig van Beethoven.“

Der Clavier-Auszug hat folgende Widmung:

„Ihrer Majestät der Kaiserinn Elisabeth Alexiewna, Selbstbeherrscherinn aller Russen etc. etc. etc. in tiefster Ehrfurcht gewidmet von Ludwig van Beethoven.“

Angezeigt auf Praenumeration von S. A. Steiner u. Co. in der Wiener Zeitung vom 6. März 1816, in Sieben verschiedenen Ausgaben, nämlich:

| | | |
|---|---|---|
| 1. | Vollständige Partitur . . . . . . . . . . | 25 fl. W. W. |
| 2. | — — gr. Orchester Auflagsstimmen | 30 – – – |
| 3. | Für neunstimmige Harmonie . . . . . . | 20 – – – |
| 4. | Quintett für 2 Viol., 2 Violen und Violoncell . . | 10 – – – |
| 5. | Trio für P.-F., Violine u. Violoncello . . . . | 10 – – – |
| 6. | Für das Pianoforte auf 4 Hände . . . . . | 10 – – – |
| 7. | Für Pianoforte allein . . . . . . . . . . | 6 – – – |

Dazu kam noch ein Auszug für zwei Pianofortes.

„Sämmtliche diese Ausgaben werden unter der unmittelbaren Revision ihres Schöpfers, Herrn Ludwig van Beethoven vollendet.“ (Siehe auch Intell.-Blatt der Leip. Allg. Mus.-Zeitung vom März 1816.) Im December (1816) war die Symphonie in allen Acht Ausgaben zu haben.

Einer von den Schrecken aller Literaten, ein unachtsamer Buchbinder, hat von dem erwähnten Ms. den Monat abgeschnitten bis zu der Schweifung eines j oder y — dass es „May“ geheissen hat, sieht man aus Folgendem:

Beethoven schreibt an Varena, d. d. 8. Mai 1812: „Für die künftige Akademie — — — verspreche ich Ihnen sogleich eine ganz neue Symphonie — — — — und da ich jetzt gelegenheit habe, so soll die Copiatur keinen Heller kosten.“ — Am 19. July schreibt er wieder: „Eine neue Symphonie ist schon bereit dazu; da der Erzherzog Rudolph sie abschreiben liess, so macht Ihnen das gar keine Unkosten.“ —

Höchst interessante Skizzen zum Allegretto sind in einem Notirbuche, im Besitz von Herrn Petter in Wien, vorhanden.

**170.**

**Achte Symphonie für Orchester.** F dur. Op. 93.

**Componirt 1812.**
**Erste Aufführung 27. Feb. 1814.**

Das Original-Ms., im Besitz des Herrn Carl Haslinger, ist vom Componisten überschrieben:

„Sinfonia. Linz im Monath October. 1812."

Titel der Original-Ausgabe:

„Achte grosse Sinfonie (in F dur) für 2 Violinen etc. etc. von Ludwig van Beethoven. 93stes Werk. Eigenthum der Verleger. Wien im Verlage bey S. A. Steiner und Comp."

Angezeigt auf Praenumeration zusammen mit der 7. Symphonie (siehe dieselbe), auch in sieben verschiedenen Ausgaben, in der Wiener Zeitung vom 6. März 1816. Die Preise waren dieselben wie bei der 7. mit Ausnahme der Orchesterstimmen, welche 25 fl. statt 30 fl. W. W. kosteten. Im December waren alle Ausgaben schon zu haben.

Concert-Anzeige in der Wiener Zeitung vom 24. Feb. 1814:

„Musikalische Akademie.

„Aufgefordert durch den gütigen Beyfall des verehrungswürdigen Publicums und durch das ausdrückliche Verlangen mehrerer schätzbarer Kunstfreunde, wird der Unterzeichnete die Ehre haben, künftigen Sonntag den 27 d. M. im grossen Redoutensaale, seine Composition auf Lord Wellington's Sieg in der Schlacht bei Vittoria, mit einer neuen noch nie gehörten Simphonie und einem ganz neuen noch nicht gehörten Vocal-Terzette, unter der Witwirkung der hiesigen vorzüglichsten Tonkünstler zur Aufführung zu bringen. Das Umständliche wird der gewöhnliche Anschlagzettel bekannt machen.

Ludwig van Beethoven."

Sehr interessante Skizzen zu dem 1. und letzten Satze dieser Symphonie folgen auf die Skizzen zur 7. Symphonie in dem Petter'schen Notirbuche. Beethoven wollte ursprünglich mit einer grossen Einleitung anfangen, ungefähr so beginnend:

(schwer zu entziffern) bis zum 11^ten^ Takt, wo das Thema eintritt:

Dieses befindet sich auf Seite 71 des Skizzenbuchs.

Erst auf Seite 97 ist Beethoven in's Klare gekommen, wo man folgendes liesst:

„1[sten] Theil 

18 Seiten durch.

Auf Seite 83:

Finale 

und auf S. 116:

Tailleur 

---

## 171.

**III Equale für 4 Posaunen.**

Componirt October 1812.

Nr. 1 und 3 erschienen mit unterlegtem Texte und von Seyfried für Männerstimmen arrangirt, als „Trauergesang bei Beethoven's Leichenbegängnisse" (Miserere und Amplius) in Seyfried's „Studien" — Anhang S. 52—61; Nr. 2 mit Text von Grillparzer (Du, dem nie im Leben) auch als Männergesang unter dem Titel: „Trauerklänge bey Beethoven's Grabe." Ibid. 99. 101.

1. 

2. 

3. 

Zufolge einer Mittheilung des Hrn. Franz Glöggl, Sohn's des Kapellmeister Glöggl in Linz, für welchen Beethoven die Equale schrieb, sind die Drei ursprünglich nur Eine Composition und für sechs Posaunen geschrieben; und auf diese Art von den Posaunisten des Kapellmeisters aufgeführt.

---

## 172.

**II Gesänge für eine Singstimme und Clavier.** Text von C. L. Reissig.

Erschienen 1812.

Angezeigt von A. Kühnel im Intell.-Blatt der L. A. Mus.-Zeitung vom März 1812.

Nr. 1. Der Liebende. „Welch ein wunderbares Leben."
– 2. Der Jüngling in der Fremde. „Der Frühling entblühet."

Auch bei Artaria und Co. als Nr. 6 und Nr. 3 von „Sechs deutsche Gedichte aus Reissig's Blümchen der Einsamkeit", (Br. u. H. V. 143.) in der „neuesten Ausgabe" aber als Nr. 4 und Nr. 2.

Siehe Nr. 158.

---

## 173.

**Trio für Clavier, Violine und Violoncell.** Bdur. (Br. u. H. V. 127.) Frl. Maximiliana Brentano gewidmet.

Componirt 1812.

„Kleines Trio in einem Satze. An meine kleine Freundin M. B. zur Aufmunterung im Klavierspielen. Componirt im J. 1812."

Erschienen bei Dunst in Frankfurt a/M. Oeuv. Posth.

---

## 174.

**Ritornells und Accompagnements** (Clavier, Violine und Violoncell) zu den Original-**Irischen Melodien**, gesammelt von George Thomson.

Componirt 1810—15.

Titel der Original-Ausgabe:

„A select Collection of original Irish Airs for the voice, united to characteristic English Poetry, written for this work, with Symphonies and Accompaniments for the Pianoforte, Violin and Violoncello, composed by Beethoven. Vol. I. II. Price [per vol.] 1 guinea. The Violin and violoncello parts 2. 6 each. Entered at Stationers' Hall."

Das Vorwort zum ersten Band hat das Datum 1814, zum zweiten, Mai 1816.

Der erste Band enthält die Lieder Nr. 1 bis 30; der zweite Nr. 31 bis 60.

Die Themata dieser Melodien beginnen:

Nr. Vol. I.

1. 

Nr.

Duo.

2. 

3. 

4. 

(Zwei verschiedene Bearbeitungen.)

5. 

Duo.

6. 

7. 

8. 

9. 

10. 

(Schottisch Nr. 274.)

11. 

12. 

Nr.

13. 

14. 

15. 

etc.

16. 

Duo.

17. 

18. 

(In der Originalkopie zweistimmig.)

19. 

etc.

Duo.

20. 

21. 

(Zwei verschiedene Bearbeitungen.)

22. 

23. 

Nr.

24. 

(Zwei verschiedene Bearbeitungen.)

25. 

Duo.

26. 

27. 

28. 

29. 

30. Von Haydn.

## Vol. II.

(Zwei verschiedene Bearbeitungen.)

31. 

32. 

33. 

34. 

Nr.

35. 

36. 

37. 

38. 

39. 

40. 

(Zwei verschiedene Bearbeitungen.)

41. 

(Zwei verschiedene Bearbeitungen.)

42. 

43. 

44. 

45. 

Nr.

46. 

47. 

48. 

(Zwei verschiedene Bearbeitungen.)

49. 

(Zwei verschiedene Bearbeitungen.)

50. 

51. 

Duo.

52. 

53. 

54. 

55. 

56. 

Nr.

57.

58.

59.

60.

Die Zeit, in welcher sich Beethoven mit dieser Arbeit beschäftigte, lässt sich ziemlich genau nach folgenden Stellen aus der Correspondenz zwischen ihm und Thomson bestimmen.

Nachschrift eines Briefes von Beethoven an Thomson d. d. le „1– 9bre 1806“:

„P. S. Je veux encore satisfaire à votre souhait d'harmonizer des petites airs écossais et j'etend la dessus une proposition plus précise, sachant bien qu' on a donné à Mr. Haydn un £ argent de la Grande Bretagne pour chaque air. — “

H. Thomson an Beethoven d. d. 25. Sept. 1809:

„Monsieur,

Ci-inclus je vous envoyé 43 petits airs, pour lesquels je vous prie de composer aussitôt que possible des Ritornelles et des Accompagnements pour le Pianoforte ou la Harpe pedale comme aussi pour le violon et le violoncelle. Les 21 premiers de ces airs ont été envoyés il y a près de trois ans, mais j'ignore encore si vous les avez reçu;“ etc

Beethoven an Thomson d. d. 23. November 1809:

„Monsieur! Je composerai des Ritornelles pour les 43 petits airs mais je demande encore 10 livres sterling“ etc. etc. etc.

— — — — Quant aux chansons je les ai déja commencé et je donnera envers huit jours à Fries “ — etc.

Beethoven an Thomson, 17. Juli 1810.

„Voila, Monsieur, les airs écossais, dont j'ai composé la plus grande partie con amore, voulant donner une marque de mon estime à la nation écossoisée et angloise en cultivant leurs chants nationaux. — Pour ce, qui regarde les répétitions dans les airs, que j'ai composés à deux parties, vous n'avez qu'à les omettre à votre gré et à faire les airs senza replica. — Comme j'ignorais si l'un ou l'autre de ces airs avoit plusieurs couplets ou non, il m'a fallu les composer de manière qu'on pût les répéter au besoin: ainsi c'est à vous d'arranger la chose" etc. etc.

Do. an do. d. d. 20. Juli 1811:

„Comme les trois exemplares de ces cinquante trois chansons écossaises [alles war Schottisch bei Beethoven] que j'ai vous envoyé il y a longtemps, se sont perdu et avec eux la composition originale de ma propre main, j'etois forcé de completter mes premiers idées qui me restoient encore dans un manuscrit, et de faire pour ainsi dire la même composition deux fois." — — — — — —

Je vous prie d'ajouter dans l'avenir toujours le texte." etc. etc.

Auf einen Brief Beethovens hat Thomson folgendes notirt:

„29 Feb. 1812. L. v. Beethoven Vienna. Rec$^{d}$ 3$^{d}$ Dec. 1812.

— Wants 9 ducats more for the accompt$^{s}$ to the last 9 Irish airs."

In diesem Briefe schreibt Beethoven:

„Je vous prie instantement d'adjoindre toujours le texte aux chansons écossais. Je ne comprends pas comme vous, qui vous êtes Connoisseur ne pouvés comprendre, que je produirois des Compositions, tout a fait autres, si j'aurai le texte a la main et les chansons ne peuvent jamais devenir des produis parfaites, si vous ne m'envoyés pas le texte et vous m'obligerés a la fin de refuser vos ordres ulterieurs." etc. etc.

Beethoven an Thomson 19. Feb. 1813:

„J'ai reçu votres trois chères lettres au 5 Aout, 30 Oct. et 21 Dec. a. p.; j'ai remarqué avec bien du plaisir que les 62 Airs, qui j'ai composé pour vous, vous sont enfin parvenus, et que vous en être satisfait, à l' exception de 9 que vous me marques et dont vous voules que je change les ritornelles et les accompagnements. — — — — — — —

J'ai donc remis ces 9 airs à Mess. Fries et Co. avec les Autres 21." etc. etc. „Les deux derniers Airs dans votre lettre de 21 Dec. m'ont beaucoup plus. C'est pourquoi je les ai composé con amore surtout l'autre de ces deux." — — — — — — Pour le reste j'approuve fort votre intention de faire adapter les Poesies aux airs, puisque le Poete puis appuyer par le rythme des Vers sur quelques endroits que j'ai élevé dans les ritornelles. p. e. dans l'une des derniers, ou j'ai employé les notes de la Melodie 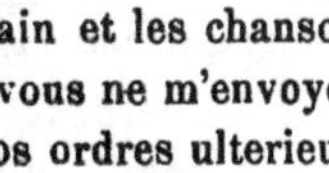 au ritornel." etc. etc.

Auf diesen Brief hat Thomson folgendes notirt:

„19 Feb. 1813. L. v. Beethoven Vienna — has sent 30 Irish Airs with Symphonies and Accomp$^{ts}$ composed by him," etc.

B. an Th. im Februar 1815, englisch geschrieben von einer ander« Hand und von B. nur unterzeichnet:

„Sir, Many concerns have prevented my answers to your favou: to which I reply only in part. All your songs, with the exception of few, are ready to be forwarded — I mean those to which I was t write the accompaniments“ etc. etc.

B. an Th. 18. Janvier 1817:

„Tous les chansons, que vous m'avez prie, au moi de 8. Juillet 1816, de composer pour vous étoient déja finis à la fin du mois Septembre, mais comme je me fus proposé moi même de les porter chez Mess. Friess, la chose se prolongeoit, surtout que j'avois une grande maladie, et dans ce moment, je ne me trouve pas encore tout à fait sain, c'est aussi la cause pourquoi je les envoie a Mess$^{r}$ les Fries. — Quant à chansons de divers Nations, vous n'avez, que prendre des paroles en prose mais non pas en vers, enfin si vous prendres des paroles en Prose, vous y reussirés parfaitement.“

B. an Th. 21. Feb. 1818:

„Mon copiste est malade, et voila la raison pourquoi je vous envoie mes manuscripts,“ (von den schottischen Liedern) „il me falloit prendre quelques Ducats de plus qu'ordinaire. parcequ'il étoit nécessaire de copier moi même, et je perdûs quelque Tems“ etc. etc.

Eine charakteristische Bemerkung Beethoven's am Schluss des Lieds Nr. 51 der „irischen Lieder“, in einem Ms. bei Artaria und Co. lautet:

„NB. Voila comme on ne doit pas avoir peur pour expression le tous le plus étrangers dans melodie puisque on trouvera sunement u harmonie naturell pour cela.“

Wie Beethoven alles für schottisch hielte, dient zum Beweis ei vom Copisten sehr schön geschriebenes Ms., im Besitz von Artaria u. Co betitelt: „108$^{tes}$ Werk. Beethoven.“ Dieses Ms. ist von ihm übei schrieben:

„15 Schottische Lieder im Monath May 1815. Namen der Dichte und Titel muss nachgeschickt werden an Schlesinger.“

Nun sind diese Lieder: Thomson's Irische Nr. 44, 52, 35, 38; - Nr. 11 im folgenden „Anhang“ (Schottisch), — Thomson's Irische 3: — 30 im Anhang — Thomson's Wallis'sche 39, — 31 im Anhang; - Thomson's Schottische 228, 216, 207, 206, 202, 211.

Wie aus der Correspondenz mit Thomson hervorgeht, hat Beeth ven mehrere Lieder zwei-, ja sogar dreimal bearbeitet.

## 175.

**Ritornells und Accompagnements** (Clavier, Violine und Violoncell) zu den Original-Wallisischen Melodieen, gesammelt von George Thomson. (Siehe Correspondenz bei den „irischen Melodieen.“)

Componirt um 1812—14.

Titel der Original-Ausgabe:

„A select Collection of Original Welsh Airs, adapted for the voice, united to characteristic English Poetry, never before published. With introductory and concluding Symphonies and Accompaniments for the Pianoforte or Harp, Violin and Violoncello.“

Composed chiefly by Joseph Haydn. Vol. I. II. III. Printed by Preston. 97 Strand London, 1809, 1811, 1817.

Vol. I. enthält 30 Melodieen, von welchen 20 von Haydn und 10 von Kózeluch arrangirt sind.

Vol. II. enthält 33 Melodieen; 17 von Haydn, 15 von Kózeluch und 1 von beiden arrangirt.

Vol. III. enthält 30 Melodieen; 4 von Haydn, 26 von Beethoven arrangirt. Erschienen complet im Jahre 1817, aber wahrscheinlich kamen die Lieder früher einzeln oder in kleinen Heften heraus.

### Vol. III.

Nr.

2stimmig.

61. 

2stimmig.

62. 

63. 

64. 

65. 

Nr.

66. 

68. 

69. 

70. 

71. 

72. 

73. 

76. 

2stimmig.

77. 

78. 

79. 

Nr.

80. 

81. 

82. 

(Zwei verschiedene Bearbeitungen.)

83. 

84. 

2stimmig.

85. 

87. 

88. 

89. 

90. 

## 176.

**Ritornells und Accompagnements** (Clavier, Violine und Violonce]
zu den Original Schottischen Melodieen gesammelt von Georg Thomson. (Siehe die Correspondenz bei den irischen Melodieen.)

Componirt 1814—23.

Diese Sammlung besteht aus 6 Bänden (Musikfolio). An den erste vier, erschienen 1792—1805, hatte Beethoven keinen Antheil. Band I und II wurden von Pleyel, Kózeluch und Haydn, Band III und IV von Haydn allein eingerichtet. Im Vorwort zum Band V sagt Thomson folgendes: „On the 1st of June 1818 was published by George Thomson, Nr. 3. Royal Exchange, Edinburgh, and by T. Preston, 97 Strand, London, the fifth Volume of Select Scottish Melodies with Symphonies and Accompaniments to each Melody for the Pianoforte, Violin and Violoncello composed by Haydn and Beethoven“ etc. Dieser Band enthält die Lieder Nr 201—230, — blos vier davon sind von Haydn, alle übrigen von Beethoven arrangirt.

Das Vorwort zu Band VI ist datirt London September 1841. Von den Liedern in diesem Bande sind nur 12 von Haydn und 13 von Beethoven bearbeitet.

Nr. Vol. V.

Duo.

201. 

202. 

203. 

204. 

205. 

Nr.

206. 

207. 

208. 

209. 

210. 

211. 

212. 

213. 

214. 

215. 

216. 

Nr.

217. 

218. Haydn.

219. 

220. 

221. 

(Zwei verschiedene Bearbeitungen.)

222. 

223. 

224 und 225 von Haydn.

226. 

227. Haydn.

228. 

229. 

Englisch.

230. 

Nr.

## Vol. VI.

264. 

271. 

272. 

274. Siehe Nr. 11: Irländische Melodien.

278. 

289. 

290. 

292. 

3stimmig.

294. 

3stimmig.

296. 

3stimmig.

298. 

299. 

(Siehe 226.)

Nr.

3stimmig.

300. 

etc.

3stimmig.

20. 

etc.

Dieses letzte Lied ist nicht in der (neuesten) Folio-Ausgabe Thomson's abgedruckt, sondern in einer 1822—24 von demselben veranstalteten Oktav-Ausgabe in 6 Bänden, und zwar im 6ten Bande unter Nr. 20.

49. 

etc.

50. 

etc.

Diese beiden Lieder finden sich unter den angegebenen Nummern in der neuesten Folio-Ausgabe.

---

## 177.

**Ritornells und Accompagnements** (Clavier, Violine und Violoncell) zu irischen, schottischen und anderen Liedern, die nicht in der Thomson'schen Original-Ausgabe erschienen sind, als Anhang zum obigen Verzeichnisse.

Beethoven fasste die Idee eine grosse Sammlung Lieder verschiedener Nationen — „Chansons de divers Nations," wie es in der Correspondenz heisst — Thomson sollte sie herausgeben, ging aber in das Project nicht ein. Indessen hat Beethoven eine ziemliche Anzahl solcher Arbeiten doch gemacht, von welchen sehr wahrscheinlich noch manche russische, dänische u. s. w. Lieder aufzutreiben sein würden.

Irisch.

1. 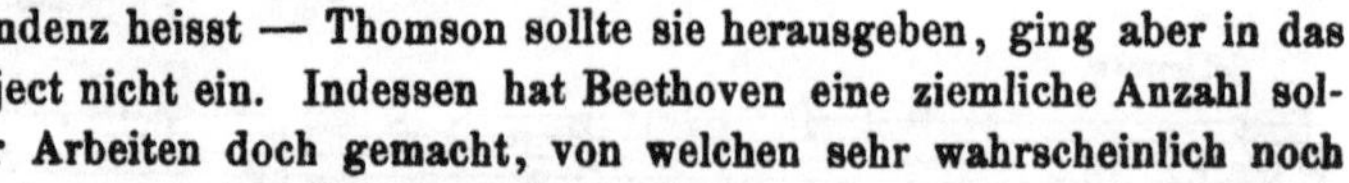

etc.

Irisch. Terzetto; Bass ad lib.

2. 

etc.

Nr.

3.

4.

Schottisch.

5.

Dänisch.

6.

7.

Spanisch.

8.

Portugiesisch.

9.

Russisch.

10.

Russisch.

11.

Russisch.

12.

Spanisch.

13.

Nr.

Spanisch.

14. 

Spanisch.

15. 

16. 

17. 

„Air by Rousseau“ (Thomson).

18. 

19. 

20. 

21. 

Schweizerlied.

22. 

Deutsch.

23. 

24. 

Nr.

Tyrolerlied.

26. 

27. 

Bonnie wee thing: „harmonized by Beethoven, who retained the Accompaniment by Haydn“ bemerkt Thomson in der Copie.

28. 

Russisch.

29. 

(In Deutschland bekannt mit dem Texte „Schöne Minka, ich muss scheiden“.)

30. 

(Ist von Thomson unter den irischen Liedern, aber in F dur und ein- statt dreistimmig gedruckt.)

31. 

Irisch.

32. 

Von den vorstehenden Liedern sind in Deutschland 49 in drei verschiedenen Sammlungen herausgegeben worden, und zwar

I. 25 Schottische Lieder von Schlesinger in Berlin; es sind diese die in Nr. 176 mit den Zahlen (der Thomson'schen Ausgabe) 292. 215. 227. 209. 206. 216. 207. 210. 201. 202. 203. 214. 213. 212. 299. 272. 219. 217. 211. 222. 221. 205. 223. 228. 230. bezeichneten.

In dieser Reihenfolge sind die Lieder in der ersten, in 3 Heften erschienenen Querfolio-Ausgabe geordnet.

Der Titel lautet:

„Schottische Lieder, mit englischem und deutschem Texte, für eine Singstimme und kleines Chor mit Begleitung des Piano-Forte, einer Violine und eines Violoncello, komponirt von Ludwig van Beethoven. 3 Hefte. Op. 107. 108. Berlin. Schlesinger'sche Buch- u. Musikhandlung. Pr. 6 Thlr. 4 Gr."

Da diese Lieder gar keinen Absatz finden wollten, liess Schlesinger die Platten, von denen nur wenige Abdrücke gemacht waren, kurze Zeit nach dem Erscheinen wieder einschmelzen. Im Jahre 1824 wurde er jedoch durch eine Recension des Prof. A. B. Marx in der Berliner Allgemeinen Musikalischen Zeitung, Jahrg. 1. Nr. 18, in Bezug auf den Werth dieser Beethoven'schen Bearbeitungen eines Besseren belehrt, und veranstaltete sofort eine zweite Ausgabe in 4 Folioheften, in welcher die Reihenfolge der Lieder geändert wurde, lediglich aus geschäftlichen Rücksichten. Die beiden Ausgaben sind, abgesehen von der vielfach höchst unglücklichen Uebersetzung, sehr incorrect. Beethoven soll, nach Uebersendung des Probedruckes, in einem sehr energischen Briefe, welcher leider nicht mehr vorhanden, die unzähligen Fehler und Mängel gerügt haben. In der neuesten Ausgabe dieser Lieder (Lieferung 257 der Breitkopf u. Härtel'schen Gesammtausgabe) sind dieselben theils nach dem, in der K. Bibliothek zu Berlin und in der K. Bibliothek zu St. Petersburg vorhandenen Autographe, theils nach den Originalkopien, welche Beethoven an Thomson gesandt (seit 1863 im Besitz der erstgenannten Bibliothek und des Herrn Härtel in Leipzig) in ihrer ursprünglichen Gestalt wieder hergestellt, und hier, da auch Thomson in seiner Ausgabe sich vielfache Willkührlichkeiten und Fehler hatte zu Schulden kommen lassen, somit zum ersten Male korrect erschienen.

Von den oben angeführten Liedern ist in der Thomson'schen Sammlung

Nr. 292 aus der ursprünglichen Tonart Es dur nach F dur transponirt;

Nr. 215 in der letzten Ausgabe, nicht in der Beethoven'schen sondern in einer Bearbeitung von Hummel vom Jahre 1830.

Nr. 227 derselben Ausgabe ist nicht Nr. 3 der Schlesinger'schen sondern eine neue Composition desselben Textes von G. Thomson (1830).

Nr. 214 ebenso, von einem „G. H. 1830."

II. 12 Irische Lieder sind unter folgendem Titel von Artaria u. Co. in Wien edirt worden:

„Original Irish Songs (Words by Thomas Moore) with Accompaniment of Pianoforte, Violin and Violoncello by Louis van Beethoven. First Original Edition dedicated to Mr. Henry Vieuxtemps ... by Artaria & Co. at Vienna, Publishers and Proprietors of Beethoven's Original Manuscript.«

Die beiden Hefte enthalten die in Nr. 174 unter den Zahlen 40. 25. 0. 47. 46. 43. 22. 51. 49. 32. 56. 53. angeführten Lieder.

Diese Ausgabe ist nicht dem Original getreu, welches durch zahliche Varianten bewiesen wird, welche Herr Nottebohm durch Verleichung mit dem Originale aufgefunden hat, und welche sich auch s den Thomson'schen Originalkopien (siehe oben) ergeben. Ferner nd, um die Texte von Th. Moore unterlegen zu können, mehrfache nderungen in den Melodieen vorgenommen, Verdoppelungen und Zutze von Takten gemacht, so z. B. in Nr. 7 (Artaria) ist der 17. Takt, d Takt 24—31 hinzugefügt; in Nr. 9 Takt 4 die Bassstimme des aviers geändert. Mit den Texten der Thomson'schen Ausgabe, getreu a Originalkopien, sind diese 12 Lieder in der neuen Gesammtausgabe a Breitkopf und Härtel in Serie 24 Lieferung 258 erschienen.

III. 12 „Volkslieder für eine und mehrere Singstimmen, Violine, Viocello und Pianoforte, componirt von Ludwig van Beethoven. Nachlassenes Werk. Nach der im Besitz der K. Bibliothek zu Berlin bedlichen Handschrift des Componisten, herausgegeben von Franz Esgne (1860). Heft 1. 2. Leipzig und Berlin, im Bureau de musique on C. F. Peters.«

Nr. 1. God save the King.
- 2. The Soldier. (Irische Lieder Nr. 38.)
- 3. Charlie is my Darling. (Schottische Lieder Nr. 49.)
- 4. O sanctissima. (Sicilianisch.)
- 5. The Miller of Dee. (Schottisch. Nr. 50.)
- 6. A Health to the Brave. (Irische Lieder Nr. 52.)
- 7. Robin Adair. (Irisch.)
- 8. By the side of the Shannon. (Irische Lieder Nr. 35.)
- 9. Highlander's Lament. (Schottische Lieder Nr. 271, in anderer Bearbeitung.)
- 10. Sir Johnie Copie. (Schottisch.)
- 11. The wandering Minstrel. (Irische Lieder Nr. 44.)
- 12. La Gondoletta. (Venezianisch.)

In der Gesammtausgabe von Breitkopf und Härtel: Serie 34 Liefeung 259.

---

Die 83 Lieder der Thomson'schen Ausgabe, welche in diesen drei orstehenden, 49 enthaltenden Sammlungen nicht aufgenommen sind, lden in *der Gesammtausgabe* die Lieferungen 260—263. Rechnet man hierzu die in Nr. 177 aufgeführten, ungedruckten 32 Lieder, so hat Beethoven also im Ganzen, so weit bis jetzt bekannt, 164 Melodien bearbeitet.

### 178.

**Marsch für Orchester.** Cdur. (B. u. H. V. 128.)

Aufgeführt 26. März 1813.

Auf dem Umschlag der Orchesterstimmen, im Besitz des Herrn Haslinger in Wien, ist der Titel:

„Triumph-“ Marsch „aus dem Trauerspiel
à Tarpeja“
etc. etc. etc.

Die Worte mit „ “ sind dem vom Copisten schön geschriebenen Titel von Beethoven zugefügt.

Bei der ersten Aufführung des Kuffner'schen Trauerspiels am 26. März 1813, zum Vortheil des pensionirten Schauspielers Lange, stand auf dem Theaterzettel:

„Der Marsch ist neu componirt von Hrn. v. Beethoven.“

Erschienen bei Haslinger.

### 179.

**Canon.** „Kurz ist der Schmerz und ewig ist die Freude.“ (B. u. H. V. 141.) Aus einem Stammbuche.

Componirt 1813.

Erschienen als Beilage zur Neuen Zeitschrift für Musik.

„Für Herrn Naue zum Andenken an L. v. Beethoven.
Wien am 13. Novbr. 1813.“

Siehe Nr. 195.

### 180.

**Wellington's Sieg, oder die Schlacht bei Vittoria, für Orchester.** Op. 91. Dem Prinz-Regenten von England, nachher König Georg IV., gewidmet.

Componirt 1813.

Eigenhändiger Titel einer fremden Abschr., im Besitz v. Artaria u. Co.

„Auf Wellington's Sieg bei Vittoria, 1813, geschrieben für Herr Maelzel von Ludwig van Beethoven.“

Titel der Original-Ausgabe:

„Wellingtons-Sieg, oder: Die Schlacht bei Vittoria, in Musik gesetzt von Ludwig van Beethowen. 91stes Werk. Vollständige Partitur. Eigenthum der Verleger. Wien im Verlag bei S. A. Steiner und Comp. No. 2367. So wie auch zu haben etc. etc. etc.“

Auf einem besonderen Blatt die Widmung:

„Seiner Königlichen Hoheit dem Prinz-Regenten von England Georg August Friedrich in tiefster Ehrfurcht zugeeignet von Ludwig van Beethoven.“

Es folgen 2 Seiten von „Bemerkungen für die Aufführung.“

Die erste Aufführung dieses Werks, so wie von der 7. Symphonie, fand am 8. December 1813 in einem Concerte, vom Hofmechaniker Maelzel zum Vortheile der in der Schlacht bei Hanau Verwundeten Oesterreicher und Bayern veranstaltet, statt.

„Wellington's Sieg“ wurde von S. A. Steiner u. Co. im Januar 1816 auf Praenumeration angezeigt; und am 6. März darauf erschien in der Wiener Zeitung folgende Anzeige von derselben Firma:

„Ganz neu erschienen „Wellington's Sieg, oder die Schlacht bei Vittoria, in Musik gesetzt von Ludwig van Beethoven. 91stes Werk.“

„Unserm Versprechen gemäss ist nun dieses klassische Tonwerk, das bei den Produkzionen Freunde und Kenner der Tonkunst durch den kühnen Schwung harmoniereicher Entwickelungen in Erstaunen setzte, und ihre Achtung für Beethoven's Genie bis zur Bewunderung steigerte, in unserm Verlage bereits erschienen. Nicht verkennen wird man unser Bestreben, dieAusgaben, die wir hievon veranstalteten, dem innern hohen Werth gemäss nach Möglichkeit auch im Aeussern gefällig, ja wir könnten sagen: sehr schön ausgestattet zu haben. Für die Korrektheit spricht mehr als jede andere Empfehlung, dass Herr van Beethoven selbst die unmittelbare Revision sämmtlicher nachbezeichneter Ausgaben besorgte. — Die P. T. Herrn Subscribenten belieben ihre vorgemerkten Exemplare gegen Erlag des bestandenen Pränumerationspreises in Empfang zu nehmen.

Für alle übrige P. T. Herren Abnehmer treten nunmehr folgende Preise ein:

| | | |
|---|---|---|
| 1. | Für die vollständige Partitur . . . . . . . . . . | 20 fl. |
| 2. | Für das ganze Orchester in einzelnen Auflagsstimmen | 30 – |
| 3. | Für das Quintett, für 2 Violinen, 2 Violen u. Violoncell | 7 – |
| 4. | Für das P.-F. mit Beg. 1 Violin u. 1 Violoncell . . | 7 – |
| 5. | Für das Pianoforte auf 4 Händen . . . . . . | 7 – |

6. Für das P.-F. allein mit einem sehr schönen Titelkupfer . . . . . . . . . . . . . . . 7 fl.
7. Für vollständige Türkische-Musik . . . . . . 20 –

Ein Notirbuch, im Besitz von Artaria u. Co., ist diesem Werke gewidmet: man liesst darin von Beethoven's Hand: „Wellington's Victory Vittoria, bloss God save the king, aber eine grosse Siegs-Ouverture auf Wellington."

---

## 181.

„**Der Glorreiche Augenblick,**" **Cantate, für 4 Singstimmen und Orchester. Op. 136. VI Nummern. Dem Kaiser von Oesterreich, Franz I., dem Kaiser von Russland, Nicolaus I., und dem König von Preussen, Fried. Wilhelm III., gewidmet von dem Verleger. Text von Dr. Aloys Weissenbach.**

**Componirt 1814.**

Das Original-Ms., im Besitz des Herrn Haslinger, ist von Beethoven's Hand betitelt:

„Der heilige Augenblick."

Erschienen nach dem Tode des Componisten bei T. Haslinger, mit dem Original-Texte, und auch mit einem neuen Texte von F. Rochlitz, unter dem Titel:

„Preis der Tonkunst."

„Wie mir," schreibt Spohr (Selbstbiographie I. 197), „so ging es auch Beethoven mit einer ähnlichen Festarbeit; sie kam damals ebenfalls nicht zur Aufführung. Sie hiess „Der glorreiche Augenblick" und wurde später mit verändertem Texte bei Haslinger in Wien gestochen."

Spohr ist hier sehr im Irrthum, wie die Anzeige des Beethoven'schen Concerts vom 29. Nov. 1814 beweisst:

„Hr. Ludwig van Beethoven wird künftigen Dienstag den 22. d. M. um Mittagszeit im k. k. grossen Redoutensaale eine grosse musikalische Akademie zu seinem Vortheile geben. Sie besteht:

1. Aus einer ganz neu componirten Cantate über ein vom Herrn Prof. Weissenbach verfasstes Gedicht:
2. Aus der musikalischen Composition auf Wellington's Sieg bei Vittoria: und
3. Aus einer neuen Symphonie."

Das Concert wurde aber bis auf den 29. November verschoben, wo folgende Stücke zur Aufführung kamen:

1. Siebente Symphonie in A dur.
2. Der glorreiche Augenblick.
3. Wellington's Sieg.

Anzeige in der Wiener Zeitung vom 1. Dec. 1814:

„Herr Ludwig van Beethoven wird künftigen Freitag, den 2. Dezember, die Ehre haben, die vorgestern in dem k. k. Redoutensaale gegebene musikalische Akademie daselbst zu wiederholen."

In der Wiener Zeitung vom 20. Dec. 1814 erschien eine:

„Einladung zur grossen Mus. Akademie" etc. am 25. Dec. im grossen Redoutensaale zum Vortheile des St. Marks'schen Spitales.

„Die dabey vorkommenden Musikstücke sind sämmtlich von der Komposizion des Herrn Ludwig van Beethoven und bestehen:

1. Aus einer grossen Symphonie.
2. Aus einer neuen Kantate: Der Glorreiche Augenblick" von Herrn Dr. Aloys Weissenbach; und
3. einer grossen vollstimmigen Instrumental-Komposition, geschrieben auf Wellington's Sieg in der Schlacht bei Vittoria."

Ein Notirbuch, im Besitz des Herrn P. Mendelssohn, ist zum grössten Theil mit Skizzen zu diesem Werke gefüllt; dazwischen aber findet man Entwürfe zu einer „Sinfonie auf 2erley Horn," zu den Liedern „Merkenstein" und „Des Kriegers Abschied" und zum Canon „Kurz ist der Schmerz"; wie auch die Anmerkung: „Schuppanzig 300 fl. voraus."

---

## 182.

**Chor für vier Singstimmen und Orchester.** Text (Germania! Germania! Wie stehst du jetzt im Glanze da! etc.) von Treitschke.

Componirt April 1814.

Theater-Zettel vom 11. April 1814: —

(Im Theater nächst dem Kärnthnerthor)
von dem K. K. Hofoperisten —
zum ersten Mahle
**Gute Nachricht.**
Ein Singspiel in einem Aufzuge von Friedrich Treitschke.
Personen.

Bruno, Gastwirth zum Lorbeerkranz in einem Dorfe am Ober-Rhein . . . . . . . . . . . . Hr. Weinmüller.
Hannchen, seine Tochter . . . . . . . . . . Dlle Bondra.
Robert, Feldwebel einer Rheinischen Landwehr und Windmüller . . . . . . . . . . . . . . . Hr. Ehlers.
Stürmer, Hauptmann, Invalid, Robert's Vetter . . Hr. Demmer, d. ä.
Süsslich, Gewürtzkrämer aus einem nahen Städtchen Hr. Demmer, d. j.
Ruthe, der Schulmeister . . . . . . . . . . Hr. Saal.
Schnepper, der Bader . . . . . . . . . . . Hr. Perschl.
Andere Gäste Bruno's, — Eine Ordinanz, Bauern, Bäuerinnen.

Die Musikstücke sind: Ouverture von J. N. Hummel. No. 1 von M zart, 2. von Gyrowetz, 3. von Jos. Weigl, 4. u. 5. von Hummel, 6. v Kanne, 7. von Hummel, und Schlusschor, 8. von Beethoven.

Vorher, Das Lotterielos,
etc. etc. etc. etc.

---

Das Stück wurde wiederholt am 12., 14., 17., 24 April und an 3. Mai.

Das Textbuch (Orig.-Ms.) ist noch in der K. K. Hofopern-Bibliothek aufbewahrt.

Ein Brief Beethoven's an Treitschke aus der Zeit fängt folgende Weise an:

„Werther T.

„Mich freuet unendlich ihre Zufriedenheit mit dem Chor — ich hab geglaubt, sie hätten alle Stücke zu ihrem Vortheile verwenden sollen, also auch das Meinige. Wollen Sie dieses aber nicht, so mögt ich, dass es irgend zum Vortheile der Armen gänzlich verkauf würde.“ — — —

---

## 183.

**Elegischer Gesang für vier Singstimmen, Clavier und Streichquartet**
Text „Sanft wie du lebtest, hast du vollendet etc.“ von — (?). Op. 11
Dem Freyherrn Pasqualati gewidmet.

Componirt 1814.

Eine Copie, im Besitz des Herrn Haslinger, ist von Beethoven überschrieben:

„An die verklärte Gemahlin meines Verehrten Freundes Pascol: von seinem Freunde Ludwig van Beethoven.“

Erschienen nach dem Tode des Componisten bei T. Haslinger.

Beethoven an Haslinger 12. Sept. 1822:

„— — — — das Terzett, die Elegie, die Kantate, die Oper, hera damit, sonst mache ich wenig umstände damit, da eure Rechte sch verschollen sind, nur meine Grossmuth gibt euch grösseres Honor dafür als ihr mir.“ — — — —.

In einem Notirbuch, im Besitz des Herrn Dessauer, sind Skizz dieses Stücks zusammen mit dergleichen zum Chor „Ihr weisen Gründer“, zu Fidelio, der Bertolini Cantate, u. a. m.

---

## 184.

**VI Allemandes in F. D. F. A. D. G., für Clavier und Violine.**

Erschienen 1814.

Angezeigt von L. Maisch in der Wiener Zeitung vom 30. July 1814.

## 185.

**Cantate für Sopran, 2 Tenor u. Bass-Stimmen mit Clavier.** Ungedr.

Componirt 1814.

Eine Abschrift, im Besitz des Prof. Jahn, ist betitelt: „Cantata campestre a 4 Voci col cembalo obligato composta 1814 di L. v. B.“

Mittelsatz Adagio $^2/_4$ Esdur, dann da Capo.

Einer Mittheilung des verstorbenen Dr. Bertolini zufolge, wurde dieses Stück, zu welchem Abbate Bondi den Text und Beethoven die Musik schrieb, am Johannistage 1814 in Weinhaus bei Wien, zu Ehren des berühmten Arztes Dr. Johann Malfatti aufgeführt, und zwar bei einem kleinen von Bertolini veranstalteten Feste. Das Original-Ms. wurde von Bertolini der Clavier-Virtuosin Frau Belleville-Oury verehrt.

## 186.

**Sonate für Clavier.** Emoll. Op. 90. Dem Grafen Moritz Lichnowsky gewidmet.

Componirt 1814.

Eine Copie in der Handschrift des Erzherzogs Rudolph, im Besitz der K. K. Bibliothek, ist überschrieben:

„Sonate. Wien am 16. August 1814
von
Ludwig van Beethoven.“

Das Datum scheint aber die Zeit der Abschrift, nicht die der Composition zu bestimmen, da die Sonate in dem Rudolph'schen Verzeichnisse folgenderweise eingeführt ist:

„Sonate p. P.-F. von S. Kais. Hoheit Erzh. Rudolph den 16. Aug. 1814 selbst abgeschrieben."

Anzeige von S. A. Steiner u. Co. in d. Wien. Ztg. vom 9. Juni 1815:

„Beethoven. Sonate für P.-F. Op. 90.

„Allen Kennern und Freunden der Tonkunst wird die Erscheinung dieser Sonate gewiss sehr willkommen sein, da nun seit mehreren Jahren von L. van Beethoven nichts für Pianoforte erschienen ist. — Es bedarf dies neue Werk keiner Lobrede, da es ihm an Originalität, Annehmlichkeit und Kunst, womit der geschätzteste Tonkünstler unserer Zeit seine Werke unerschöpflich zu schmücken gewohnt ist, keineswegs gebricht."

---

## 187.

„**Leonore Prohaska**", Drama von Dunker, Musik dazu. Ungedruckt.

Componirt 1814.

1. Kriegerchor.

2. Romance.

3. Melodram.

Beethoven soll auch den Trauer-Marsch aus der Sonate Op. 26, für Orchester eingerichtet haben „zum Gebrauch bei der Aufführung dieses Stücks.“

Ein Entwurf zu Nr. 3 ist unter den Beethoven'schen Autographen im Besitz des Componisten Dessauer in Wien.

---

## 188.

**Chor für vier Singstimmen und Orchester.** Ungedruckt. 53 Takte.

Componirt 1814.

Eine Copie, im Besitz von Herrn Haslinger, ist von Beethoven überschrieben:

(mit Bleistift) „Eben um diese Zeit die Ouverture in C.“ dann
(mit Tinte) „1814 am 3ten September.“

Ein Notirbuch, im Besitz des Herrn Dessauer, welches mit vielen Skizzen zu diesem Chor schliesst, enthält unter Anderen auch Skizzen zur Arie des Florestan im Fidelio, zum Elegischen Gesang „Sanft wie du lebtest“, und zu einer „Sinfonia 2tes Stück.“

Corni. 

---

## 189.

**Polonaise für Clavier.** Cdur. Op. 89. Der Kaiserin von Russland Elisabetha Alexiewna gewidmet.

Componirt 1814.

Einer Mittheilung des verstorbenen Dr. Bertolini gemäss, wurde diese Polonaise während der Anwesenheit der Souveraine in Wien 1814 componirt.

Titel der Original-Ausgabe:

„Polonaise pour le Piano-Forte, composée et dediée A. S. M. Elisabetha Alexiewna Imperatrice de Toutes les Russies par Louis van

Beethoven. Propriété de l'Editeur. à Vienne chez Pierre Mechetti ci-divant Charles, Bürgerspitalplatz No. 1166.“
382.

Anzeige von P. Mechetti in der Wiener Zeitung vom 11. März 1815:

„Beethoven, eine Polonaise fürs Pianoforte, Ihrer Majestät der Kaiserin v. Russland gewidmet. (Die erste Original-Klavier-Polonaise des Meisters.)“

---

## 190.

**Schlussgesang aus dem patriotischen Singspiele „Die Ehrenpforten.“** Text („Es ist vollbracht! Zum Herrn hinauf drang unser Beten“. etc.) von Treitschke.

Componirt 1815.

Aufgeführt den 15., 16., 23. July d. J.

Erschienen im Verlag von S. A. Steiner u. Co. und angezeigt in der Wiener Zeitung vom 11. August 1815.

„Die Ehrenpforte“ wurde mit „angemessenen Veränderungen“ am 3. und 4. October bei Gelegenheit vom Namenstage des Kaisers (am 4.) wiederholt, bei welchen Aufführungen aber statt „Es ist vollbracht“ der Schlusschor „Germania“ aus „Gute Nachricht“ gesungen wurde.

Theaterzettel vom 3ten October 1815: —

(Im Theater näckst dem Kärnthnerthor)
von dem k. k. Hofoperisten

**Die Ehrenpforte**

ein Singspiel in einem Aufzuge von Friedrich Treitschke
mit Veränderungen.

Personen.

| | |
|---|---|
| Teutschmann, Gutsbesitzer in Oesterreich | Hr. Weinmüller. |
| Rosalie } seine Töchter . . . . . . . | Dlle Bondra. |
| Mathilde } | Mad. Treml. |
| Sophie, seine Mündel . . . . . . . . | Mad. Seiler, geb. Wranizky. |
| Horst, Hussaren-Offizier . . . . . . | Hr. Forti. |
| Walter, Braunschweiger Jäger-Offizier . . | Hr. Wild. |
| Eduard, Teutschmann's Sohn, Rittmeister | Hr. Schröder. |
| Frölich, Teutschmann's Verwalter . . . | Hr. Demmer, d. j. |

Bauern, Bäuerinnen, Arbeitsleute, Kinder.

Musikstücke. Ouverture aus der Guten Nachricht von Hummel. 1. Chor von [B. A.] Weber. 2. Ungarische National-Melodie. 3. Jägerlied von Weigl. 4. Sextett von Seyfried. 5. Marsch als Duett. 6. Chor von Seyfried. 7. Chor von Hummel. 8. Schluss-Gesang, Germania, von Beethoven.

Vorher Der Gefangene, ein Singspiel.

etc. etc. etc.

Das Textbuch (Ms.) befindet sich in der K. K. Hofopern-Bibliothek.

Ein „Notirbuch," im Besitz des Herrn G. Petter in Wien, enthält: I. Entwürfe zu den Chören im „Glorreiche Augenblick"; II. Skizzen zu einem P.-F. Quartett. III. „Sinfonie" (nur 8 Takte).

IV. Skizzen zu: „Es ist Vollbracht".

## 191.

**Ouverture, Namensfeier, für Orchester.** Cdur. Op. 115. Dem Fürsten Radziwill gewidmet.

Componirt 1814.

Das Original-Ms., in der K. K. Bibliothek in Wien, ist von Beethoven betitelt:

„Ouverture von L. v. Beethoven, am ersten Weinmonath 1814, Abends zum Namenstag unseres Kaisers."

Titel der Original-Ausgabe:

„Grosse Ouverture in C dur gedichtet und seiner Durchlaucht dem Fürsten und Herrn Anton Heinrich Radzivil, Staathalter im Grossherzogthum Posen, Ritter des Schwarzen Adler-Ordens etc. etc. etc. in aller Ehrfurcht gewidmet von Lud. van Beethoven. 115tes Werk. Partitur. Eigenthum der Verleger. Wien bey S. A. Steiner u. Comp. No. 4682. P. fl. 2. CM."

Diese Ouverture ist erst nach dem Tode des Componisten erschienen.

## 192.

**Der Bardengeist. Für eine Singstimme und Clavier.**

Erschienen als Beilage einer Zeitschrift 1814.

## 193.

„**Merkenstein.**“ **Für eine oder zwei Singstimmen und Clavier.** Op. 100. Text von J. P. Rupprecht.

Nach A. Fuchs componirt 22. December 1814.

Erschienen als Zeitungs-Beilage (?) und später bei Steiner u. Co. mit obiger Opuszahl zum grossen Aergerniss Beethoven's. (Vgl. Schindler I. 205.)

Titel der Steiner'schen Ausgabe:

„Merkenstein*) nächst Baden. — Ein Gedicht Sr. Excellenz dem n. ö. Landmarschall Herrn Joseph Karl Grafen von Dietrichstein in tiefer Ergebenheit gewidmet von Johann Baptist Rupprecht und für Gesang mit Begleitung des Pianofortes in Musik gesetzt von Ludwig van Beethoven. (100tes Werk.)
Nro. 2614. Wien bei S. A. Steiner und Comp.“

Angezeigt in der Wiener Zeitung vom 21. Sept. 1815.

Ein Entwurf zu diesem Lied befindet sich unter den Skizzen zum „Glorreichen Augenblick“, im Besitz des Herrn Mendelssohn.

---

## 194.

II **Gesänge für eine Singstimme und Clavier.** Text aus Reissig's „Blümchen“.

Erschienen?

1. Sehnsucht. „Die stille Nacht umdunkelt“.
2. Des Kriegers Abschied. „Ich zieh' in's Feld“.

Bei Artaria u. Co. erschienen als Nr. 1 und Nr. 2 von „Sechs deutsche Gedichte aus Reissig's Blümchen der Einsamkeit“.

Im Auctions-Catalog des Beethoven'schen Nachlasses Nr. 186 ist „Sehnsucht, Lied, wahrscheinlich unbekannt.“ Skizzen zu „des Kriegers Abschied befinden sich mitten unter Skizzen zum „glorreichen Augenblick“ (1814) in einem Notirbuch, im Besitz des Herrn P. Mendelssohn.

---

*) Ein Schloss aus der grauen Vorzeit in der Nähe von Baden, hinter Vöslau, in der halben Höhe eines romantischen Gebirges, sowohl seines Alterthums, seiner Grösse, seines Umfanges, als der herrlichen Aussicht wegen, die es dem Blick gewährt, höchst interessant.

## 195.

**Canon.** „Kurz ist der Schmerz“ etc., aus einem Stammbuche. Text aus Schiller's „Jungfrau von Orleans.“

Componirt 1814.

Erschienen in Facsimile als Beilage zu Spohr's Selbstbiographie.

„Wien am 3ten März 1815

„Mögen Sie doch, lieber Spohr, überall, wo Sie wahre Kunst und wahre Künstler finden, gerne meiner gedenken ihres Freundes

Ludwig van Beethoven.“

Dieser Canon schliesst ein Notirbuch zum „Glorreichen Augenblick“, im Besitz des Herrn P. Mendelssohn.

Siehe Nr. 179.

---

## 196.

„**Der Mann von Wort**“, für eine Singstimme und Clavier. Op. 99. Text von F. A. Kleinschmid.

Erschienen (als Zeitungs-Beilage?) 1815.

Angezeigt von J. A. Steiner u. Co. in d. Wien. Ztg. v. 21. Dec. 1815 mit obiger Opuszahl; zum grossen Aergerniss Beethoven's. (Vgl. Schindler I. 205.)

---

## 197.

**Meeresstille und glückliche Fahrt**, für vier Singstimmen und Orchester. Op. 112. „Dem Verfasser der Gedichte, dem unsterblichen Goethe gewidmet.“

Componirt 1815.

Aufgeführt am 25. December 1815.

Erschienen bei Steiner u. Co. und angezeigt in der Wiener Zeitung vom 28. Februar 1822.

Eine Abschrift des Clavierauszuges, im Besitz des Herrn Carl Haslinger, enthält folgende Bemerkungen in Beethoven's Schrift.

„NB. Schon wieder 150 fl. getilgt an der mea culpa, mea maxima culpa u. am heutigen dato auf dem Glacis der Schein davon in Feuer und Flammen aufgegangen. Wien am 19ten Apr. 1822.“

Der 28. Takt ist vom Copisten so geschrieben: 

Beethoven macht diese Correctur 

und schreibt: „NB. es regt sich zu viel, wie könnte es sonst gleich drauf heissen „reget keine Welle sich.“

Bei der ersten Wiederholung des Wortes „Weite“ schreibt er: „gerade wie vorher“.

Auf einem alten Bonner Conzert-Zettel steht folgende Bemerkung:

„Die Partitur dieser Composition (Op. 112) ist von Beethoven dem „Verfasser der Gedichte, dem unsterblichen Goethe“ gewidmet. Auf der Rückseite des Titelblattes wendet er sich an denselben mit den Homerischen Versen:

„Alle sterblichen Menschen der Erde nehmen die Sänger
Billig mit Achtung auf und Ehrfurcht; selber die Muse
Lehrt sie den hohen Gesang und waltet über die Sänger.“

Ein kleines Notirbuch in Taschen-Format, im Besitz des Herrn Mendelssohn, enthält unter mehreren andern Sachen, folgende, meistens mit Bleistift geschriebene und nicht gar zu deutliche Skizzen:

„Marsch nach der Trommel.

Später, zum Lied „Merkenstein“; dann

„Sinfonie in H moll. Pauken, d. h. nur 2 mal in selbiger“ (unleserlich): —

Darauf folgt: „Sonate cello pastorale,“

Dann zu einem Marsch und zur „Meeresstille“ und „Glücklichen Fahrt.“

## 198.

II **Sonaten für Clavier und Violoncell oder Violine.** Cdur. Ddur. Op. 102. Der Gräfin Erdödy gewidmet.

Componirt 1815.

Nr. 1. Das Original-Ms., im Besitz von Prof. Jahn, ist von Beethoven betitelt:

„Freye Sonate für Klavier und Violoncell von L. v. Bthvn. 1815 gegen Ende Juli.“

Auf einer Copie, welche Beethoven dem Herrn Charles Neate verehrte, steht folgender eigenhändiger Titel:

„Sonate, pour le Piano et le Vioncelle [sic] composée et dediée à son Ami Mr. Charles Neate par Louis van Beethoven.“

Nr. 2. Das Original-Ms., im Besitz von Artaria u. Co., ist überschrieben:

„Sonate Anfangs August 1815.“

Eine Copie dieser Sonate wurde auch dem Herrn Neate vom Componisten verehrt, selbe ging aber in Paris verloren.

Titel der Original-Ausgabe:

„Deux Sonates pour le Piano-Forte et Violoncelle ou Violon par Louis van Beethoven dediées à Madame la Comtesse Marie Erdödy, née Comtesse Niszky. Oeuvre 102. Nr. 1. 2.
2579. 2580. A Vienne chez Artaria et Comp.“

Anzeige von Artaria u. Co. in d. Wiener Ztg. vom 13. Jan. 1819:

„Es erscheinen nächstfolgende Woche die zwey neuen Sonaten von Ludwig van Beethoven für das P.-F. und Violin oder Violoncell. Der Frau Gräfin Marie v. Erdödy, geb. Gräfin v. Niszky, gewidmet. Op. 102.

In einem Msc.-Catalog, im Besitz des Herrn Dr. Sonnleithner, heisst es: „Erschienen 1815 mit Violine oder 'Cello ad lib. Im Jahre 1818 neu von Beethoven selbst eingerichtet mit obligater Begleitung, erschienen bei Artaria.“

Die Copien, welche Beethoven 1815 Herrn Neate verehrte, unterschieden sich aber in Nichts von der Artaria'schen Ausgabe 1818.

---

## 199.

**Sonate für Clavier.** Adur. Op. 101. Der Baronin Erdmann gewidmet.

Componirt 1815.

Gespielt in Wien in Linke's Concert, von Stainer von Felsburg, am 18. Februar 1816. (Vgl. Schindler I. 240. — L. A. M.-Zeitung. XVIII. 197.)

Titel der Original-Ausgabe:

„Sonate pour le Pianoforte des Museum's für Klavier-Musik, für das Hammerklavier verfasst und der Freyinn Dorothea Ertmann geborene Graumann gewidmet von Ludwig van Beethoven. 101^stes Werk. Eigenthum der Verleger. Wien bey S. A. Steiner u. Comp."
2661.

Der Schluss einer Anzeige des „Museums für Kl.-Musik" im Int.-B. der Kanne'schen Musik-Zeitung vom 23. Januar 1817 lautet:

„Die erste Lieferung wird im nächsten Monath Februar ausgegeben, und das Museum mit einer ganz neuen Original-Sonate für's Pianoforte von unserm mit Recht berühmten Herrn Ludwig van Beethoven (dessen 101^stes Werk) eröffnet. Der Preis dieser ersten Lieferung ist im Wege der Praenumeration, für das Inland — 4 *fl.* 30 kr. W. W. — Ausland — 1 *fl.* 30 in Augsb. Cour. — Ausser der Praenumeration wird der Preis um ein Drittel erhöht."

## 200.

**Canon. „Glück zum Neuen Jahr", für Sopran, Alt, Tenor und Bass.**

(B. u. H. V. 141.)

Erschienen 1816.

Angezeigt von J. Riedel in der Wiener Zeitung vom 11. Mai 1816, als „neu erschienen":

„Lieder von Göthe und Matthison

| | |
|---|---|
| Andenken | Kennst du das Land |
| Lied aus der Ferne | Neue Liebe neues Leben |

und ein 4 stimmiger Canon ohne Begleitung."

Siehe Nr. 148, 151 und 158.

## 201.

**Musikalischer Scherz**, aus einem Briefe an Frau Milder-Hauptmann[1]

„Wien den 6^ten Januar 1816."

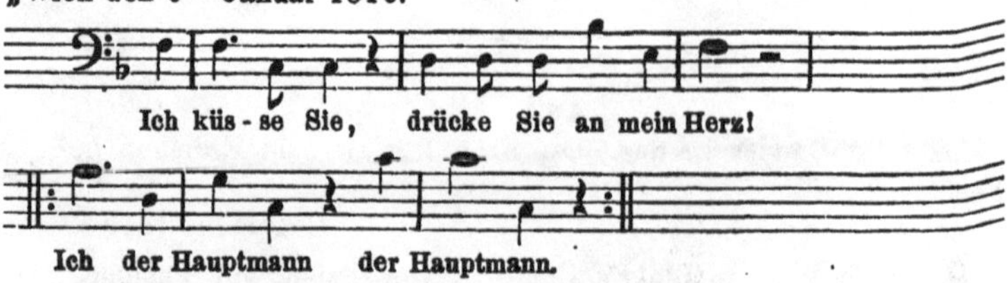


„(Fort mit all übrigen falschen Hauptmännern.)"

Abgedruckt in der Zeitschrift: „Die Jahreszeiten."

## 202.

**Zwei Canons.** „Das Schweigen" und „Das Reden". Text aus Saadi's Rosenthal", übersetzt in Herder's zerstreuten Blättern.

Componirt Januar 1816.

Von Beethoven eigenhändig in das Stammbuch des Charles Neate, Esq. zu London geschrieben.

I. Das Schweigen.

II. Das Reden. Dreistimmig.

„Wien am 24. Jänner 1816"

„Mein lieber Englischer Landsmann gedenken Sie beym Schweigen und Reden ihres aufrichtigen Freundes

Ludwig van Beethoven."

Nr. I. Als „Räthselcanon" in Kanne's (Wiener) Musik-Zeitung vom 6. März 1817 erschienen.

Am 5. Juni darauf erschien im selben Blatt die Auflösung, wie auch Folgendes, beide von Hieronymus Payer.

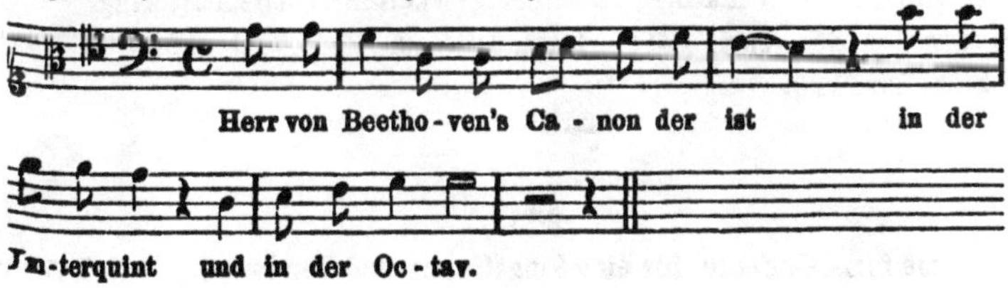


## 203.

**„Das Geheimniss" für eine Singstimme und Clavier.** Text von Weissenberg. („Wo blüht das Blümchen.")

Erschienen als Beilage zur Wiener Mode-Zeitung, 29. Feb. 1816.

Später bei Simrock als: Drei Gesänge Nr. 2. (B. u. H. V. 144.)

## 204.

**„An die Hoffnung" für eine Singstimme und Clavier.** Op. 94. Der Fürstin von Kinsky gewidmet. Text von Tiedge, zweite Bearbeitung von Beethoven.

Componirt 1816.

Titel der Original-Ausgabe:

„An die Hoffnung aus Tiedge's Urania, in Musik gesetzt für eine Singstimme mit Begleitung des Pianoforte, und Ihrer Durchlaucht der Fürstin von Kinsky geb. Graefin von Kerpen zugeeignet von Ludwig van Beethoven. 94stes Werk.
2369. Eigenthum der Verleger. Wien bei S. A. Steiner und Comp."

Anzeige von Steiner u. Co. in der Wiener Ztg. vom 22. April 1816:

„Ganz neu in unserm Verlage eben erschienen: „An die Hoffnung" etc. — — — —. Unser unerschöpflicher Hr. van Beethoven hat diese gemüthvolle Dichtung Tiedge's mit einem Recitative eingeleitet, das Gedicht, zart und warm gänzlich durchcomponirt, vortrefflich wiedergegeben. — Das Werkchen ist eine der neuesten Arbeiten dieses Künstlers und die Erscheinung wird gewiss allen zartfühlenden Seelen sehr erfreulich seyn."

Franz Wild, der einst berühmte Tenor-Sänger, erzählt: „Durch meinen Vortrag (der Adelaide) zufriedengestellt, sprach er (Beethoven) mir gegenüber die Absicht aus, das Lied zu instrumentiren. Dazu kam es zwar nicht, doch schrieb er für mich die Kantate „An die Hoffnung" (Text von Tiedge) mit Klavierbegleitung, welche ich, von ihm selbst accompagnirt, in einer Matinée vor einer gewählten Gesellschaft sang." — Das war am 25. April 1816. (Vgl. L. A. M.-Z. XVIII. 444.)

Siehe Nr. 123.

---

## 205.

**An die ferne Geliebte, für eine Singstimme und Clavier.** Op. 98. Dem Fürsten von Lobkowitz gewidmet. Text von Jeitteles.

Componirt 1816.

Das Ms., im Besitz von Herrn Carl Haslinger, ist von Beethoven überschrieben: „1816 im Monath April."

Titel der Original-Ausgabe:

„An die ferne Geliebte, ein Liederkreis von Al. Jeitteles. Für Gesang und Pianoforte, und seiner Durchlaucht, dem regierenden Herrn Fürsten Joseph von Lobkowitz, Herzog von Raudnitz etc. etc. etc. Ehrfurchtsvoll gewidmet von Louis van Beethoven. 98tes Werk.
2610. Eigenthum der Verleger. Wien bei S. A. Steiner und Comp."

Angezeigt in der Wiener Zeitung vom 29. July 1816:

„In Kurzem erscheint in unserm (St. u. Co.) Musik-Verlage, von Ludwig van Beethoven ein ganz neues Trio (in Bdur) — — — — und sechs neue Lieder mit Begleitung des Pianoforte."

Als „erschienen" ist am 21. Dec. angezeigt.

## 206.

**Marsch für Militair-Musik.** (B. u. H. V. 140.)

Componirt 1816.

Das Ms., im Besitz von Artaria u. Co., ist von Beethoven überschrieben:

„Marcia con Brio." „Marsch zur grossen Wachtparade von L. v. Beethoven vom 3ten Juni 1816."

Nach Beethoven's Tode erschienen im 4händigen Clavier-Auszuge. Wien, Witzendorf.

## 207.

**Abschieds-Gesang für 2 Tenor- und Bass-Stimmen.** Ungedruckt. (10 Seiten.)

Componirt für Herrn von Tuscher 1816.

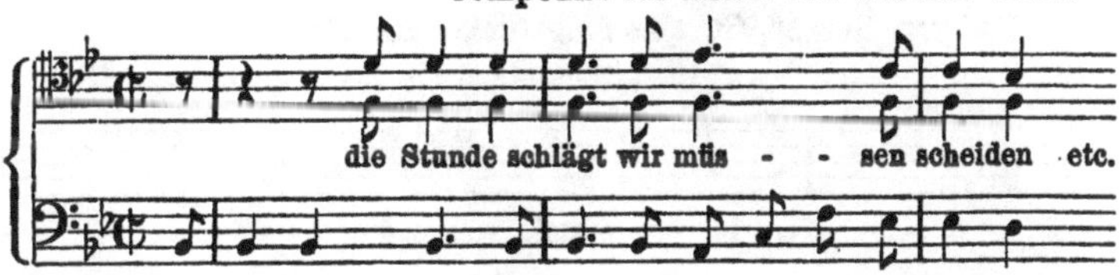


Eine Abschrift ist im Besitz des Prof. Jahn.

## 208.

**Gelegenheits-Cantate.**

Componirt 1816.

Diese Cantate, welche sich jetzt in Prag befinden soll, wurde von Beethoven — der Text wie die Musik — für seinen Freund Peters geschrieben. Die Absicht war, dass die jungen Prinzen Lobkowitz, deren Erzieher Herr Peters war, das kleine Stück ihrem Vater zu dessen Geburtstage singen sollten. Der Tod des Fürsten, am 7. December 1816, vereitelte den Plan.

## 209.

**Gesang der Mönche aus Schiller's Wilhelm Tell,** für 2 Tenor- und Bass-Stimmen. (B. u. H. V. 141.)

Componirt 1817.

Geschrieben in Alois Fuchs' Stammbuch, mit der Bemerkung am Schluss:

„Zur Erinnerung an den schnellen und unverhofften Tod unsres Krumpholz."

Krumpholz starb am 3. Mai 1817. (Vgl. Neue Wiener Musik-Zeitung (Schmidt) vom 31. März 1846).

---

## 210.

**„So oder so," für eine Singstimme und Clavier.** Text von Carl Lappe. („Nord oder Süd! Wenn nur im warmen Busen.")

Componirt 1817.

Das Ms., früher im Besitz von Artaria u. Co., war mit obigem Datum versehen.

Erschienen als Beilage der Wiener Moden-Zeitung 15. Febr. 1817.

Später bei Simrock als „Drei Gesänge" Nr. 3. (B. u. H. V. 144.)

---

## 211.

**„Ruf vom Berge", für eine Singstimme und Clavier.**

Erschienen als Zeitungs-Beilage 1817.

---

## 212.

**„Dernière pensée Musicale" für Clavier.** B dur. (B. u. H. V. 132.)

Componirt 1818.

Erschienen als Beilage zur Berliner Allgem. Musikalischen Zeitung (bei Schlesinger) vom 8. December 1824 mit der Ueberschrift:

„Auf Aufforderung geschrieben Nachmittags am 14. August 1818 von Beethoven."

„Letzter musikalischer Gedanke" ! !

---

**213.**

**Fuge, für 2 Violinen, 2 Bratschen und Violoncell.** Ddur. Op. 137.
Componirt am 28. November 1817.

Erchienen 1827, bald nach Beethoven's Tode, in Partitur und Stimmen, und in 4händigem, so wie auch 2händigem Clavier-Auszug.

**214.**

**Resignation,** („Lisch aus, lisch aus mein Licht“) **für eine Singstimme und Clavier.** Text vom Grafen Haugwitz.

Erschienen als Beilage zur Wiener Mode-Ztg. vom 31. März 1818.

Das Lied ist später in verschiedenen Sammlungen bei Diabelli, Kistner u. s. w. erschienen. (Siehe B. u. H. V. 145, Whistling's Handbuch etc.)

Skizzen dazu schliessen ein kleines Notirbuch in der Königl. Bibliothek in Berlin, welches mit Entwürfen zur Sonate Op. 101 anfängt. (Siehe Schindler II. 156.)

**215.**

**Sonate für Clavier.** Bdur. Op. 106. Dem Erzherzog Rudolph gewidmet.
Componirt 1818.

Titel der Original-Ausgabe:

„Grosse Sonate für das Hammerklavier. Seiner Kais. Königl. Hoheit und Eminenz dem Durchlauchtigsten, Hochwürdigsten Herrn Erzherzog Rudolph von Oesterreich, Cardinal und Erzbischoff von Olmütz etc. etc. etc. in tiefster Ehrfurcht gewidmet von Ludwig van Beethoven. Nr. 2588. Op. 106. Wien bei Artaria u. Co.“

Anzeige von Artaria u. Co. in der Wiener Ztg. vom 15. Sept. 1819:

„Beethoven, Sonate etc. etc.

„Indem wir hier alle gewöhnlichen Lobsprüche beseitigen wollen, welche für die Verehrer von Beethoven's hohem Kunsttalent ohnedem überflüssig wären, dadurch aber zugleich dem Wunsche des Autors entgegenkommen, so bemerken wir nur in einigen Zeilen, dass dieses Werk sich vor allen andern Schöpfungen dieses Meisters nicht allein durch die reichste und grösste Fantasie auszeichnet, sondern dass dasselbe in Rücksicht der künstlerischen Vollendung und des gebundenen Styles gleichsam eine neue Periode für Beethoven's Klavierwerke bezeichnen wird.“

Beethoven schreibt an Ries in London d. d. 30. April 1819 unter Anderem folgendes:

„Sie werden das arrangirte Quintett (Op. 104) und die Sonate ... erhalten haben.“

(Vgl. Schindler I. 269, Ries Notizen 147—149.)

## 216.

**Aufgabe für Erzherzog Rudolph**, für eine Singstimme und Clavier. Text aus Tiedge's „Urania."

Componirt 1818. (?)

Erschienen in Steiner u. Co's. Mus. Museum, 7tes Heft 1819, unter dem Titel:

„Aufgabe von Ludwig van Beethoven gedichtet, vierzigmal verändert und ihrem Verfasser gewidmet von seinem Schüler R. E. H. — Wien, bei S. A. Steiner u. Co."
No. 3080.

Im Rudolph'schen Catalog ist diese „Aufgabe" folgenderweise angeführt: „Aufgabe für S. K. Hoheit den Erzh. Rudolph vor der Abreise. Mödling 11ten Sept. 1820."

Das Datum ist offenbar unrichtig, da die Variationen schon im Januar 1820 in der Leip. A. M. Z. recensirt sind.

## 217.

VI **Variirte Themen für Clavier allein oder mit Flöte oder Violine ad lib.** Op. 105. Lief. 1. 2.

Für G. Thomson componirt 1818—19.

Erschienen bei Artaria u. Co. und angezeigt in der Wiener Zeitung vom 6. Sept. 1819.

In einem Briefe v. 21. Feb. 1818 schreibt Beethoven an George Thomson „Je suis prêt de vous composer 12 thêmes, avec variations pour 100 ducats en espèce."

## 218.

X **Variirte Themen für Clavier, allein, oder mit Flöte oder Violine ad lib.** Op. 107. Lief. 1—5.

Für G. Thomson componirt 1818—20.

Erschienen bei Simrock in Bonn und von J. Riedl in der Wiener Zeitung vom 11. Juni 1821 folgenderweise als „zu haben" angezeigt:

„X Thêmes Russes, Ecossais et Tyroliens variés pour Piano avec Flûte ou Violon par Louis van Beethoven „neueste Sammlung aus 5 Heften bestehend, wovon das Heft 2 fl. W. W."

Von den XVI variirten Themen sind XII bei Thomson etwas früher erschienen.

Siehe Nr. 217.

## 219.

**Gelegenheits-Stück für eine Singstimme und Clavier.**

Componirt 1819.

Erschienen in London mit Englischem Texte.

Das Original-Ms., im Besitz von Ewer u. Co. in London, ist von Beethoven überschrieben:

„Mit Feuer doch verständlich und deutlich — Am 14. Jenner 1819 — für H. v. Giannattasio del Rio von L. v. Beethoven.

Die letzten 8 Takte wurden wiederholt als Chor.

---

## 220.

**Canon infinitus.** Ungedruckt.

Componirt 1819.

In einem Conversationsbuche vom März 1820 befindet sich Folgendes, von einem Unbekannten geschrieben:

„Sie haben an Steiner von Mödling im vorigen Sommer einen Canon infinitus geschickt.

„Keiner hat ihn aufgelöst, ich habe ihn aufgelöst, denn er tritt in der Secunde ein.

„Hol euch der Teufel! B'hüt euch Gott!“ war der Text. Er geht in Infinitum.“

---

## 221.

**Canon. Glückwunsch für Erzherzog Rudolph, aus einem Briefe vom** 12. Jänner 1820.

Aus der Original-Handschrift copirt von Alois Fuchs.

---

## 222.

**Abendlied,** „Wenn die Sonne niedersinket," **für eine Singstimme und Clavier.** Text von Goeble.

Componirt 1820.

Das Ms., in der K. K. Bibliothek in Wien, ist von Beethoven überschrieben:

„Abendlied unter dem gestirnten Himmel von H. Goebler, in Musik gesetzt von L. v. Beethoven am 4ten März 1820."

Erschienen als Beilage zur Wiener Mode-Zeitung vom 28sten März 1820; und später in verschiedenen Sammlungen. Vgl. B. u. H. V. 143. Whistling's Handbuch. 3ter Th. 107 etc. In der Mode-Zeitung das Lied ist „Hrn. Dr. Braunhofer" gewidmet."

---

## 223.

**Canon.** „**Auf einen, welcher Hoffmann geheissen.**"

Componirt 1820.

Erschienen in der Caecilia II. 206 (1825).

In einem schriftlichen Gespräch zwischen Beethoven und einem Fremden, im März 1820, theilt letzterer folgendes mit:

„In den Phantasie-Stücken von Hoffmann ist viel von Ihnen die Rede. Der Hoffmann war in Bamberg Musikdirektor, nun ist er Regierungsrath. Man gibt in Berlin Opern von seiner Composition."

Beethoven.) — „Hofman, — du bist kein Hof-mann."

Später mitten in einem langen Tisch-Gespräch kommt dieser Text zweimal eigenhändig vor, und zwar so:

a) „Hofmănn — sei kein Hŏfmann — nein, nein ÷ ich heisse Hofmănn und bin kein Hŏmann." [sic]

b) „Hofmănn ÷ sey ja kein Hŏfmann; nein ÷ ÷ ÷ etc. ich heisse Hŏfmănn und bin kein Hŏfmănn."

In dieser Gestalt ist der Text geblieben und nachher componirt. Ein vorhandener Entwurf scheint einige Tage früher als dieses Gespräch entstanden zu sein.

---

## 224.

VI **Bagatellen für Clavier.** Op. 126.

Componirt um 1821.

Diese Bagatellen sind in dem Briefe an Peters in Leipzig vom 5. Juni 822 (siehe L. A. Mus.-Zeitung. N. F. vom 30. Sept. 1863) erwähnt.

Eschienen bei Schotts, Mainz, und im Ostermesse-Verzeichniss, 1825, ngezeigt.

Schindler sagt (II. 44):

„Die in Rede stehenden [Gedankenspäne] betitelte er (Beethoven) ägatellen und hatte sie in der hochbegeisterten Zeit des Entstehens er Missa Solemnis, gleichsam um auszuruhen, zu Papier gebracht."

---

## 225.

II **Canons.** Ungedruckt (?)

Um 1821.

Das Autograph des folgenden Briefes ist im Besitz des Herrn John lla in London.

„Für seine Wohlgeboren Hrn. v. Peters.

„Was machen Sie? Sind Sie wohl oder unwohl? Was macht Ihre rau? — Erlauben Sie, dass ich Ihnen was singe.

Canon. *(Lebhaft.)*

Canon. *(Gezogen und geschleppt.)*

(Auf der 2. Seite.)

Was machen Ihre jungen Fürsten?

Sind Sie heute zu Hause Nachmittags gegen 5 Uhr, vieleicht beuche ich Sie sammt meiner Staats-Bürde

in

Eil

ihr

Beethoven."

---

## 226.

**Canon.** „O Tobias Haslinger“, aus einem Briefe an den Verleger dieses Namens vom 10. Sept. 1821.

Abgedruckt in der Leip. Allg. Mus.-Ztg., Neue Folge, vom 21. October 1863.

In noch zwei Briefen (ohne Datum) finden sich ähnliche humoristische Spielereien mit Haslinger's Namen. Der eine hat bloss den Text „Tobias, Tobias“; der andere „Tobias, paternostergässlicher, bierhäuslicher, musikalischer Philister.“

Ein Ms. von 4 Octav-Seiten, im Besitz des Herrn P. Mendelssohn, enthält Skizzen, wobei die Worte „Tobias, Tobias, tückischer Kerl, ein tückischer Kerl“ noch lesbar sind.

---

## 227.

**Sonate für Clavier.** Edur. Op. 109. Dem Frl. M. Brentano gewidmet. Componirt 1821 (?)

Erschienen bei Schlesinger in Berlin, auch (gleichzeitig?) bei Joseph Czerny in Wien.

Titel der Czerny'schen Ausgabe:

„Sonate für das Pianoforte componirt und dem Fräulein Maximiliano Brentano gewidmet von Ludwig van Beethoven.
No. 2495. 109tes Werk. Wien bei Joseph Czerny. Graben No. 1134.“

Schindler schreibt (II. 3.):

„Im Spätherbst (1821) — — — setzte er (Beethoven) sich an den Schreibtisch und schrieb die drei Sonaten für P.-F. Op. 109., 110., 111 „in einem Zuge nieder“, wie er sich in einem Briefe an den Grafen Brunswick ausgedrückt, um diesen Freund über seinen Geisteszustand zu beruhigen.“

Dies ist ohne Zweifel richtig in Betreff der Sonaten Op. 110 u. 111 allein Op. 109 war schon in Berlin gedruckt und in der Wiener Zeitung vom 11. Dec. 1821 als „neu angekommenes Werk“ angezeigt.

Skizzen zu dem „Prestissimo“ und „Andante con Var.“ zwischen Entwürfen des „Et resurrexit“ und des „Benedictus“ der Messe in D sind in einem Notirbuch, im Besitz von Artaria u. Co., vorhanden.

---

## 228.

**Sonate für Clavier, Asdur.** Op. 110.

Componirt 1821.

Das Original-Ms., im Besitz von Artaria u. Co., ist überschrieben:

„Sonate am 25sten Decemb.
von L. v. Beethoven 1821."

In der Fuge sind folgende Bemerkungen:

Da, wo das Gmoll eintritt 

„Mehr und schon matt klagend," „Ermattet klagend"

„Ermattet klagend
perdendo le forze, dolente."

und wo das Thema in der Gegenbewegung anfängt 

„Nach und nach wieder auflebend."

Erschienen bei Schlesinger (Berlin u. Paris) und von Steiner u. Co. in Wien, unter der Rubrik „ausländische Musik", schon in der Wiener Zeitung vom 23. August 1822 angezeigt, — wodurch Schindler's Datum „Anfang 1823" berichtigt wird.

---

## 229.

**Missa Solemnis, für vier Solostimmen, Chor und Orchester.** Ddur. Op. 123. Dem Erzherzog Rudolph gewidmet.

Componirt 1818—22.
Aufgefürt 7. März 1824.

Das Original-Ms. dieser Messe wurde bei der Licitation des Beethoven'schen Nachlasses für 7 fl. 6 kr. von Artaria (Vater) gekauft. Später hat er das Kyrie dem Herrn Pölchau aus Hamburg überlassen, dessen Sammlung sich jetzt in der Königl. Bibliothek zu Berlin befindet; die übrigen Stücke sind noch im Besitz von Artaria u. Co.

Ueber das Kyrie schrieb Beethoven: „Vom Herzen! Möge es wieder zu Herzen gehen!" — Bei dem Dona: „Dona nobis pacem. Darstellend den innern und äussern Frieden."

Titel der Original-Ausgabe:

„Missa composita et serenissimo ac eminentissimo Domino Domino Rudolpho Joanni Caesareo Principi et Archiduci Austriae S. R. E. Tit. s. Petri in monte aureo Cardinali et Archiepiscopo Olomucensi profundissima cum veneratione dedicata a Ludovico van Beethoven. Op. 123. Ex sumtibus vulgantium. Moguntiae ex taberna musices B. Schott filiorum. Paris chez les fils de B. Schott, rue de Bourbon No. 17. Anvers chez A. Schott 1827."

In dem Intelligenz-Blatt Nr. 9. der Caecilia III (1825) befindet sich die Einladung zur Subscription d. d. 20. April 1825 auf die Messe in Partitur, in Stimmen und im Clavierauszuge mit Singstimmen.

Im Intell.-Bl. Nr. 13 (1825) des IV. Bandes:

Anzeige der Verlängerung des Subscriptions-Termin zu Ostern 1826:

Im Intell.-Bl. Nr. 21 (1826) des VI. Bandes:

Anzeige Neuer Verlags-Werke, welche bei Schotts, in den Monaten Juli bis November 1826, erschienen: darunter Beethoven's Missa Solemnis, in drei Ausgaben, mit der Bemerkung „Von diesen bedeutenden Werken sind die letzten Bögen der verschiedenen Ausgaben unter der Presse und werden nächstens versendet. Wir beziehen uns, was diese herrlichen Kunstschöpfungen betrifft, auf die bereits mehrfältig verbreiteten Ankündigungen.“

Viele Notirbücher sind vorhanden, die gänzlich oder zum Theil mit Skizzen zu dieser Messe angefüllt sind, so wie auch einzelne Blätter dazu; Einiges davon wird nicht ohne Interesse sein.

Im Besitz von Artaria u. Co.:

Notirungsbuch. F. „Et resurrexit;“ Benedictus in C, violin solo, Corno, Fagotto ·/. Violoncello“, etwa 6 Seiten. Dann Entwürfe zur Sonate Op. 111. (Prestissimo u. Andànte con Variazioni.)

Bendictus, wieder, 18 Seiten, mehrere Ideen mit dem Worte „Melleur“ voran.

Notirungsbuch J. — „Dona nobis“, mehrere Entwürfe mit dem Worte „Mellieur“, und in verschiedenen Taktarten.

Zum Beispiel:

„H moll Miserere.

„Agnus Dei. Bass Anfangs Solo dann Tenor u. dann Sopran.“

und noch einige unleserliche Accorde; dann mehrere unleserliche Takte „Agnus Dei“; darauf Folgendes:

„Marsch“

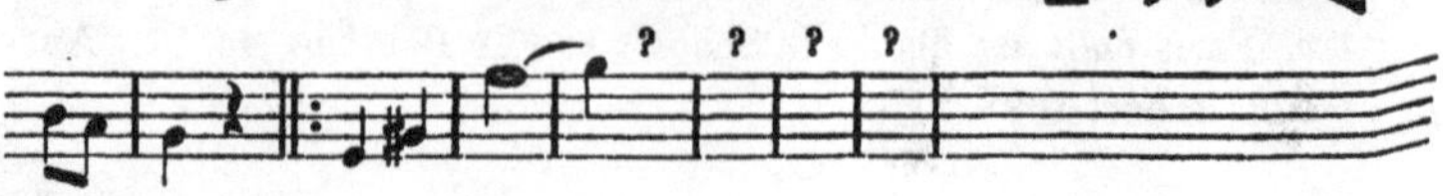

„Jetzt erst der Marsch und nachdem“

S. 8. **Schone den Sünder.**

Versuche dieser Art im $^2/_4$, $^3/_4$, wieder $^2/_4$, $^3/_4$ Takt sind durch etwa 21 Seiten fortgesetzt; allein der Componist ist nun in's Reine gekommen, und auf S. 22 schreibt er:

„Agnus Dei, kann alles besser in 4 4tel takt seyn," und fängt gleich mit „Dona nobis" wieder an.

Notirungsbuch P.

Skizzen zur Messe in D, der 9. Symphonie und Sonate, Op. 111.

Unter den Bemerkungen Beethoven's sind folgende:

„Recitativo Accompagnato, nemlich nach dem takt."

„Das Kyrie in der neuen Messe blos mit blasenden Instrumenten u. dergl."

„Stücke aus allen Tonarten für 3 u. 4 Horn."

„Alle künftige Partitur mit Bleystift geschrieben und vorher linieren ziehen lassen. — — — — Nota. Nicht mehr als drei Takte aus jedem Satze."

„Dona nobis pacem, darstellend den innern u. äussern Frieden."

Notirungsbücher J., K., L., M. u. a. m. gehören auch meistens zur Messe.

Ein Skizzenbuch zum „Credo" (8$^{vo}$ Format) — erste mit Bleistift geschriebene Entwürfe enthaltend — im Besitz des Herrn Mendelssohn, trägt das Datum 1819.

---

## 230.

**Sonate für Clavier.** Cmoll. Op. 111. Dem Erzherzog Rudolph gewidmet.

Componirt 1822.

Das Original-Ms., im Besitz von Artaria u. Co., ist von Beethoven überschrieben:

„Ludwig Ludwig Am 13$^{ten}$ Januar 1822."

Erschienen bei Schlesinger (Berlin und Paris) anfangs 1823, und schon in der Wiener Zeitung vom 27. May als „neu angekommen, angezeigt. (Siehe Schindler II. 3.)

---

## 231.

**Opferlied für eine Singstimme, Chor und Orchester.** Op. 121b. Text von Matthison.

Componirt 1822.

Erschienen bei Schott in Mainz, und im Ostermesse-Verzeichnisse, 1825, angezeigt.

Nach Schindler (II. 152) „in 1822 für den Tenoristen Ehlers, zu dessen Benefice-Concert in Pressburg geschrieben.“

Einen Entwurf dazu besitzt Herr G. Petter in Wien.

Ein Notirbuch in der königl. Bibliothek in Berlin enthält folgende Skizzen:

Zu einer 4händigen Sonate:

Zu einer „Messe aus Cismoll“ (Blatt 17);

Zum „Opferlied“ (Blatt 18);
Skizzen in 5/4 Takt;
Dann zur Ouverture B, A, C, H;

und zum „Bundeslied.“

## 232.

**Bundeslied für Solo- und Chor-Stimmen, 2 Clarinetten, 2 Hörnern und Fagotten.** Op. 122. Text von Goethe.

Componirt 1822.

Erschienen bei Schott in Mainz, und im Ostermesse-Verzeichnisse, 1825, angezeigt.

Nach Schindler (II. 152) „in 1822 für den Tenoristen Ehlers, zu dessen Benefice-Concert in Pressburg geschrieben."

Einen Entwurf dazu besitzt Herr G. Petter in Wien.

Skizzen zum Bundeslied sind, mit desgleichen zum Opferlied, in einem Skizzenbuch in der Königl. Bibliothek zu Berlin enthalten. (Siehe Op. 121b.)

---

## 233.

XII **Neue Bagatellen für Clavier.** Op. 119.

Componirt 1820—22.

Das Ms. von den ersten sechs dieser Bagatellen, im Besitz von Artaria u. Co., ist überschrieben:

„Kleinigkeiten. 1822. Novemb."

Anfangs 1820 wurde Beethoven vom Reg.-Kapellm. Starcke ersucht, einige Beiträge zu seiner „Clavierschule" zu liefern. Beethoven that es und zwar mit den Bagatellen Nr. 7, 8, 9, 10 und 11 dieser Sammlung.

Angezeigt von Sauer u. Leidesdorf, als Op. 112, in der Wiener Ztg. vom 1. May 1824:

„Beethoven, Nouvelles Bagatelles, ganz neu erschienen. Op. 112."

In der Haslinger'schen Ms.-Sammlung von Beethoven's Werken ist die Opuszahl 104.

---

## 234.

**Ouverture, „Weihe des Hauses."** Cdur. Op. 124. Dem Fürsten Nicolaus von Galitzin gewidmet.

Componirt 1822.

Das Original-Ms. (?), im Besitz von Artaria u. Co., ist von Beethoven überschrieben:

„Ouverture, geschrieben von L. v. Beethoven zur Eröffnung des Josephstädter Theaters zu Ende September 1822."

„Aufgeführt am 3ten Oktober 1822."

Titel der Original-Ausgabe:

„Ouverture in Ut à grand orchestre pour 2 Violons, Alto, Violoncelle et Basse, 2 Flûtes, 2 Clarinettes, 2 Hautbois, 2 Bassons, 4 Cors,

2 Trompettes et Timballes, composée et dediée a son Altesse Monseigneur le Prince Nicolas de Galitzin, Lieutenant Colonel de la Garde de Sa Majesté Imperiale de toutes les Russies par Louis v. Beethoven.
No. 2262. Oeuvre 124.
Propriété des Editeurs. Mayence, chez B. Schott Fils."

In den Intelligenz-Blättern der „Caecilia", B. III. 1825, befinden sich:

a) S. 12. „Einladung zur Subscription, d. d. 20. April 1825."
b) S. 30. „Anzeige betreffend Beethoven's neueste Ouverture aus C dur, für Pianof. arrangirt."

„Ich halte es für meine Pflicht, das musikalische Publicum vor einem gänzlich verfehlten, von der Original-Partitur abweichenden Clavierauszuge meiner letzten Ouvertüre, zu 4 Händen, welcher unter dem Titel: Festouverture von L. v. B. bey Trautwein in Berlin herausgekommen ist, zu warnen, um so mehr, da die Clavierauszüge zu 2 und 4 Händen, von Herrn Carl Czerny verfasst, und der Partitur völlig getreu, nächstens in der einzig rechtmässigen Auflage bey B. Schott's Söhnen in Mainz erscheinen werden.

L. v. Beethoven."

„Herr van Beethoven hat öffentlich die eben so unrechtliche als unrichtige Ausgabe eines vierhändigen Clavierauszugs seiner Fest-Ouvertüre bei Trautwein in Berlin, verfertigt von Herrn Henning, gerügt. — Ohne zu erwähnen, was von selbst in die Augen fällt, dass ein solcher Vordruck noch schändlicher als ein Nachdruck ist, zeigen wir dem verehrlichen Publikum nur dieses an, dass wir von dem berühmten Tonsetzer schon vor geraumer Zeit das ausschliessliche Verlagsrecht dieses Werkes erworben haben, und dass davon ein, von dem bekannten Claviervirtuosen Herrn Czerny, unter den Augen des Componisten selbst verfertigter Auszug für vier Hände, bei uns so eben erschienen ist, wir also im Stande sind, als rechtmässige Verleger, eine des genialen Original-Werkes würdigere Bearbeitung zu liefern, als die von Herrn Henning eingeschmuggelte.

Mainz, den 30. Juli 1825.

B. Schott's Söhne."

c) S. 34. Anzeige des Erscheinens der beiden Clavier-Auszüge zu 2 u. 4 Händen unter den bei Schott's zwischen 30. May und 30. Juli 1825 erschienenen Neuigkeiten.
d) S. 44. Anzeige, dass die Partitur und Stimmen der Ouverture den 25. October 1825 zum Versenden bereit sein werden.

## 335.

**Schluss-Chor mit Sopran- und Violin-Solo und Ballet** zur „Weihe des Hauses.“ (Text: Wo sich die Pulse jugendlich jagen“ etc.) von Meisl. Ungedruckt. (?)

Componirt 1822.

Aufgeführt am 3., 4., 5. u. 6. October 1822.

Die „Weihe des Hauses“ war eine Umarbeitung der „Ruinen von Athen“ zur Aufführung bei Gelegenheit der Eröffnung des Josephstädter Theaters in Wien. Neu von Beethoven componirt wurden nur die grosse Ouverture, Op. 124, und dieser Schluss-Chor. Wie viele Stücke aus den Ruinen beibehalten wurden, war trotz aller Mühe noch nicht zu ermitteln. Eine Copie, im Besitz des Herrn Franz Kaergling in Wien, ist betitelt:

„Aria mit Chor No. 4.“

War der Schlusschor wirklich das vierte Stück; so waren ausser dem feierlichen Einzugs-Marsch mit Chor nur zwei Nummern der Musik aus den „Ruinen“ aufgeführt worden.

Chor:

Wo sich die Pulse jugendlich jagen
Schwebet im Tanze das Leben dahin.

Aria. Sopran:

Lasst uns im Tanze das fliehende Leben
Neckend erhaschen, dem Winke entschweben,
Ist es im Herzen arglos und jung,
Ist selbst das Sterben zur Ruhe ein Sprung.
Ja, ein Sprung.

Chor:

Ist es im Herzen etc.

Solo. Andante Arioso e Cantabile:

Paart sich im Tanze die Anmuth im Blicke,
In den Gebährden die Grazien mild,
Wird es ein Bild des verschönerten Lebens
Lasset im Tanzen glühendes Leben
Fröhlich entfalten mit heiteren Sinnen.

Chor:

Lasset im Tanzen etc. etc.

---

## 236.

**Allegretto für Orchester.** Es dur. Dem Herrn Carl Holz gewidmet von den Verlegern. (B. u. H. V. 124.)

Componirt 1822.

Aufgeführt spät Abends 3. Nov. 1822.

Das Ms., im Besitz von Artaria u. Co., ist überschrieben:

„Allegretto Menuetto," nachher durchgestrichen, dann mit Bleistift: „Gratulations-Menuett."

Erschienen nach Beethoven's Tode bei Artaria u. Co.

In einem Briefe an Peters (Leipzig), vom 20. Dec. 1822, schreibt Beethoven:

„Von kleinern Werken könnten Sie noch haben: Variationen für 2 Oboen und 1 Englisch Horn über das Thema aus Don Giovanni: Da ci la mano. — Einen Gratulations-Menuett für ganzes Orchester."

## 237.

**Der Kuss. Ariette für eine Singstimme und Clavier.** Text: „Ich war bei Chloe ganz allein" von Weisse.

Componirt 1822.

Das Original-Ms., im Besitz des Musik-Händlers Ascher in Wien, ist von Beethoven überschrieben:

„Ich war bei Chloe ganz allein.
1822 im Novemb."

Angezeigt im Intell.-Blatt Nr. 13 der Caecilia B. IV (1825) unter den neuen Musikalien, welche bei Schott's, Mainz, in den Monaten Juni, Juli, August 1825 erschienen waren.

## 238.

**Neunte Symphonie für Orchester, vier Solo- und vier Chor-Stimmen.** D moll. Op. 125. Dem König Friedrich Wilhelm III. von Preussen gewidmet.

Componirt 1822—1823.
Aufgeführt 7. Mai 1824.

Titel der Original-Ausgabe:

„Sinfonie mit Schlusschor über Schiller's Ode: „An die Freude" für grosses Orchester, 4 Solo- und 4 Chor-Stimmen, componirt und Seiner Majestät dem König von Preussen Friedrich Wilhelm III. in tiefster Ehrfurcht zugeeignet von Ludwig van Beethoven. 125tes Werk. Eigenthum der Verleger. Mainz und Paris, bey B. Schott's Söhnen. Antwerpen bey A. Schott."

Im Intell.-Blatt der Caecilia, B. III. (1825) Nr. 9, befindet sich eine: Einladung zur Subscription d. d. 20. April 1825.

Im Intell.-Bl. der Caecilia, B. V. (1826) Nr. 18, befindet sich die Symphonie unter „Neuen Verlags-Werken", welche bei Schott in den Monaten April, Mai u. Juni 1826 erschienen sind:

Von den vielen Skizzen und Entwürfen zu der 9. Symphonie, im Besitz von Artaria u. Co., Herrn G. Petter, der Königl. Bibliothek in Berlin (Schindler- und Landsberg'sche Sammlung) etc., seien hier nur folgende erwähnt:

In dem Petter'schen Notirbuche, aus den Jahren 1811—12, (bei der 7. u. 8. Symphonie citirt), steht ganz unten auf Seite 83:

„Freude schöner Götter Funken, Tochter, Ouverture ausarbeiten."

Seite 84:

„Adagio in Edur, Hörner, Sordini, Echo etc."

„Sinfonie"

S. 86. „Freude schöner Götter Funken Tochter aus Elisium. Abgerissene Sätze wie Fürsten sind Bettler u. s. w. nicht das ganze."

Weiter unten wieder: „Abgerissene Sätze aus Schiller's Freude zu einem ganzen gebracht."

Folgendes Thema ist aus diesem Buche:

„Ouverture Schiller."

In dem Artaria'schen Notirbuch P (bei der Messe schon citirt) folgt gleich auf das „Dona nobis, etc." Skizzen zum Schlusschor zur „Weihe des Hauses", Sept. 1822, einige Seiten darauf, ein paar Zeilen, welche nicht ganz zu entziffern waren, aber ungefähr so lautend:

„Finale. Freude schöner Götter Funken Tochter Elisium. Die Sinfonie aus 4 Stücke, aber das 2te Stück in $^2/_4$ takt wie in dem 1sten das 4. können in $^6/_8$ takt dur seyn u. das 4te Stück recht fugirt."

Später finden wir:

„Quintett in Cmoll wie das in Es mit den Blasinstrumenten," und dann Skizzen dazu mit dreimaligem „Mellieur."

Auf der nächstfolgenden Seite:

„Auch statt einer neuen Sinfonie eine neue Ouverture an Bach fest fugirt auf 3 Posaunen"; und auf derselben Seite:

„Sinfonie allemand entweder mit Variationen, auf den Chor alsdan eintritt oder ohne Variationen.

„Ende der Sinfonie mit türkischer Musik u. Singchor den rythmu von 3 takte im Gloria" (unleserlich).

Das Original-Manuscript (in der Königl. Bibliothek zu Berlin) führ keinen Titel; dagegen das Dedikations-Exemplar, welches Beethoven dem Könige Friedrich Wilhelm III. zusandte, — eine von Beethoven sehr sorgfältig revidirte und korrigirte Copie (ebenda), — hat folgenden von ihm eigenhändig geschriebenen Titel:

„Sinfonie"
mit Schluss-chor über Schiller's Ode: „an die Freude",
für grosses Orchester, 4 Solo und 4 chor-stimmen,
componirt
und
Seiner Majestät dem König von Preussen
Friedrich Wilhelm III.
in tiefster Ehrfurcht zugeeignet.
von
Ludwig van Beethoven.
125tes Werk."

## 339.

**Stammbuch-Blatt für eine Singstimme und Clavier.**

Componirt 1823.

Im Album der Gräfin Wimpfen, Text aus Goethe's Gedicht: „da Göttliche."

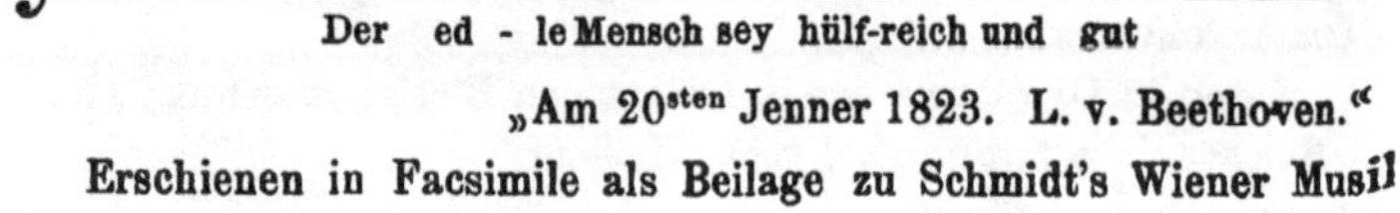


„Am 20sten Jenner 1823. L. v. Beethoven."

Erschienen in Facsimile als Beilage zu Schmidt's Wiener Musil Zeitung 23. November 1843.

### 240.

**XXXIII Variationen für Clavier.** Cdur. Op. 120. **Ueber einen Walzer von Diabelli. Madame Brentano gewidmet.**

Componirt 1823.

Der Titel (nicht von Beethoven geschrieben) des Original-Ms., im Besitz des Herrn Musikverlegers Spina in Wien, lautet:

„33 Variazionen über ein Walzer-Thema von Ludw. van Beethoven. Manuscript 1825."

Die Angabe „1825" ist irrig.

Titel der Original-Ausgabe:

„33 Veränderungen über einen Walzer für das Piano-Forte componirt und der Frau Antonia von Brentano gebornen Edlen von Birkenstock hochachtungsvoll zugeeignet von Ludwig van Beethoven. 120stes Werk. Eigenthum der Verleger. Wien bei A. Diabelli et Comp., Graben No. 1133. Leipzig bei H. A. Probst." Nr. 1386.

Anzeige von Cappi u. Diabelli in d. Wiener Ztg. vom 16. Juni 1823.

„Beethoven. 33 Variationen etc.

„Wir biethen hier der Welt keine Variationen der gewöhnlichen Art dar, sondern ein grosses und wichtiges Meisterwerk, würdig den unvergänglichen Schöpfungen der alten Classiker angereiht zu werden, und so wie es nur Beethoven, der grösste jetzt lebende Repräsentant wahrer Kunst, einzig und allein liefern kann. Die originellsten Formen und Gedanken, die kühnsten Wendungen und Harmonieen sind hier erschöpft, alle auf ein solides Spiel gegründete Effecte des Pianofortes benützt, und noch interessanter wird diess Werk durch den Umstand, dass es über ein Thema hervorgebracht wurde, welches wohl sonst niemand einer solchen Bearbeitung für fähig gehalten hätte, in der unser hoher Meister als einzig unter seinen Zeitgenossen dasteht. Die herrlichen Fugen No. 24 und 32 werden jeden Freund und Kenner des ernsten Styls, so wie die Nummern 6, 16, 17, 23 etc. die brillanten Spieler überraschen und überhaupt alle diese Veränderungen durch die Neuheit der Ideen, Sorgfalt der Ausarbeitung und Schönheit der kunstreichsten Transitionen diesem Werke einen Platz neben Seb. Bach's bekannten Meisterstücken ähnlicher Art anweisen. Wir sind stolz darauf, die Veranlassung zu dieser Composition gegeben zu haben und waren auch möglichst bemüht in Rücksicht des Stiches Eleganz mit grösster Correcktheit zu vereinen."

Schindler sagt (II. 35):

„Anfangs May (1823) bezog der Meister die — — — — Villa des Baron von Pronay zu Hetzendorf. Die zunächst vorgenommene Composition war die *Bearbeitung* des Diabelli'schen Walzers."

Am 12. Mai war Beethoven noch in Wien und die Variationen waren schon beinahe fertig. Er schrieb sogar am 25. April an Ries: „Sie erhalten ebenfalls in einigen Wochen neue 33 Variationen über ein Thema Ihrer Frau gewidmet."

Meint Schindler, dass dieses Werk in Hetzendorf componirt wurde, so ist er im Irrthum. Aus obigen Daten geht deutlich hervor, dass Beethoven in Hetzendorf zwischen dem 14. May und dem 16. Juni sich nur mit der Correctur des Stiches beschäftigen konnte, da das Werk schon früher in den Händen der Verleger gewesen sein muss.

---

### 241.

**Canon zu sechs Stimmen.** Text von Goethe.
Erschienen als Beilage zur Wiener Mode-Zeitung 21. Juni 1823.
Titel:

„Canon zu sechs Stimmen von Ludwig van Beethoven, Worte aus dem Gedichte: Das Göttliche, von Goethe."

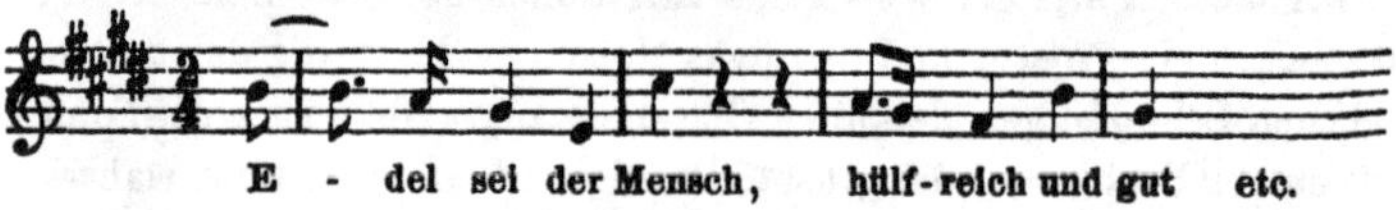


---

### 242.

**Erinnerungsblatt**, (mit Bleistift geschrieben),

1823.

„Vösslau am 27^sten Septemb. [1823.]
von L. v. Beethoven
an Frau v. Pachler."

---

### 243.

**Gesangstück**, mit Italienischem Texte, für den Componisten Soliv als Autograph.

Componirt im Frühjahr 1824.

---

## 244.

**Quartett für 2 Violinen, Bratsche und Violoncell.** Es dur. Op. 127. Dem Fürsten Nicolaus von Galitzin gewidmet.

Componirt 1824.

Das Original-Ms. des ersten Satzes, im Besitz von Herrn P. Mendelssohn, hat den eigenhändigen Titel:

Quartetto per due Violini, Viola et Violoncello. 1824.

L. v. Beethoven."

Auf Seite 1: „Geschrieben 1824."

Das Original-Ms. des Scherzos ist im Besitz von Madame Viardot Garcia in Paris.

Dieses Quartett wurde zum Erstenmal öffentlich aufgeführt in Schuppanzigh's Concert vom 6. März 1825.

Im Intell.-Blatt der Caecilia Nr. 18 (1826) angezeigt und zwar unter: „Neue Verlags-Werke bei Schott's in Mainz, in den Monaten April, May u. Juni 1826 erschienen."

Ist gleichzeitig auch in vierhändigem Clavier-Auszug erschienen.

## 245.

**Canon.** Auf einen, welcher Schwenke geheissen.

„Für Hrn. Schwenke aus Hamburg, 17. Nov. 1824."

Erschienen in der Caecilia II. 206. 1825.

## 246.

**Walzer für Clavier.** Beitrag zu Müller's Angebinde zum Neuen Jahr 1825."

Erschienen Ende 1824.

## 247.

**Adagio, Variationen und Rondo** für Clavier, Violine und Violoncell, G dur. Op. 121ª. Thema: „Ich bin der Schneider Kakadu", aus Müller's „Schwestern von Prag."

Erschienen 1824.

Angezeigt von Steiner u. Co. in der Wiener Ztg. vom 6. Mai 1824.

Müller's „Schwestern von Prag" wurden zum Erstenmal in Prag im Jahre 1794 aufgeführt; in Wien 1813.

## 248.

**Canon.**

1825. (?)

Erschienen in Facsimile im 10. Heft des Hirschbach'schen Repertoriums 1844.

---

## 249.

**Erinnerungsblatt,** für Herrn Rellstab.

Geschrieben am 3. Mai 1825.

Siehe Rellstab's „Garten und Wald" Band V.

---

## 250.

**Quartett für 2 Violinen, Bratsche und Violoncell.** A moll. Op. 132. Dem Fürsten Nicolaus von Galitzin gewidmet.

Componirt 1825.

Das Original-Ms., im Besitz von Herrn P. Mendelssohn, ist überschrieben:

„2tes Quartett 1825 von L. v. Bvn."

Auf Seite 60:

„2ter Satz. Heiliger Dankgesang an die Gottheit eines Genesenen in der Lidischen Tonart. NB. Dieses Stück hat immer *h* , nie wie gewöhnlich *b* "

Beim 32. Takt: „Andante, neue Kraft fühlend."

Erschienen bei Schlesinger (Berlin u. Paris) und angezeigt im Verzeichnisse der Neuen Musikalien zur Michaelis-Messe 1827.

Durch einen Brief von Carl Holz, in Gassner's Zeitschrift IV. Nr. 24, ist das Datum der Entstehung dieses Quartetts folgenderweise festgestellt:

„Als Beethoven im Mai 1825 sein .... Quartett in A moll beendigt hatte, bezog er eine Sommerwohnung in Guttenbrunn bei Baden."

Die Opuszahl sollte eigentlich 130 sein.

---

## 251.

**Canon.**

1825.

Aus einem Briefe an Dr. Braunhofer vom 11. Mai 1825.

Erschienen in Facsimile als Beilage z. Wien. Telegraph Nr. 2. 1838.

## 252.

**Canon.**

1825.

Dieser Canon befindet sich unter Skizzen zu den Quartetten in Cismoll. Op. 131, und in B dur Op. 130, in einem Notirbuch in der Berliner Königlichen Bibliothek.

Eine Abschrift von Beethoven selbst ist in Facsimile, als Beilage zu Marx's Beethoven, erschienen.

## 253.

**Canon.** (B. u. H. V. 149.)

Componirt September 1825.

Abgedruckt in „Beethoven's Studien." Anhang S. 26.

An Herrn Friedrich Kuhlau.

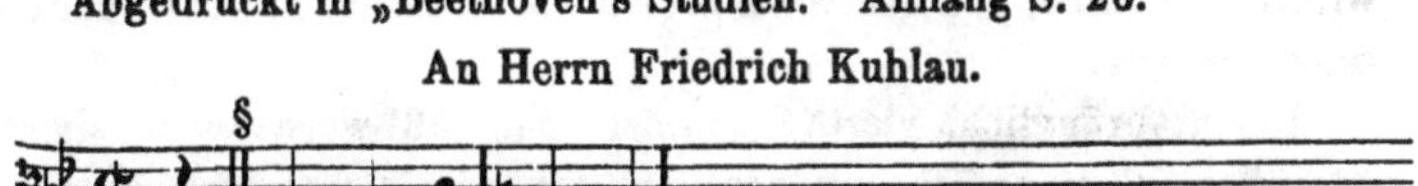


In einem Conversations-Heft aus derselben Zeit steht dieser Canon von Beethoven's Hand so geschrieben:

## 254.

**Erinnerungs-Blatt** für Sir George Smart.

Geschrieben am 6. September 1825.

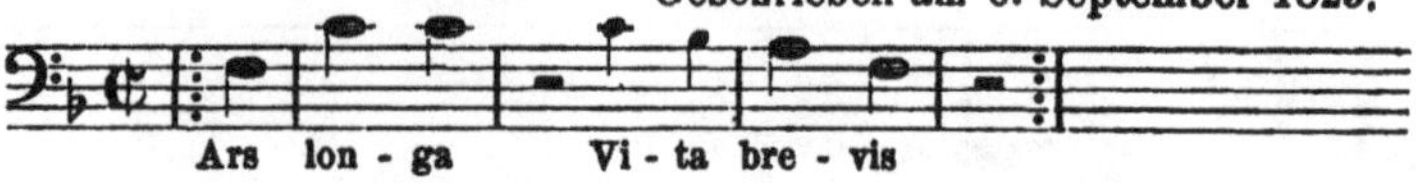


## 255.

**Quartett für 2 Violinen, Bratsche und Violoncell.** B dur. Op. 130. Dem Fürsten Nicolaus von Galitzin gewidmet.

Componirt 1825.
Erste öffentliche Aufführung 21. März 1826.

Das Original-Ms. des ersten Satzes, im Besitz von Herrn P. Mendelssohn, ist von Beethoven überschrieben:

„3tes Quartett."

In einem Conversations-Heft d. d. November 1825 in der Königl. Bibliothek befindet sich folgendes:

Beethoven: „Titel auf das Quartett:"

Eine andere Hand: „3ième Quatuor. Pour deux Violons, Viola et Violoncello, composé aux désirs de S. A. Monseigneur le Prince Nicolas Galitzin et dedié au même."

Beethoven: „par L. v. B."

Im Januar 1826 schreibt Carl Holz in einem Conversations-Heft:

„Das Quartett wird auf der Stelle gedruckt. Es wird auf diese Art das dritte Quartett früher erscheinen als die ersten Beiden," — was wirklich geschah, und das Werk erhielt die Opuszahl 130 statt der richtigen Op. 131.

Der ursprüngliche vierte Satz (siehe No. 256) wurde nach einmaliger öffentlicher Aufführung beseitigt und der jetzige statt dessen in Gneixendorf im October und November 1826 geschrieben. — Beethoven's allerletzte fertig gewordene Arbeit. [Schindler II. 115.]

Erschienen bei Matthias Artaria (Wien) 1826.

Das Original-Ms. des letzten Satzes ist im Besitz des Musikhändlers Hrn. Ascher in Wien.

## 256.

**Fuge für 2 Violinen, Bratsche und Violoncell.** B dur. Op. 133. Dem Cardinal-Erzherzog Rudolph gewidmet.

Componirt 1825.

Ursprünglich der vierte Satz des B dur-Quartetts Op. 130.

Erschienen bei Matthias Artaria (Wien).

Das Original- (?) Ms. ist im Besitz von Artaria u. Co. in Wien.

Dieselbe Fuge, in vierhändigem Clavier-Auszuge vom Componisten, erschien als Op. 134.

Dass Schindler's Angabe, dieser Clavier-Auszug sei nicht von Beethoven, sondern von Anton Halm (Schindler II. 118), unrichtig ist, geht aus folgender Mittheilung des Herrn Halm selbst deutlich hervor:

In Schuppanzigh's Concert vom 21. März 1826 spielte Halm die Clavier-Partie des grossen Trio's in Bdur Op. 97. „Bald darauf,“ erzählte Halm, „ersuchte mich Beethoven, eine Fuge, die als letztes Stück von diesem Quartett in B dur componirt war, einmal öffentlich gespielt wurde und später wegblieb, zu 4 Händen für Piano-Forte zu arrangiren. — — Er sah es durch und äusserte sich: Sie haben mir diese Stimme zu viel zertheilt in Prim und Second. — — — Beethoven hat die Fuge deshalb selbst arrangirt und so wurde sie herausgegeben.“

---

## 257.

**Canon.**

„Zum Andenken für Hrn. Theo. Molt von L. v. Beethoven.

Wien am 16ten December 1825.“

Original-Ms., im Besitz des Herrn Molt, Sohn; Copie davon im Besitz von A. W. Thayer.

Siehe auch Notirbuch in der Königl. Bibliothek in Berlin unter Skizzen zur 10. Symphonie und den letzten Quartetten.

---

## 258.

**Walzer für Clavier.** Beitrag zu Müller's „Fünfzig Walzer“ 1826.

Erschienen Ende 1825.

---

## 259.

**Ecossaise für Clavier.** Beitrag zu Müller's „Fünfzig Walzern“ 1826.

Erschienen Ende 1825.

---

## 260.

**Quartett für 2 Violinen, Bratsche und Violoncell.** Cis moll. Op. 131. Dem Baron von Stutterheim gewidmet.

Componirt im Frühjahr 1826.

Erschienen bei Schott in Mainz und angezeigt im Intell.-Blatt der Caecilia VII. Nr. 25:

„Wir sind stolz darauf, zugleich anzeigen zu können, dass auch Beethoven's letztes Quartett (aus Cis moll, Op. 129, für 2 Violinen, Viola und Vcll.) sich bei uns bereits unter der Presse befindet. Mainz, im April 1827."

Das Original-Ms. des Andante ist im Besitz des Herrn P. Mendelssohn.

Skizzen sind in der Königl. Bibliothek zu Berlin, auch bei Artaria u. Co. in Wien vorhanden.

Die Opuszahl sollte eigentlich 132 sein.

---

## 261.

**Canon.**

Geschrieben im July 1826.

*Schnell, im Eifer.*

Erschienen in Facsimile als Beilage zu Gassner's Zeitschrift III. 133 (1843).

---

## 262.

**Quartett für 2 Violinen, Bratsche und Violoncell.** F dur. Op. 135. Dem Herrn Johann Wolfmeier gewidmet.

Componirt im Sommer u. Herbst 1826.

Die Original-Mss. des zweiten und dritten Satzes sind im Besitz des Musikhändlers Ascher in Wien; letzterer ist überschrieben:

„Der Schwergefasste Entschluss. Es muss seyn!"

Erschienen bei Schlesinger in Berlin und angezeigt im Verzeichnisse der neuen Musikalien zur Michaelis-Messe 1827.

In einem Conversations-Hefte aus dem Frühjahr 1823 schreibt Beethoven's alte „Frau Schnaps":

„Es ist heute Samstag und ich muss wieder Geld haben. — Es muss seyn."

In einem ähnlichen Hefte vom Juli 1826 schreibt C. Holz:

„Dem Dembscher habe ich das Billet gegeben; er lachte und fragte, ob es seîn muss?"

In einem Hefte vom December 1826 steht von Beethoven's Hand:

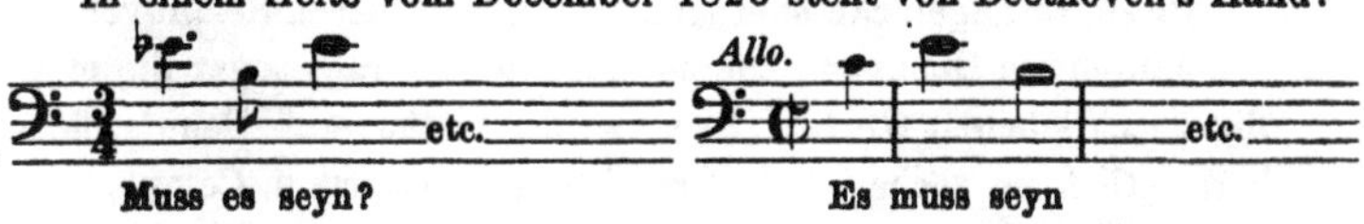


Darauf folgt Mehreres von Schuppanzigh und Schindler geschrieben, welches in Schindler's Schrift so schliesst:

Die Alte braucht wieder ihr Wochengelt."

Die Opuszahl sollte 133 oder 134 sein.

---

Folgende Werke aus verschiedenen Lebensperioden des Meisters sind hier am Ende angeführt, hauptsächlich, weil nähere Aufschlüsse über den Zeitpunkt ihrer Entstehung noch immer in den Notizen des Verfassers fehlen; zum Theil aber, weil die Werke nicht vollendet sind.

## 263.

**Drei Canons** in Seyfried's „Beethoven's Studien" gedruckt, S. 327, 329, 331.

Entwurf eines endlichen Canons für die Diskantstimmen.

1. 

Canon für drey Männerstimmen.

2. 

Canone a quatro voci.

3. 

Diese Canons werden von Herrn Nottebohm Beethoven zugeschrieben aus dem Grunde, dass sie noch in seiner Handschrift in Wien vorhanden sind.

---

### 264.

**Italienische Gesänge.** Ein- bis vier-stimmig, meistentheils ohne Begleitung und noch ungedruckt.

Diese Gesangstücke sind sicherlich zum Theil in Beethoven's späteren Jahren als Uebungen componirt; ein Ms. trägt sogar die eigenhändig geschriebenen Worte: „Exercizii da Beethoven." Behufs dieser Arbeit entlieh er sechs Bände Gedichte von Artaria u. Comp., die nach seinem Tode in einem Reclamirungs-Verzeichnisse folgenderweise aufgeführt sind:

„Metastasio. Werke in mehreren Bänden, welche Hr. v. Beethoven am 26. July 1814 geliehen erhielt."

In derselben Liste befindet sich auch:

„Eine ihm bereits bezahlte italienische Aria seiner Composition in Partitur, welche sich derselbe am 27. Sept. 1814 zu nochmaliger Durchsicht von Artaria u. Comp. zurückgeben liess und seitdem noch nicht abgeliefert hat."

Dieses Stück war „Primo Amore. Rondo Vocal."

Einige dieser Compositionen findet man aber sehr früh — „O care selve" z. B. — vielleicht sogar aus der Bonner Zeit skizzirt, während andere nur als Uebungen während seiner Lehrzeit, etwa um 1797—8, angesehen werden können.

1. „Fra tutte le pene", für Tenor- u. Bass-Stimmen und Clavier. Text aus „Zenobia" Atto III. scena 9 von Metastasio.

Duo.

2. „Fra tutte le pene", für Sopran-, Alt- und Tenor-Stimmen und Clavier.

Terzetto.

3. „Fra tutte le pene", für Sopran-, Alto-, Tenor- u. Bass-Stimmen und Clavier.

Quartetto.

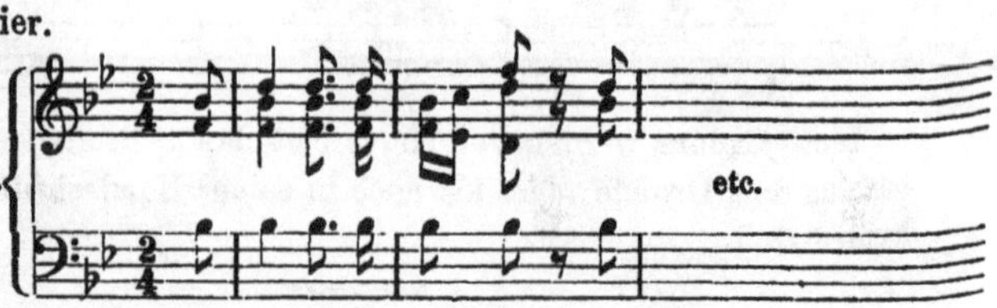

„Bei labbri che Amore." Sopran- u. Tenor-Stimmen und Clavier.
ct aus „La Gelosia" von Metastasio.

ra. 

„Ma tu tremi o mio tesoro." Sopran, Alt, Tenor und Clavier.
:te und Da Capo.
ct aus „La Tempesta" von Metastasio.

o. 

„Quella cetra ah tu." Sopran, Alt, Tenor und Bass, Clavier.
cte.
xt aus „Cantata Pel Giorno natalizio di Maria Terese" von Me-
o.

:to. 

„Nel mirarvi o boschi." Sopran, Alt, Tenor, Bass und Clavier.
tte.
xt aus „Strofe per musica" von Metastasio.

tto. 

Dieselbe Melodie als Duett mit Clavier. 17 Takte.

„Quanto è bella la Campagna." Sopran, Tenor, Bass und Clavier.
kte.

to. 

10. „Venne contento." Duo, ohne Begleitung. 18 Takte.

11. „Su questo collo erboso." Duo, ohne Begleitung. 63 Takte.

2. Stimme.

12. „La pastorella al prato." Sopran, Alt, Tenor, Bass und Clavier. 65 Takte.

Quartetto.

13. „O care selve antiche." Sopran, Ten., Bass u. Clavier. 30 Takte. Text aus „Olimpiade Atto I. Sc. 4" (?) Metastasio.

Terzetto.

14. „Se lontan ben mio." Sop. 1, Sop. 2, Bass u. Clavier. 18 Takte. Text aus „Strofe per Musica" von Metastasio.

Terzettino.

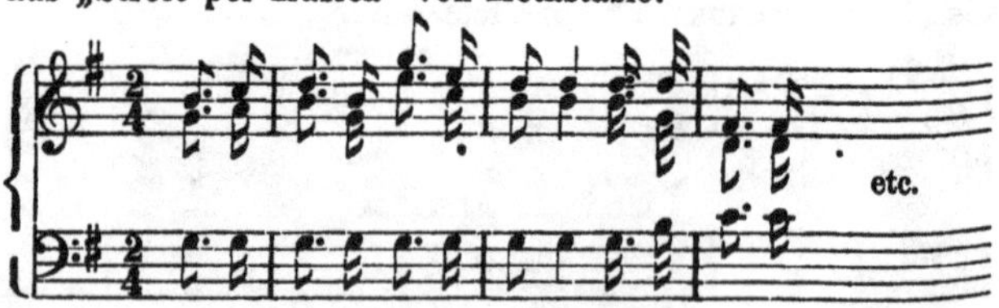


15. „L'onda che mormora." Sop., Ten., Bass u. Clavier. 30 Takte. Text aus „Siroe", Atto I. Sc. 9, von Metastasio.

Terzetto.

16. „Chi mai di questo core.“ Sop., Ten., Bass u. Clav. 40 Takte. Text aus „Il Ritorno“ von Metastasio.

Terzetto.

17. „Se vivo in te l'amato.“ Sop., Ten. u. Clavier. 20 Takte.

Duo. (Tenor 8ve.)

18. „Per te d'amico Aprile.“ Sop., Alt, Bass u. Clavier. 22 Takte. Text aus „Il Nome“ von Metastasio.

Terzetto.

19. „Nei Campi, nelle selve.“ Sopran, Alt, Ten., Bass und Clavier. 45 Takte und D. C.

Coro.

20, „Quella cetra ah pur.“ Sopran, Tenor, Bass, ohne Begleitung. 20 Takte.

Text aus „Cantata Pel giorno natalizio di Maria Teresa“ von Metastasio.

Terzetto.

21. Derselbe Text. Sop., Alt, Ten., Bass, ohne Begleitung. 18 Takte.

Quartetto.
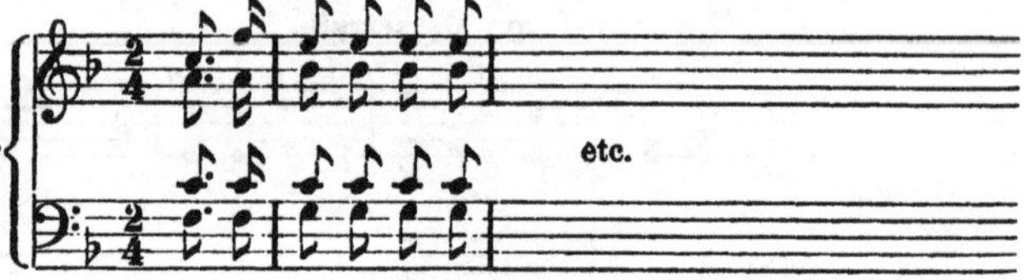


22. „Nei campi nelle selve." Sopran, Alt, Tenor, Bass und Clavier. 36 Takte.

Coro.

23. „No, non turbati." Sopran, Recit. ed Aria, mit Begleitung von Streichinstrumenten. 133 Takte.

Text aus „La Tempesta" von Metastasio.

Recit.

24. „O care selve." Coro, Solo, Coro D. C.

Text aus „Olimpiade", Atto I. Sc. 4, von Metastasio.

Coro.
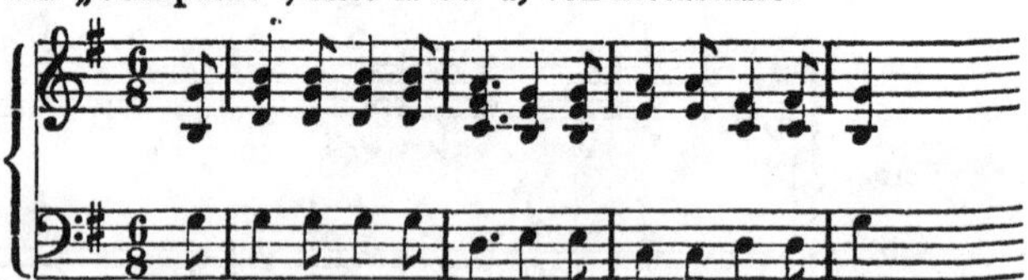

25. „Duetto da Luigi van Beethoven."

„Nè giorni tuoi felici." Sopran, Tenor u. Orchester. (Ms. 28 Seiten.)

Text aus „Olimpiade", Atto I. Sc. 10, von Metastasio.

Tenor.
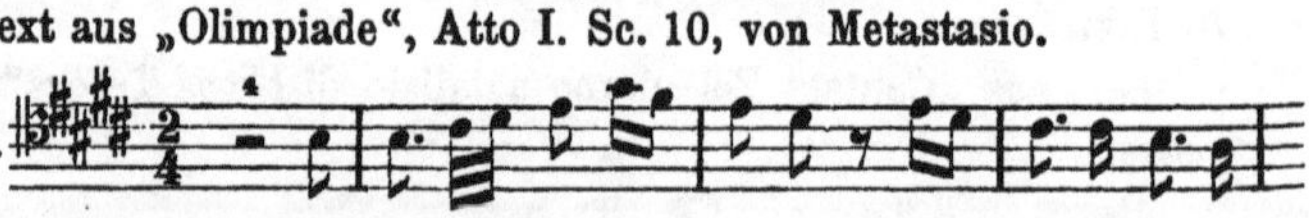

26. „Giura il nocchier." Sopran, Alt, Tenor und Bass.

Text aus „la Gelosia" von Metastasio.

27. „Già la notte." Sopran, Alt, Tenor, Bass.
Text aus „La Pesca" von Metastasio.

28. „Già la notte." Alt, Tenor, Bass.
Text aus „La Pesca" von Metastasio.

29. „Fra tutte le pene." Sopran, Alt, Tenor, Bass.
Text aus „Zenobia", A. III. Sc. 9, von Metastasio.

30. „Fra tutte le pene." Sopran, Alto, Tenor.

31. „Silvio, amante disperato." Sop., Alto, Ten., Bass. 26 Takte.

32. Scena „Primo Amore" und Aria „Tal amor piacer del ciel", für Sopran mit Orchester.

## 266.

**Vocal-Terzett.** Volivia (Sopran), Sartagones (Tenor), Porus (Basso).
Ein unvollendetes Ms., im Besitz des Musik-Vereins in Wien.

## 267.

**„Erlkönig", für eine Singstimme und Clavier.**
Eine brauchbare Composition dieses Liedes (Autograph) ist im Besitz des Componisten Dessauer in Wien.

## 268.

**Lied für eine Singstimme und Clavier.**

Das Ms. in der Musikvereins-Bibliothek ist überschrieben:

„Pour Madame Weissenthurm par Louis van Beethoven.“

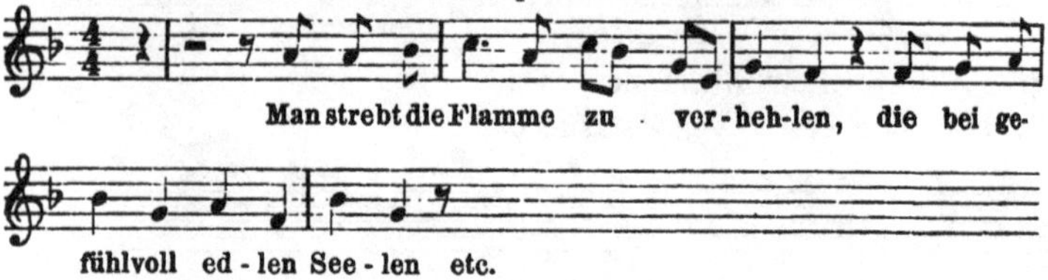


## 269.

**Duett für Gesang und Clavier.**

Original-Ms. im Besitz von Artaria u. Co.

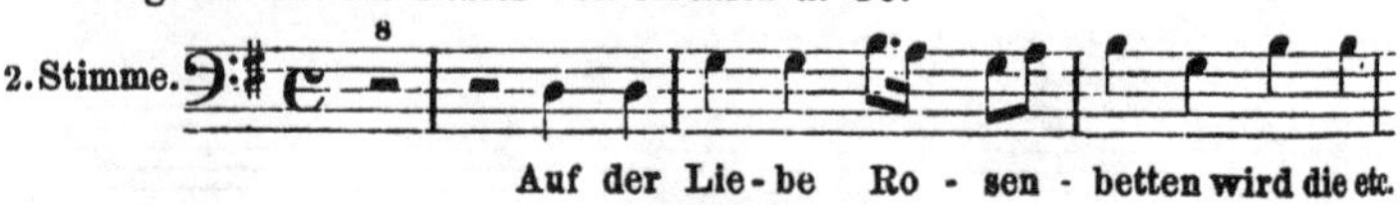


## 270.

**„Schilderung eines Mädchens“**, für eine Singstimme und Clavier. Text von Bürger.

Erschien 1783.

Titel der Original-Ausgabe in Bossler's Blumenlese für 1783:

„Schilderung eines Mädchens, von Herrn Ludwig van Beethoven, alt eilf Jahr.“

Ist auch aus Beethoven's Nachlass nach dem Original-Manuscript von Diabelli herausgegeben unter dem Titel:

„Seufzer einer Ungeliebten.“

## 271.

**„Die laute Klage“, für eine Singstimme und Clavier.** Text von Herder. (B. u. H. V. 147.)

Aus Beethoven's Nachlass von Diabelli u. Co. herausgegeben.

## 272.

**Elegie auf den Tod eines Pudels, für eine Singstimme und Clavier.**

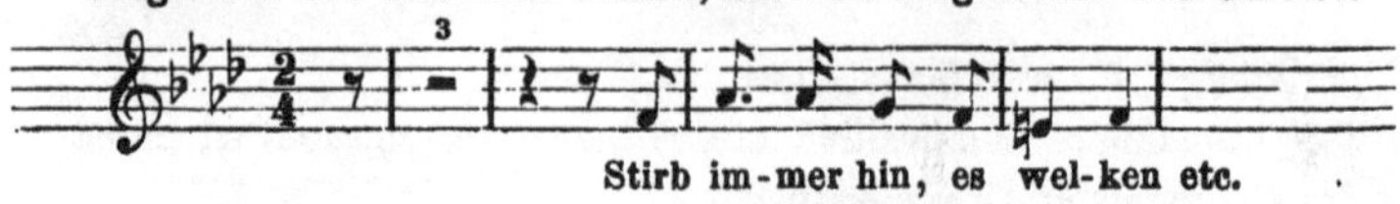

**273.**

**„Gedenke Mein,“ für eine Singstimme und Clavier.** Aus dem Nach-
asse herausgegeben von Haslinger. (B. u. H. V. 143.)

Erschien auch als Clavier-Stück in Cock's Mus. Miscellany, London
l. Nov. 1852, mit folgender Ueberschrift:

„Original-Thema von Beethoven, welches er einst für den Erzher-
zog Rudolph componirte. Contributed by Carl Czerny.“

**274.**

**„Der Gesang der Nachtigall“, für eine Singstimme und Clavier.** Text
ıus Sadi's Rosenthal von Herder.

**275.**

**„Klage“, Lied für eine Singstimme und Clavier.** Text von Hölty.
Ms. in der Musik-Vereins-Bibliothek in Wien.

**276.**

**Lied für eine Singstimme und Clavier.**
Ms. in der Musik-Vereins-Bibliothek in Wien.

**277.**

Ein Zettel in der K. K. Bibliothek in Wien enthält folgendes mit
ˈleistift geschrieben:

**278.**

**Canon.**

Ms. im Besitz des Herrn Joseph Street in London.
Abgedruckt in d. Leipz. Allg. Mus.-Ztg. (Neue Folge), 16. Dec. 1863.

### 279.

**„Introduzione del II^do^ Atto.“**

So ist ein Stück (40 Takte) für ganzes Orchester überschrieben, welches sich im Besitz des Herrn C. Haslinger befindet.

### 280.

**Rondo für Clavier und Orchester.** Bdur. (B. u. H. V. 125.)

Aus dem Nachlasse, erschienen bei Diabelli u. Co.

In einem Ms.-Catalog, im Besitz des Herrn Dr. Sonnleithner, steht folgende Bemerkung:

„Dieses Rondo fand sich unvollendet in B's Nachlasse. Carl Czerny hat den Schluss dazu gesetzt und die Begleitung ergänzt.“

### 281.

**Ein Concert** für Oboe und Orchester soll früher im Besitz der Firma Diabelli u. Co. gewesen sein.

### 282.

**Sextett** (incomplet) für Oboe, Clarinett, 3 Hörner und Fagott. — (Allegro und Menuett).

Das Ms. ist im Besitz von Artaria u. Co.

### 283.

a) **Zapfenstreich** Nr. 1.

b) **Trio** zu Zapfenstreich Nr. 3.

c) **Zwei Zapfenstreich-Trios.**

Sämmtlich für Militär-Musik.

Noch Ms. und im Besitz von Artaria u. Co.

## 284.

**Marsch in geschwindem Tempo.**

Eine Copie, im Besitz von Artaria u. Co.

## 285.

VII **Variationen** für 2 Oboen und englisches Horn. C dur. Thema: „Reich mir die Hand“ aus „Don Juan.“

Ungedruckt.

Nach der Schrift zu urtheilen um 1800.

Das Ms. ist im Besitz von Artaria u. Co.

## 286.

**Sonate Nr. 15. für Clavier.** Angeführt in Gräffer's Catalog der Beethoven'schen Werke, als bei Mollo erschienen.

Dr. Sonnleithner bemerkt: „Die Existenz dieser Sonate wird bezweifelt, weil selbe im gedruckten Verlags-Catalog nicht vorkommt.“

## 287.

VI **Bagatellen und eine Allemande für Clavier.**

Ms. im Besitz von Artaria u. Co.

## 288.

VIII **Variationen für Clavier.** Thema: „Ich hab' ein kleines Hüttchen nur.“ (B. u. H. V. 136.)

Erschienen bei Dunst in Frankfurt.

## 289.

**Rondo für Clavier.** „Die Wuth über den verlornen Groschen, ausgetobt in einer Caprice.“ G dur. Op. 129.

Aus dem Nachlasse. Erschienen bei Diabelli u. Co.

## 290.

III **Tänze für Orchester**. Nummerirt 3, 9 u. 11.

Die Original- (?) Partitur ist im Besitz von Artaria u. Comp.

Nr. 3.

Violine I. 

Nr. 9.

Violine I. 

Nr. 11.

Violine I. 

---

## 291.

„XII **Deutsche, im Clavierauszuge**, welche in dem k. k. kleinen Redouten-Saale aufgeführt worden, componirt von H. v. Beethoven“, – in D, B, G, D, F, B, D, G, Es, C, A, D.

So lautet der Titel eines schönen Ms. im Besitz von Herren Artaria u. Co.

1. 

2. 

---

## 292.

VI **Menuetten** für Clavier. C, G, Es, B, D, C. (B. u. H. V. 139.) 2. Theil. Erschienen bei Diabelli u. Co.

Eine Bemerkung von Dr. Sonnleithner über diese Menuetten lautet: „Diese 6 Menuetten sind zwar bei Artaria et Comp. (?) nur für das P.-F. erschienen, aber aus dem Satze selbst und aus der Bezeichnung 2ter Theil ist höchst wahrscheinlich, dass sie für das Orchester componirt wurden.“

---

## 293.

**VI Menuets mit Trios für 2 Violinen und Bass.**

Eine Copie (Stimmen), im Besitz von Artaria u. Co., hat folgenden Titel:

„6 Menuetti a Violini 1. 2., e Basso del
sig. Ludovico van Beethoven.“

1.

Violine I. 

2.

3.

4.

5.

6.

---

## 294.

**Ecossaise.** In Haslinger's „Pfennig Magazin“, 1. Jahrg., erschienen. Dieses Stück, im Prater um das Jahr 1810 von der Harmonie-Musik gespielt, wurde von Krumpholz im Gedächtnisse behalten, und nach dessen Angabe von Carl Czerny nieder geschrieben.

---

## 295.

**Glauben, Hoffnung und Liebe.** Abschiedsgedanken für das Pianoforte. Berlin. Crantz.

In London bei Boosey mit dem Titel:
„Beethoven's Adieu to the Piano, being his last Composition. (??)
Die Echtheit ist noch zu beweisen.
Es ist ein Walzer mit Trio.

## 296.

**Concerto für Violine.** C dur.

Es ist nur das Fragment (19 Seiten) einer Reinschrift des ersten Stückes von B's Handschrift vorhanden, und unter den Autographen in der Musikvereins-Bibliothek in Wien aufbewahrt.

## 297.

**Ein Instrumental-Trio**, Autograph Beethoven's, soll im Besitz des Hrn. Wilhelm Wildfeyr in Müglitz in Mähren sein.

## 298.

**Musikalischer Spass.** Aus einem Briefe an Vincenz Hauschka.

Beethoven war nämlich bereit, ein Oratorium für die „Musik-Freunde" zu schreiben.

# Beethoven's musikalischer Nachlass.

---

## Gerichtliche Inventur und Schätzung

**d. d. 16. August 1827,**

**der zur Verlassenschaft gehörigen Musikalien und Bücher des am 26. März 1827 in Wien im Schwarzspanierhause Nr. 200 verstorbenen Tonsetzers Ludwig van Beethoven.**

---

**Gegenwärtige:**

**Brandstätter (Ferdinand), Magistrats-Sekretär.**
**v. Ortowitz (Franz), Sperr-Commissär.**
**Ohmeyer, in Vertretung des Dr. Bach als Curator.**
**Hotschever (Jacob), k. k. Hof-Concipist und Vormund [des Neffen].**

**Ferner**
**an hiezu besonders Eingeladenen:**

**Czerny (Carl), Compositeur und erbethener Zeuge.**
**Piringer (Ferdinand), k. k. Hofkammer-Registr.-Dir.-Adjunct.**
**Haslinger (Tobias), privil. Kunst- und Musikalienhändler.**
**Und die beyden Schätzmeister**
**Artaria (Dominik), privil. Kunst- und Musikalienhändler.**
**Sauer (Ignatz), gewesener – – – –**

---

## Angesprochene Werke.

Für Graf Lichnowsky.

1 Band geschriebener Inventionen und Praeludien von Bach.
6 Bände von Händel's Werken, cartonirt.

---

Für H. Schindler.

Messe von Beethoven D♯ in 3 Hymnen geschrieben.

---

Herrn von Zmeskall.

Glucks Iphigenie auf Tauris.
Orpheus und Eurydice ist abgängig.

---

Herrn v. Kuffner.

Text zu einer Cantate. 1ste Abtheilung. Saul kehrt nach glänzenden Siegen etc.

---

Für das K. K. Hof-Theater.

Textbuch zu Fidelio.
– – der edelste Mann.

---

Hrn. v. Piringer.

Gradus ad Parnassum von Fux.

---

Steiner und Compag.

Vollständige Originalpartitur der 7ten Symphonie A♯.
Siegessymphonie von der Schlacht bei Vittoria. Originalpartitur.
Finale der 8ten Symphonie. F dur.
Der heilige Augenblick. Cantate in Partitur.
Ausgeschriebene Stimmen einer Cantate und Partitur für den Chordirektor in 2 Pacqueten.

---

Artaria und Compag.

Gehörig, weil solche H. v. Beethoven geliehen worden.

6 Bände von Metastasio's Werken.
Partitur des Ballets Prometheus.
Rondo, primo Amore für Gesang.
Terzetto für 2 Oboe e Corno (anglaise).
Ouverture von Fidelio.
Andante Vivace mit Gesang.
Sonate für Pianoforte.

---

F. Starke, Kapellmeister.

No. 175. Kleinigkeiten für Klavier zu Starke's Klavierschule.

---

No. 204. Reutter. Graf Lichnowsky.

# Auctions-Catalog.

## Rubrik I.

### Beethoven's eigenhändige Notirungen und Notirbücher.

| | Geschätzt fl. | Geschätzt kr. | Verkauft fl. | Verkauft kr. |
|---|---|---|---|---|
| Notirungen und Notirbücher | 1 | — | 1 | 15 |
| „ „ „ | 1 | — | 1 | 15 |
| „ „ „ | 1 | — | 1 | 15 |
| „ „ „ | 1 | — | 1 | 16 |
| „ „ „ | 1 | — | 1 | 15 |
| Notirbuch | 1 | — | 1 | 15 |
| „ | 1 | — | 1 | 30 |
| Notirungen | 1 | — | 1 | 25 |
| „ | 1 | — | 1 | 15 |
| „ und Skizzen | 1 | — | 1 | 15 |
| Notirbuch | 1 | — | 2 | 12 |
| Notirungen und Skizzen | 1 | — | 1 | 15 |
| Notirungen | 1 | — | 1 | 16 |
| „ | 1 | — | 1 | 15 |
| „ | 1 | — | 1 | 15 |
| „ | 1 | — | 2 | 06 |
| Notirbuch | 1 | — | 2 | 50 |
| Notirungen | 1 | — | 1 | 22 |
| „ | 1 | — | 1 | 30 |
| „ | 1 | — | 2 | 10 |
| Notirbuch | 1 | — | 2 | 02 |
| „ | 1 | — | 3 | — |
| Notirungen | 1 | — } | | |
| Notirbuch | 1 | — } | 3 | 01 |
| Notirungen | 1 | — } | | |
| „ | 1 | — | 1 | 30 |
| „ | 1 | — | 1 | 30 |
| Notirbücher | 1 | — | 2 | 10 |
| Notirbuch | 1 | — | 2 | 36 |
| Notirungen | 1 | — } | 2 | 03 |
| 2 Notirbücher | 1 | — } | | |
| Notirbuch | 1 | — | 2 | 03 |
| Notirungen | 1 | — | 2 | — |
| „ | 1 | — | 1 | 30 |
| Notirbuch | 1 | — | 2 | 44 |
| Notirungen | 1 | — | 1 | 30 |
| „ | 1 | — | 1 | 15 |
| „ | 1 | — | 1 | 15 |
| Notirungen und Notirbuch | 1 | — | 1 | 30 |
| Notirbuch | 1 | — | 2 | — |
| Grosses Notirbuch | 1 | — | 2 | — |
| Notirungen | 1 | — | 1 | — |

| Nr. | | Geschätzt fl. | Geschätzt kr. | Verkauft fl. | Verkauft kr. |
|---|---|---|---|---|---|
| 43. | Notirbuch und Notirungen ...................... | 1 | — | | |
| 44. | „ ........................................ | 1 | — | 1 | 30 |
| 45. | 2 Notirbücher ................................ | 1 | — | 2 | 30 |
| 46. | Notirungen .................................. | 1 | — | | |
| 47. | Notirbuch .................................... | 1 | — | 1 | 10 |
| 48. | Notirungen .................................. | 1 | — | | 10 |
| 49. | Notirbuch .................................... | 1 | — | | 10 |
| 50. | Notirungsbuch ................................ | 1 | — | 1 | 10 |
| 51. | Soufleurpart aus der Oper Fidelio, 2 Acte, Abschrift mit eigenhändigen Anmerkungen ............ | 2 | — | 2 | 30 |

## II.

### Brauchbare Skizzen, Fragmente und zum Theil unvollständige Werke noch ungedruckt und eigenhändig geschrieben.

| Nr. | | Geschätzt fl. | Geschätzt kr. | Verkauft fl. | Verkauft kr. |
|---|---|---|---|---|---|
| 52. | Quartett-Skizzen ............................. | 2 | — | 2 | 36 |
| 53. | Skizzen ..................................... | 2 | — | 2 | 30 |
| 54. | Quartett-Skizzen ............................. | 2 | — | 2 | 30 |
| 55. | Vollständige Piecen u. Skizzen................ | 3 | — | 3 | 30 |
| 56. | Vollständige Skizzen ......................... | 3 | — | | 01 |
| 57. | Quartett-Skizzen ............................. | 2 | — | | — |
| 58. | Italienische Ariette.......................... | 2 | — | 6 | 30 |
| 59. | Skizze eines Quintetts, noch unbekannt .......... | 2 | — | | |
| 60. | Brauchbare Skizzen........................... | 2 | — | | |
| 61. | Abschrift des Clavier-Trio Op. 1, arrangirt wie Quintett von Anonym................. | 1 | — | | — |
| 62. | Abschrift des Trio Nr. 2...................... | 2 | — | 3 | — |
| 63. | Messen-Skizzen .............................. | 2 | — | 3 | — |
| 64. | Quartett-Skizze, Bagatellen für P.-F. ............ | 2 | — | 2 | 30 |
| 65. | Skizze eines Klavierconcerts ................. | 2 | — | 3 | — |
| 66. | Bagatellen .................................. | 2 | — | | |
| 67. | Gesangstück mit Orchester vollständig aber nicht gänzlich instrumentirt ....................... | 3 | — | 9 | 30 |
| 68. | Lied ........................................ | 1 | — | 1 | 16 |
| 69. | Sextett...................................... | 2 | — | 2 | 30 |
| 70. | Original-Lieder .............................. | 3 | — | 3 | 30 |

## III.

### Eigenhändige Manuscripte von gestochenen Werken.

| Nr. | | Geschätzt fl. | Geschätzt kr. | Verkauft fl. | Verkauft kr. |
|---|---|---|---|---|---|
| 71. | Sonate für Pianoforte ......................... | | 30 | 2 | 33 |
| 72. | Manuscript bei Simrock gestochen .............. | 1 | — | 1 | 24 |
| 73. | 2 Clavier-Trio bei Breitkopf sammt Abschrift..... | 2 | — | 3 | 40 |
| 74. | An die Hoffnung, Lied ........................ | | 20 | 1 | 30 |
| 75. | Gesang der Nachtigal, Lied.................... | | 10 | | — |

| | Geschätzt fl. | Geschätzt kr. | Verkauft fl. | Verkauft kr. |
|---|---|---|---|---|
| Manuscript für Pianoforte und andere Instrumente, wahrscheinlich Schottische Lieder | 1 | | 1 | 30 |
| Quartettstück, bei Schott | | 30 | 1 | — |
| Quartettstück | 1 | | 3 | 03 |
| „ | | 30 | 1 | 06 |
| Finale aus der Pastoral-Symphonie in Partitur | 1 | 30 | 2 | 06 |
| Partitur aus der 4ten Symphonie 1stes Stück | 1 | 30 | 5 | — |
| Ein Stück aus der Oper Fidelio in Partitur | | 40 | 2 | 06 |
| Abendlied | | 30 | 1 | 15 |
| Fuge im Quartett | | 30 | 3 | — |
| Fantasie-Sonate | | 45 | 1 | 40 |
| Sonate für Klavier u. Violine | | 45 | 2 | 59 |
| Kyrie der 1sten Messe in Partitur | 1 | | 1 | 24 |
| Marsch aus Fidelio. Partitur | | 40 | 1 | 40 |
| Clavierconcert in Es. Partitur | 2 | | 3 | 45 |
| Variationen für Pianforte | 1 | | 1 | 30 |
| Sonate für P.-F. u. Violoncelle | 1 | | 2 | 30 |
| 54ste Sonate für Pianof., nicht vollständig | | 30 | — | 36 |
| Romance für Violin. Partitur | | 30 | 3 | 45 |
| Quartett-Stück | | 40 | — | 52 |
| Violin-Quartett-Stück, wahrscheinlich bei Schlesinger | 5 | | 5 | — |
| Aus Leonore ein Stück in Partitur | | 20 | — | 24 |
| 4te Symphonie in Partitur | 4 | | 5 | — |
| Schottische Lieder | | 40 | 1 | — |
| Lieder | | 40 | — | 48 |
| Opferlied. Partitur | | 40 | 1 | — |
| Sonate für Pianoforte | 1 | | 1 | 30 |
| Violin-Quartettstück | 4 | | 4 | — |
| Christus am Oelberg. Partitur | 6 | | 7 | — |
| Gloria aus der ersten Messe. Partitur | 3 | | 5 | 55 |
| 5te Symphonie. Partitur | 5 | | 6 | — |
| Andante aus der Pastoral-Symphonie. Partitur | 3 | | 1 | 18 |
| Bagatellen für Pianoforte | | | 2 | 03 |
| Finale des Concerts in Es. Partitur | 2 | | 2 | 20 |
| Festouverture in Partitur | 2 | | 2 | 30 |
| Quintett für Violin | 2 | | 2 | 30 |
| Pièces aus Egmont | | 20 | — | 50 |
| Quartett von Haydn in Partitur, geschrieben von Beethoven | | 40 | 1 | — |
| Symphonie in Partitur | 4 | | 5 | — |
| Fuge von Sebastian Bach im Quartett, geschrieben von Beethoven | | 30 | | 40 |
| Concert für Pianoforte in C dur. Partitur | 3 | | 4 | 13 |
| Sonate für Pianoforte in As | 1 | | 2 | — |
| Bruchstück zu einem Quartett | | 45 | 1 | 36 |
| Finale des Quartetts in Cis moll | 1 | | 1 | 20 |
| Quartettstücke | 2 | | 3 | — |

| Nr. | | Geschätzt fl. | Geschätzt kr. | Verkauft fl. | Verkauft kr. |
|---|---|---|---|---|---|
| 120. | Skizzen aus einer Claviersonate | | — | 2 | 05 |
| 121. | Variationen für Klavier | 1 | 20 | 2 | — |
| 122. | Original-Partitur des Septetts | 3 | — | 18 | — |
| 123. | Quartettstück | | 40 | 1 | — |
| 124. | Sonate für Pianoforte u. Flöte | 1 | — | 1 | 30 |
| 125. | 2tes Clavier-Concert in Partitur | 3 | — | 4 | — |
| 126. | Letzte Messe in Partitur | 6 | — | 7 | — |
| 127. | Quartettstück | | 40 | 1 | — |
| 128. | Lied an Chloe | | 30 | 1 | 06 |
| 129. | Zwey Finale aus der Oper Leonore in Partitur | 4 | — | 5 | — |
| 130. | Zwey Quartettstücke | 1 | 30 | 5 | 10 |
| 131. | Zwey Gesangstücke | 1 | — | 2 | 48 |
| 132. | Agnus Dei in Partitur | 1 | 30 | 2 | — |
| 133. | Lieder von Gellert | | 30 | 1 | — |
| 134. | Lieder von Goethe | | 30 | 1 | 20 |
| 135. | Zwei Sonates für Pianoforte | | 30 | 2 | — |
| 136. | Stück aus einer Sonate für P.-F. u. Violin | | 30 | — | 45 |
| 137. | Entr' Actes zu Egmont | 2 | — | 3 | — |
| 138. | Sonate für Pianoforte u. Violoncello | | 45 | 1 | 30 |
| 139. | Quintett in Es | 1 | — | 2 | 30 |
| 140. | Sonaten für Pianoforte und Violin | 1 | 30 | 3 | 12 |
| 141. | Concertstücke für Pianoforte | 5 | — | 4 | — |
| 142. | Der Wachtelschlag | | 30 | 2 | — |
| 143. | Chor aus der Guten Nachricht | | 40 | 4 | 30 |
| 144. | Fremde Abschrift der Sinfonie Eroique in Partitur mit eigenhändigen Anmerkungen | 3 | — | 3 | 10 |
| 145. | Fremde Abschrift der Ouverture zu Egmont in Partitur (1810) | 1 | — | 1 | 09 |
| 146. | Fremde Abschrift des Chors der Ruinen von Athen | | 40 | 1 | — |
| 147. | Fremde Abschrift des Triumph-Marsches zu Tarpeja in ausgeschriebenen Stimmen | 1 | — | 1 | 45 |
| 148. | Fremde Abschrift der Fantasie mit Chor in Partitur | 1 | — | 1 | 20 |

## IV.

Hinterlassene, nicht vollständige und eigenhändige geschriebene, noch nicht gestochene Originalmanuscripte von Ludwig v. Beethoven.

| Nr. | | Geschätzt fl. | Geschätzt kr. | Verkauft fl. | Verkauft kr. |
|---|---|---|---|---|---|
| 149. | Contrapunktische Aufsätze, wahrscheinlich anderer Meister, mit seinen eignen Anmerkungen. 5 Pakete | 10 | — | 74 | — |
| 150. | Recitative u. Gesangstück mit Orchester in Partitur | 5 | — | 6 | [illegible] |
| 151. | Italienische Gesänge, wahrscheinlich unbekannt | 3 | — | 4 | — |

| Nr. | | Geschätzt fl. | Geschätzt kr. | Verkauft fl. | Verkauft kr. |
|---|---|---|---|---|---|
| 152. | Vollständiger Satz eines Quintetts für Violine..... | 3 | — | 4 | — |
| 153. | Vollständiges Gesangstück, Prüfung des Küssens.. | 5 | — | 6 | — |
| 154. | Italienisches Duett in Partitur.................. | 5 | — | 6 | 12 |
| 155. | Canon und vierstimmiges Lied ................. | 2 | — | 2 | 30 |
| 156. | Mehrere Lieder, scheinen unbekannt............ | 1 | 30 | | 45 |
| 157. | Zwey vollständige kleine Stücke für P.-F., aus seiner früheren Zeit .......................... | 1 | — | | — |
| 158. | Lied und Kirchensatz ........................ | | — | | |
| 159. | Zwei Zapfenstreiche in Partitur ............... | 5 | — | 6 | 36 |
| 160. | Bruchstück eines unbekannten Trios für Pianoforte | | — | | 20 |
| 161. | Original-Cadenz zum 1sten Concert in Cdur (nur der Schluss fehlt) ........................ | | 20 | | 45 |
| 162. | Marsch für die Harmonie ..................... | 2 | — | 2 | 20 |
| 163. | Zwei Lieder.................................. | 1 | — | 1 | 12 |
| 164. | Ruinen von Athen in Partitur, unvollständig...... | 10 | — | 8 | — |
| 165. | Skizze, wahrscheinlich für Quartett oder Gesang.. | 2 | — | 2 | 20 |
| 166. | Drey Originalsätze eines Quartetts für Pianoforte, 2 Violinen u. Violoncelle .................. | 3 | — | 4 | 06 |
| 167. | Vollständiges Gesangwerk ..................... | 6 | — | 9 | 03 |
| 168. | Scene und Arie, Italienisch in fremder Abschrift, aber Original von 1796............................ | 2 | — | 5 | 10 |
| 169. | Einige Nummern aus König Stephan in Original-Handschrift und einige in Abschrift........... | 5 | — | 3 | — |
| 170. | Sammlung unbekannter, zum Theil vollständiger Sätze .............................. | 3 | — | 6 | 36 |
| 171. | 2 vollständige Manuscripte vom 12ten Jahre des Compositeurs — eine Fuge und ein Concert für's Pianoforte................................ | 2 | — | 2 | — |
| 172. | Claviersätze ................................ | 2 | — | 3 | 09 |
| 173. | Bruchstück eines neuen Violinquintetts vom November 1826, letzte Arbeit des Compositeurs...... | 10 | — | 30 | 30 |
| 174. | Canon a due Voce............................ | | 20 | | — |
| 175. | (Starke.) | | | | |
| 176. | Kleinigkeiten, vollständig fürs P.-F. ............ | 3 | — | 2 | — |
| 177. | Rondo mit Orchester fürs P.-F., unbekannt....... | 10 | — | 20 | — |
| 178. | Märsche für Orchester, nicht gewiss ob selbe bekannt sind ............................. | 5 | — | 10 | 50 |
| 179. | Unbekanntes Trio für P.-F. u. Flöte u. Fagott, frühere Arbeit noch in Bonn .................. | 8 | — | 20 | — |
| 180. | Orchesterstück mit Chor, unbekannt ............ | 5 | — | 6 | — |
| 181. | Menuette fürs Orchester nebst Abschrift........ | 3 | — | 8 | 06 |
| 182. | Satz eines unbekannten Violin-Concerts .......... | 2 | — | 10 | — |
| 183. | Lied, unbekannt ............................. | 1 | — | 3 | 50 |
| 184. | Clavierstücke mit Begleitung, zum Theil unbekannt | 2 | — | 6 | 31 |
| 185. | Leichte Caprice für das Pianoforte, unbekannt.... | 1 | — | 20 | 30 |
| 186. | Sehnsucht, Lied, wahrscheinlich unbekannt ...... | 1 | — | | 48 |
| 187. | Arie mit Clavier-Begleitung, vollständig ......... | 2 | — | 3 | 24 |

| Nr. | | Geschätzt fl. | Geschätzt kr. | Verkauft fl. | Verkauft kr. |
|---|---|---|---|---|---|
| 188. | Lied mit fünfstimmiger Begleitung, vollständig.... | 2 | | 8 | 43 |
| 189. | Sinfonie von Haydn in B, Partitur scheint Handschrift von Haydn zu sein .................. | 3 | | 3 | 30 |

## V.

### Ausgeschriebene Stimmen zu Beethoven'schen Werken.

| Nr. | | Geschätzt fl. | Geschätzt kr. | Verkauft fl. | Verkauft kr. |
|---|---|---|---|---|---|
| 190. | Zur letzten Sinfonie ........................... | 3 | | 3 | 30 |
| 191. | Zu Christus am Oelberg ........................ | 2 | | 2 | 30 |
| 192. | Zur Sinfonie in A dur ........................ | 2 | | 3 | — |
| 193. | Chorstimmen zu Schiller's Lied an die Freude.... | 1 | | 1 | 12 |
| 194. | Wellington's Schlacht ......................... | | 30 | | 45 |
| 195. | Ouverture zu Leonore ......................... | 1 | | 3 | — |
| 196. | 2 Packete zur Ouverture bei Aufführung im Josephstädter Theater [Op. 124] .................. | | 30 | | 40 |
| 197. | Zu zwey Sinfonien. 2 Packete .................. | | 20 | | 40 |
| 198. | Zur Messe ....................................... | | 30 | 1 | — |
| 199. | Zu einer Sinfonie, Tänze, Marsch................ | | 30 | | 40 |

### Geschriebene Musikalien verschiedener Compositeurs.

| Nr. | | Geschätzt fl. | Geschätzt kr. | Verkauft fl. | Verkauft kr. |
|---|---|---|---|---|---|
| 200. | Madrigali von Lughini, nebst 17 verschiedenen Stücken | | 30 | 1 | — |
| 201. | 18 verschiedene Piecen......................... | | 20 | | 24 |
| 202. | Leonore von Paer, Partitur ..................... | 1 | | 1 | 20 |
| 203. | Abschrift des Quartetts für Violine in Partitur von Beethoven an H. Schlesinger verkauft, nebst 19 verschiedenen Piecen ........................ | 1 | 30 | 2 | 50 |
| 204. | Reutter, Cantata, Parnasso. Partitur .......... | 1 | | 1 | — |
| 205. | 24 verschiedene Piecen ...... ........................ | | 30 | | 35 |
| 206. | 13 " " ........................ | | 20 | | 30 |
| 207. | Bach's Kunst der Fuge.......................... | | 30 | 1 | 03 |
| 208. | 17 verschiedene Stücke......................... | | 20 | | 40 |
| 209. | Beethoven's Sinfonie in B u. mehrere Stücke aus Fidelio in Partitur. Abschriften............. | 1 | | 4 | 30 |
| 210. | Fanisca von Cherubini. Partitur in 4 Livr. ...... | 3 | | 4 | 40 |
| 211. | 21 verschiedene Piecen ......................... | | 30 | 4 | 50 |
| 212. | Fidelio in Partitur, complett nebst Textbuch ..... | 8 | | 15 | — |
| 213. | Ouverture in Partitur. — 3 und 4 stimmige Gesänge v. Haydn — nebst 17 verschiedenen Stücken .. | 1 | | 2 | 10 |
| 214. | Clavierconzert von Beethoven in Partitur mit einigen Original-Correcturen, nebst 10 verschied. Piecen | | | 2 | — |
| 215. | 15 verschiedene Piecen .......................... | 1 | | 3 | 45 |
| 216. | Mozart's Zauberflöte in Partitur ............... | 3 | — | 5 | 36 |

# VI.

## Gestochene Musikalien.

| Nr. | | Geschätzt fl. | Geschätzt kr. | Verkauft fl. | Verkauft kr. |
|---|---|---|---|---|---|
| 7. | Beethoven's Wellington's Sieg bei Vittoria in Partitur | 1 | — | 4 | — |
| 8. | Dasselbe Werk | 1 | — | 4 | 30 |
| 9. | Beethoven's Messe in Partitur, nebst 25 verschiedenen Stücken | — | 30 | 3 | 06 |
| 0. | 18 verschiedene Stücke | — | 30 | 1 | 30 |
| 1. | Messias von Händel u. Mozart.<br>Le deux petits Savoyards von Dalairac<br>Idomeneo von Mozart in Clavier-Auszug<br>Mozart's Requiem in Partitur | 2 | — | 7 | 30 |
| 2. | Beethoven's Christus am Oelberg in Partitur<br>Fidelio in Clavier-Auszug<br>Le Cadi dupé (Gluck). Partitur | 2 | — | 3 | 15 |
| 3. | Beethoven's Sinfonien in Partitur Nr. 1, 2.<br>Giulio Sabino von Sarti<br>Preindel Gesanglehre | 1 | — | 3 | 03 |
| 4. | Haydn's Schöpfuug in Partitur | 3 | — | 4 | — |
| 5. | Haydn. Messe Nr. 3. Partitur<br>" " " 1. "<br>Beethoven. Christus am Oelberg. Partitur | 1 | 30 | 4 | — |
| 36. | Beethoven's Fidelio in Clavier-Auszug<br>Select collection of Irish Melodies by Beethoven. 2 Volumes. Edinburgh | 2 | — | 15 | 49 |
| 37. | Mozart. Don Juan in Partitur, nebst 15 anderen Stücken | 2 | — | 8 | 34 |
| 38. | Mozart. Cosi fan tutte in Partitur, nebst 9 verschiedenen Stücken | 1 | — | 6 | 12 |
| 39. | Beethoven. Christus am Oelberg in Partitur<br>Fugen von Reicha und<br>Medea von Cherubini in Partitur | 2 | — | 12 | — |
| 30. | Mozart. Titus in Partitur, nebst 10 verschiedenen Stücken | 1 | — | 3 | — |
| 31. | Haydn. Jahreszeiten in Partitur<br>Dalairac. „La Soirée orageuse.“ Partitur<br>Salieri. „Les Danaides.“ Partitur | 2 | — | 7 | 12 |
| 32. | The Mount of Olives by Beethoven<br>Mozart's Quartetten in Partitur<br>Felix in Partitur<br>Valentine de Milan par Mehul. Partition | 2 | — | 8 | 40 |
| 33. | Beethoven. Leonore und Christus am Oelberg im Clavierauszug, nebst 6 verschiedenen Stücken | 1 | — | 5 | 03 |
| 34. | Sinfonie von Beethoven, Op. 125, in Partitur, nebst 12 verschiedenen Stücken | 1 | — | 7 | 03 |
| 35. | Bach's Kunst der Fuge, nebst 12 verschiedenen Stücken | 1 | — | 2 | 32 |
| 36. | Händel's Claviersuiten, nebst 15 verschiedenen Stücken | — | 40 | 2 | |

| Nr. | | Geschätzt fl. | Geschätzt kr. | Verkauft fl. | Verkauft kr. |
|---|---|---|---|---|---|
| 237. | Beethoven. Sinfonie, Op. 125, in Partitur, nebst 15 verschiedenen Stücken | 1 | 30 | 7 | 06 |
| 238. | Intermezzo. La Serva Padrona von Paisiello<br>2 Entr' Acte d'Egmont von Beethoven, nebst<br>verschiedenen Musikalien | 1 | — | 1 | – |
| 239. | Händel's Werke in 40 Franzbänden. London Ausgabe | 50 | - | 102 | – |
| 240. | (Ausgestrichen.) | | | | |
| 241. | Händel's Julius Caesar | | | 2 | 10 |
| 242.<br>243.<br>244. | (Ausgestrichen.) | | | | |
| 245. | Händel's Alexander's Fest. Partitur. Ms. | | 30 | 2 | – |
| 246. | Chöre aus Händel's Oratorien | | 30 | | 40 |

## Musikalische Bücher.

| Nr. | | Geschätzt fl. | Geschätzt kr. | Verkauft fl. | Verkauft kr. |
|---|---|---|---|---|---|
| 247. | Knecht's Orgelschule und Bach's Art das Klavier zu spielen | 1 | | 3 | 40 |
| 248. | Ein Pack musikalischer Zeitungen | - | 30 | 3 | 15 |
| 249. | Camphuysens Rymen. Amsterdam 1647<br>Collection of Songs<br>Riepel's Tonordnung<br>„ Contrapunkt } 5 Bände Folio<br>„ Setzkunst | 1 | 30 | 2 | – |
| 250. | Kirnberger's Werke, 6 Bände<br>Koch. Harmonie<br>Vogler. Choralsystem<br>Türk. Organist | 1 | | 2 | 40 |
| 251. | Oeuvres de Haydn en partition. 14 Volumes. 8. Paris | 2 | | 14 | 03 |
| 252. | Traite de la Fugue par Marbourg et diverses autres pièces | 1 | | | 37 |

Clavier, verkauft von Spina . . . . . . . . . 181 fl.
Medaille. . . . . . . . . . . . . . . . . . . . . .
2 Violinen . . . . . . . . . . . . . . . . . . 33 fl.

# Zusätze, Berichtigungen und Druckfehler.

Die folgenden Nummern beziehen sich auf die entsprechende Nummer des Hauptwerkes.

## 1.

Angezeigt (zuerst?) im 15. Supplement des Breitkopf'schen Catalogs vom J. 1782, 1783 u. 1784 pag. 50: „Variations de Louis van Beethoven âge de 10 ans. Mannheim.“

---

## 2.

Titel der Original-Ausgabe:

„Bagatelles pour le Pianoforte composées par Louis van Beethoven. Oeuvre 32.

Proprieté du Bureau d'Arts et d'Industrie, à Vienne.“

171.

---

## 4.

Titel und Dedikation sind nicht dem Originaldrucke getreu wiedergegeben; der erstere lautet:

„Drei Sonaten für's Klavier, dem Hochwürdigsten Erzbischofe und Khurfürsten zu Cöln Maximilian Friedrich, meinem gnädigsten HERRN gewidmet und verfertigt von

Ludwig van Beethoven,
alt 11 Jahr.

In der Dedikation ist zu lesen:

Zeile 1. Erhabenster!
» 4. Harmonien.
» 5. mirs
» 7. versuch's
» 8. Harmonien
» 12. 13. 16. Erlauchtester, Du, Deines, Deiner, (mit gesperrten Lettern).
» 15. Schüzzer
» 17. Gedeihe
» 18. wag.

Auf einem Hrn. Prof. O. Jahn gehörenden Exemplare dieser 3 Sonaten hat Beethoven eigenhändig mit Blei auf dem Rande des Titelblattes bemerkt: „Diese Sonaten und die Variationen von Dressler sind meine ersten Werke.“

---

### 5.

Hierher gehört das unter Nr. 270 angeführte Lied: „Schilderung eines Mädchens."

Ferner ist zu lesen: „Neue Blumenlese. Zweiter Theil. 1784." Seite 44.

### 6.

„Neue Blumenlese für Klavierliebhaber. Eine musikalische Wochenschrift. Erster Theil. 1784".

S. 18—19.

In einem Bericht von C. L. Junker: „Noch etwas vom Kurköllnischen Orchester", gedruckt in Nr. 48 der „Musikalischen Korrespondenz der teutschen filarmonischen Gesellschaft" v. 30. Nov. 1791 heisst es: „Noch hörte ich einen der grössten Spieler auf dem Clavier, den lieben guten Bethofen; von welchem in der speierischen Blumenlese vom Jahr 1783. Sachen erschienen, die er schon im 11 Jahr gesetzt hat". Hierzu bemerkt der Herausgeber Bossler in einer Randnote: „Auch 3 Son. für das Klav. kamen um diese Zeit im Bossler'schen Verlage von ihm heraus. D. H."

In dem vollständigen Jahrgang der „Blumenlese für Klavierliebhaber" v J. 1783, welcher sich in der K. Bibliothek in Berlin befindet, ist nur das Lied: „Schilderung eines Mädchens" (Nr. 270) enthalten; sind Junker's Worte buchstäblich zu nehmen, so dürfte man das diesem Liede folgende Rondo für eine Composition Beethoven's zu halten berechtigt sein, zumal fast durchgängig in jener Sammlung die Componisten immer mit 2 Nummern vertreten sind, und zwar mit einem Liede und einem kleinern Clavierstücke. Während nun überall des Autors Name angegeben ist, fehlt es bei diesem Rondo, dessen Thema — ob nun von Beethoven oder nicht, muss vorläufig dahingestellt bleiben — hier Platz finden möge:

7.

Die Klavierstimme ist vollständig, die Instrumentation nur angedeutet.

10.

Zeile 16. Statt: Nr. 18, lies: Nr. 19.

15.

Zeile 4. Statt: ohne Corni in Octav, lies: 2 Oboe, 2 Corni in D.

16.

Nach dem mit Artaria 19. Mai 1795 abgeschlossenen Contract zahlte Beethoven diesem 212 fl. und erhielt binnen 6 Wochen 400 Expl. für die Pränumeranden à 1 fl. Artaria erwarb die Platte und das Recht, 2 Monate nach dem Erscheinen zu verkaufen, für 90 fl. — Das gedruckte Subscribentenverzeichniss weist 123 Pränumeranden nach, meist den höchsten Kreisen angehörig und 250 Exemplare.

23.

Ist auch gedruckt in „Neue Auswahl von Maurer-Gesängen. Herausgegeben von Fr. Maurer. Berlin 1814."

25.

Titel der Original-Ausgabe:

„Grand Octuor-Original pour Deux Clarinettes, Deux Hautbois, Deux Cors, Deux Bassons par Louis van Beethoven. Propriété des Editeurs. Vienne, chez Artaria et Comp."

No. 3022.

Die Unterschrift lautet: Parthia dans un concert in Es.

28.

Das Lied „Feuerfarb", Text von Sophie Brentano, geb. Moreau.

Das „Liedchen von der Ruhe", obgleich in Algeier's Universal-Liederbuch und anderen Sammlungen Bürger zugeschrieben, ist nicht von diesem, sondern von H. W. F. Ueltzen.

Nr. 6 ist zu lesen: „Ohne Liebe lebe, wer kann."

Das Lied „Marmotte“ ist aus Goethe's: „Das Jahrmarktsfest zu Plundersweilen.“

Titel der Original-Ausgabe des Opus 52:

„Acht Lieder mit Begleitung des Claviers, gesetzt von L. van Beethoven. Op. 52. Wien im Kunst- und Industrie-Comptoir.“
408.

S. 13 Z. 8 ist zu lesen: „gelöst“.

---

## 30.

Wurde in einem Verzeichnisse von Breitkopf u. Härtel zur „Michaelismesse 1793“ als „op. 1“ angezeigt.

---

## 31.

Statt „auch von Simrock verlegt“ ist zu lesen: „Muthmasslich gleichzeitig, wenn nicht zuerst von Simrock in Bonn verlegt, mit dem Titel: „Variations à quatre mains pour le Piano Forte sur un Thème de Monsieur le Comte de Waldstein, composées par Louis van Beethoven, chez Simrock à Bonn. No. 15. Prix *fl.* 1.“

Breitkopf und Härtel zeigen dieses Werk in ihrem Cataloge zur Michaelismesse 1794 an: „Variations . . . sur un Thème. B.(onn)“.

---

## 32.

Angezeigt von Breitkopf u. Härtel Ostermesse 1794.

---

## 33.

Titel der Original-Ausgabe (Bonn):

„Grand Concert pour le Piano-Forte avec accompagnement de toutes les parties d'Orchestre (on peut aussi l'exécuter à 6 parties), composé par L. van Beethoven. Oeuvre 15. Prix 10 francs. A Paris aux adresses ordinaires. A Bonn chez N. Simrock.“
Nr. 187.

Auf der Rückseite des Titel-Blatts ist eine „Nachricht“, französisch und deutsch, wie „Dies Concert auf dreifache Art aufgeführt werden kann“ und zwar „1. mit Saiteninstrumenten allein, 2. auch mit einigen Blasinstrumenten dabei, und 3. ganz vollständig“.

---

## 36 und 37.

Das Verzeichniss von Breitkopf u. Härtel zur Michaelismesse 1796 führt an:

a) „12 Menuetten im Klavierauszug, welche in dem Kaiserl. kleinen Redouten-Saal in Wien aufgeführt worden. Ar.(taria) 12 Gr.“

b) „6 Menuetten für das Klavier. 2. Theil. Ar. 8 Gr.“

c) „12 deutsche Tänze im Klavierauszuge, welche ... (wie oben). Ar. 12 Gr.“

## 37.

In Johann Traeg's Catalog, 1799, steht:

„Beethoven. 12 Menuets à 2 V. 2 Fl. 2 Ob. 2 Clar. 2 Fag. 2 Cor. 2 Clarin. Tym. e B.“

## 40.

Zeile 6. Statt: A. Mr Joseph Haydn. Docteur, lies: à Mr Joseph Haydn, Docteur.

## 43.

Titel der Original-Ausgabe:

„Adelaide von Matthison. Eine Kantate für eine Singstimme mit Begleitung des Clavier, in Musik gesetzt und dem Verfasser gewidmet von Ludwig van Beethoven. 40 kr.
691.
In Wien bei Artaria et Comp.“

## 50.

Titel der Original-Ausgabe des Notturno:

„Notturno pour Fortepiano et Alto par Louis van Beethoven. Arrangé d'un Notturno pour Violin, Alto et Violoncelle et revue par l'Auteur. Propriété des Editeurs constaté par l'Auteur. Leipzig chez Hoffmeister et Kühnel, Bureau de Musique. Oeuvre 42.
282.

## 54.

Zeile 7. Statt: Regnaut, lies: Regnant.

**63.**

Zeile 8. Zuzusetzen: Siehe Nr. 101.

Titel der Original-Ausgabe:

„Rondo pour le Clavecin ou Pianoforte, composé par Louis v Beethoven, à Vienne chez Artaria et Comp. 30 kr.“ 711.

**65.**

Zeile 7. Statt: dell, lies: del'.

**69.**

Seite 33, Zeile 23. Statt: bei der nächsten Nummer, lies: bei Nr. 7

**70.**

Zeile 1. Vorzusetzen: III.

**71.**

Pag. 35. Z. 7 ist zu lesen: „das Eine (ausgezogen aus einer Si phonie von mir).

**74.**

Zeile 1. Statt: 131, lies: 127.

**75.**

Zeile 2. Fehlt: Op. 18.

**78.**

Letzte Zeile. Statt: 71, zu lesen: 75.

**81.**

Zeile 2. Statt: Browe, lies: Browne.

**82.**

Letzte Zeile. Statt: 71, zu lesen: 75.

**84.**

Letzte Zeile. Statt: 71, zu lesen: 75.

**85.**

Pag. 44. Z. 7 ist statt: „daran“, zu lesen: „darum“.

## 88.

Der Trauermarsch soll von Beethoven für grosses Orchester instru-.entirt sein, und die Originalhandschrift sich in Wien befinden. Auch . Mendelssohn - Bartholdy soll denselben instrumentirt haben. Sichere .uskunft ist über beide Arbeiten, deren Veröffentlichung ohne allem weifel von hohem Interesse wäre, bis jetzt nicht zu erlangen gewesen.

Letzte Zeile. Statt: im Frühjahr (Mai?), zu lesen: am 6. Juni.

## 89.

Zeile 8. Statt: nana Landgravis, lies: nata Landgravia.

## 90.

Das Autograph wurde im November 1864 in Gemeinschaft mit op. 33 .. 53 in Wien zum Verkauf angeboten; in der Beschreibung heisst es: Diese Sonate enthält 26 Blätter (mit den zwei eingenähten Blättern, ie Varianten (??) enthalten, welche noch nirgends im Drucke erschienen ind). Auf der letzten Seite dieser Sonate ist ein, ebenfalls von Beetho-en's Hand geschriebenes Spottquartett mit Solo, welches derselbe auf en Primgeiger . . . Schuppanzigh in Wien komponirt hat; mit höchst ıerkwürdigem Texte, ebenfalls von der Erfindung Beethoven's . . . . . s führt den Titel: „Lob auf den Dicken". vergl. Nr. 91.

Das Andante und Rondo ist abgedruckt in Starke's Pianoforteschule Wien 1819) Th. 2. pag. 56 mit der Bemerkung: „Die Applikatur von hm selbst bezeichnet". Da diese, so viel mir bekannt, in den meisten ıusgaben fehlt, jedoch, Beethoven als Klavierlehrer characterisirend, ıicht uninteressant sein dürfte, so mögen 2 Takte, der 27. u. 34., hier ?latz finden:

T. 27. T. 34.

## 93.

Der Taktstrich nach dem ersten C muss fortfallen.

## 98.

Im 11. Takte der Musik. Statt: , liess: 

**101.**

Am Schlusse zuzusetzen: Siehe Nr. 63.

**102.**

Componirt 1803 nach dem Autograph im Besitz des Concertdirektors Joachim in Hannover.

S. 51. Z. 9. Liess: André.

**103.**

S. 52. Z. 4. 5. Soll heissen: „von ihm angefertigt und von Beethoven nur durchgesehen sein“.

**108.**

Sauter starb zu Zaisenhausen; sein Gedicht erschien zuerst im „Taschenbuch für häusl. und gesellsch. Freuden von Carl Lang. Heilbronn 1799“. Vergl. Hofmann v. Fallersleben: „Unsere volksthümlichen Lieder“. Lpz. 1859. 2. Aufl. pag. 72. 73.

**109.**

Eine alte Ausgabe „bei Artaria u. Comp.“ (Verlags-Nummer 1599) führt den Titel:

„VI Lieder von Gellert am Klavier zu Singen und dem Herrn Grafen Browne Brigadier im Rusischem Dienste zugeeignet von Herrn Louis van Beethoven.“

In dieser Ausgabe ist die Singstimme im C-Schlüssel gedruckt, den Liedern 1—5 nur die erste Strophe beigegeben, die Reihenfolge der Lieder abweichend: „1. Bitten. 2. Die Liebe des Nächsten. 3. Vom Tode. 4. Die Ehre Gottes aus der Natur. 5. Gottes Macht und Vorsehung. 6. Buslied.“

**110.**

Am Schlusse zuzusetzen: Siehe Nr. 112.

**111.**

Der Titel der Original-Wiener-Ausgabe ist gleichlautend mit der Simmrock'schen bis auf den Schluss:

„da L. van Beethoven, Opera 47, in Vienna e Peste nel contojo d'Industria. 4 fl.“
640.

**112.**

Am Schlusse zuzusetzen: Siehe Nr. 110.

**115.**

Zeile 1. Statt: Op. 56, lies: Op. 55.
Zeile 11. Statt: Sinfonie 3. Op. '55,
zu lesen: Sinfonie 3. Op. 55.

**122** und 126 sind identisch.

**124.**

Titel der Original-Ausgabe:

„Grand Concerto Concertant pour Pianoforte, Violin et Violoncelle, avec accompagnement de deux Violons, Alto, Flûte, deux Hautbois, deux Clarinettes, deux Cors, deux Bassons, Trompettes, Timballes et Basse, composé et dedié A Son Altesse Sérénissime le Prince de Lobkowitz par Louis van Beethoven. Op. 56. A Vienne, au Bureau des Arts et d'Industrie, Place Hohenmarkt. No. 582. 8 fl."
519.

**125.**

Zum Schlusse:

Mad. Campi sang „Fidelio" den 11. 14. u. 31. December 1815, den 7. 20. 25. Januar, 3. 20. Feb., 3. 7. 21. März, 9. May, 22. Juni 1816.

S. 68. Z. 8 lies: Moscheles.

**127.**

Das Original-Ms. des 3. Quartetts in C dur wurde 1829 von Holz an Heinrich Beer in Berlin verkauft, welcher dasselbe Herrn Gymasiallehrer Thielenius in Charlottenburg schenkte, in dessen Besitz es sich noch jetzt befindet. Es zählt 56 Seiten; die Ueberschrift lautet: „Quartetto terzo da Luigi van Beethoven". Die „Introduzion" hatte ursprünglich die Tempobezeichnung: „poco adagio", welche dann in „Andante con moto" geändert wurde.

**134**

ist Wiederholung der Nummer 74; fällt also aus.

### 137.

Das Autograph des Gloria soll Artaria besitzen, eine Originalkopie der ganzen Messe sich im K. K. Hofmusik-Archiv in Wien befinden.

Zeile 4. Statt: Esterházy, zu lesen: Esterház.

### 138.

Zeile 4, letztes Wort. Statt: und, liess: unter.

Der Text ist von Carpani.

Die Sammlung wurde von der polnischen Gräfin Rzevuská veranstaltet und auf ihre Kosten gestochen.

Siehe: Reichardt's „Vertraute Briefe aus Wien“, I. S. 81 u. 158. — Leipz. Allg. Mus. Zeitung. XI. S. 33.

### 139.

Herr Carl Schmidt, Clavierfabricant in Pressburg besitzt eine Copie der P. F. Stimme des ersten Trio mit eigenhändigem Titel von Beethoven.

Zuerst hat er so geschrieben:

„2 Trios
für die
Gräfin Erdödy
gebohren Gräfin Niszky
für Sie geeignet
und Ihr zugeeignet
von Ludwig van Beethoven.“

Auf einem später darauf befestigtem Blatte liest man:

„2 Trios
der Gräfin Erdödy gebohren Gräfin Niszky gewidmet
Erstes Trio
von
Beethoven.“

Am Rande sind folgende durchstrichene Worte noch deutlich zu lesen:

„Dies wird die Baronin Ertmann
den kommenden Sonntag spielen“.

Die Takte 181—197, im 1. Allegro sind von Beethoven's Hand sorgfältig mit Fingersatz versehen.

### 143.

Welche Freiheiten die Wiener Verleger, resp. Nachdrucker, mit Beethoven's Werken sich erlaubt haben, möge nachstehende „Verbesserung“ zeigen, die in einer alten Wiener Ausgabe, „à Vienne chez S. Mollo. 1375“ enthalten ist. Dort findet sich nämlich am Schlusse des ersten Satzes, statt jener bekannten Controversstelle folgende naive Abänderung, durch welche die letzten 33 Takte auf 32 reducirt sind:

(sic!)

## 149.

Titel der Original-Wiener-Ausgabe:

„Fantasie pour le Piano-Forte composée et dediée à son Ami, Monsieur le Comte François de Brunswick par L. v. Beethoven. Oeuvre 77. Chez Joseph Czerny, Graben Nr. 1136. Pr. 45 kr. C. M.
1511.

## 152.

Reichardt's Aeusserung kann auch auf Nr. 120 sich beziehen.

## 154.

In der K. Bibliothek zu Berlin (Landsberg'sche Sammlung) ist das Dedikationsexemplar der Ouverture im Arrangement für Pianoforte (zu 2 Händen) vorhanden, auf dessen Titelblatte von Beethoven's Hand geschrieben ist:

Für Seine Kaiserliche Hoheit
den Ertzherzog Rudolf
von
L. v. Beethoven.“

In demselben finden sich mehrere Correcturen von seiner Hand, z. B. ist der drittletzte Takt mit Wiederholungszeichen versehen, und ausserdem „bis“ darüber gesetzt.

### 157.

Im 2. Takt. Statt: , zu lesen: 

### 160.

In der Rudolphinischen Sammlung ist es als „Thème russe“ bezeichnet.

### 164.

Seite 87, Zeile 14. Statt: Linder, lies: Lieder.

### 177.

In der K. Bibliothek zu Petersburg befindet sich das Autograph der schottischen Lieder Nr. 13, 14, 12, 7, 11 der Schlesingerschen Ausgabe und des Liedes „Schöne Minka“ (S. 113. Nr. 29); auf dem Titel steht: „Schottische Lieder mit Begleitung. Im Monat März 1816.“ Ausserdem wird dort ein Brief Beethoven's an Tob. Haslinger aufbewahrt, datirt: „Gneixendorf 13. October 1816“, welcher über ein Quartett in Fmoll (bezeichnet als Op. 11, vergl. Nr. 161) und über das in Gold zu zahlende Honorar handelt. Ausserdem enthält derselbe einen kleinen vierstimmigen Canon, mit den Worten: „Erster aller Tobiasse! Erster aller Tobiasse!“

### 185.

Der Text ist folgender:

Un lieto brindisi
Tutti a Giovanni
Cantiam cosi, cosi
Viva lunghi anni L
Sempre felici,
Utile al mondo,
Caro agli amici,
Nuovo Esculapio
Dei nostri di.
Viva Giovanni,
Viva, ed al solito
Febbri e smania
Segna a sanar
Sospenda i vanni
E si bei giorni
Tardi a troncar.

### 192.

Text von Franz Rudolph Hermann.

### 193.

Die Bemerkung, als Randnote gedruckt, steht auf dem Original-Titelblatt und sollte folglich oben gedruckt seiu.

### 194.

B. u. H. V. 143. „Sehnsucht“ ist vielleicht zuerst in 3 Gedichten aus Reissig's „Blümchen“ von Beethoven, Gyrowetz und Seyfried, bei Artaria u. Comp. erschienen.

### 219.

Titel der englischen Ausgabe:

„The Wedding Song written and by gracious permission dedicated to her Royal Highness Victoria, Princess Royal on her Wedding Day by John Oxenford, the music composed by L. van Beethoven. Posthumous Work. London, Ewer & Co. Oxford Street.“

Die Trauung der Princessin Victoria mit dem Kronprinz von Preussen fand am 25. Januar 1858 statt.

### 222.

Zeile 6. Statt: Goebler, lies: Goeble.

Dies Lied ist auch in B. u. H.-Verzeichniss S. 145 angeführt.

### 231.

Das Motiv zu einer vierhändigen Sonate ist im Quartett Op. 127 (Nr. 244).

### 235.

Statt: Nr. 335, lies: 235.

Fehlt am Ende ein Zeichen, dass nur ein Theil des Textes hier abgedruckt sei.

### 237.

Zeile 2. Fehlt: Op. 128.

### 239.

Statt: Nr. 339, lies: 239.

## 263.

Das Autograph nachstehenden Canons ist in der K. Bibliothek zu Berlin.

Canon v. Beethoven.

# Register.

## A.



## B.



## C.

Nach den Anfangszeilen geordnet:

## M.



## N.



## O.



## P.

Nr.

## Q.



## R.



## S.

## T.

## U.



## V.

# Opuszahlen

### nach B. u. H. thematischem Verzeichniss.

| Opus | | Nr. | Opus | | Nr. | Opus | | Nr. | Opus | | Nr. |
|---|---|---|---|---|---|---|---|---|---|---|---|
| 1 | siehe | 16 | 37 | siehe | 73 | 71 | siehe | 120 | 105 | siehe | 217 |
| 2 | „ | 40 | 38 | „ | 69 | 72 | „ | 125 | 106 | „ | 215 |
| 3 | „ | 18 | 39 | „ | 9 | 73 | „ | 144 | 107 | „ | 218 |
| 4 | „ | 38 | 40 | „ | 102 | 74 | „ | 145 | 108 | „ | 177*) |
| 5 | „ | 44 | 41 | „ | 92 | 75 | „ | 158 | 109 | „ | 227 |
| 6 | „ | 48 | 42 | „ | 50 | 76 | „ | 160 | 110 | „ | 228 |
| 7 | „ | 51 | 43 | „ | 79 | 77 | „ | 149 | 111 | „ | 230 |
| 8 | „ | 50 | 44 | „ | 105 | 78 | „ | 150 | 112 | „ | 197 |
| 9 | „ | 53 | 45 | „ | 107 | 79 | „ | 159 | 113 | „ | 166 |
| 10 | „ | 56 | 46 | „ | 43 | 80 | „ | 142 | 114 | „ | 166 |
| 11 | „ | 59 | 47 | „ | 111 | 81a | „ | 143 | 115 | „ | 191 |
| 12 | „ | 60 | 48 | „ | 109 | 81b | „ | 152 | 116 | „ | 87 |
| 13 | „ | 64 | 49 | „ | 106 | 82 | „ | 163 | 117 | „ | 167 |
| 14 | „ | 68 | 50 | „ | 104 | 83 | „ | 155 | 118 | „ | 183 |
| 15 | „ | 33 | 51 | „ | 63 | 84 | „ | 154 | 119 | „ | 233 |
| 16 | „ | 54 | | u. | 101 | 85 | „ | 72 | 120 | „ | 240 |
| 17 | „ | 76 | 52 | „ | 28 | 86 | „ | 137 | 121a | „ | 247 |
| 18 | „ | 75 | 53 | „ | 110 | 87 | „ | 52 | 121b | „ | 231 |
| 19 | „ | 58 | 54 | „ | 114 | 88 | „ | 113 | 122 | „ | 232 |
| 20 | „ | 69 | 55 | „ | 115 | 89 | „ | 189 | 123 | „ | 229 |
| 21 | „ | 71 | 56 | „ | 124 | 90 | „ | 186 | 124 | „ | 234 |
| 22 | „ | 78 | 57 | „ | 119 | 91 | „ | 180 | 125 | „ | 238 |
| 23 | „ | 82 | 58 | „ | 131 | 92 | „ | 169 | 126 | „ | 224 |
| 24 | „ | 83 | 59 | „ | 127 | 93 | „ | 170 | 127 | „ | 244 |
| 25 | „ | 92 | 60 | „ | 129 | 94 | „ | 204 | 128 | „ | 237 |
| 26 | „ | 88 | 61 | „ | 130 | 95 | „ | 161 | 129 | „ | 289 |
| 27 | „ | 89 | 62 | „ | 133 | 96 | „ | 162 | 130 | „ | 255 |
| 28 | „ | 90 | 63 | „ | 25 | 97 | „ | 164 | 131 | „ | 260 |
| 29 | „ | 85 | 64 | „ | 18 | 98 | „ | 205 | 132 | „ | 250 |
| 30 | „ | 96 | 65 | „ | 42 | 99 | „ | 196 | 133 | „ | 256 |
| 31 | „ | 97 | 66 | „ | 57 | 100 | „ | 193 | 134 | „ | 256 |
| 32 | „ | 123 | 67 | „ | 140 | 101 | „ | 199 | 135 | „ | 262 |
| 33 | „ | 2 | 68 | „ | 141 | 102 | „ | 198 | 136 | „ | 181 |
| 34 | „ | 99 | 69 | „ | 146 | 103 | „ | 25 | 137 | „ | 213 |
| 35 | „ | 100 | 70 | „ | 139 | 104 | „ | 16 | 138 | „ | 125 |
| 36 | „ | 103 | | | | | | | | | |

*) Vide Seite 114.

CPSIA information can be obtained
at www.ICGtesting.com
Printed in the USA
LVHW040425110522
718423LV00002B/458

9 783375 008680